Crashing Hearts

AVA AVERY

AF285707

Crashing Hearts

TITAN RACING LEGACY

Ein Roman von

AVA AVERY

Deutschsprachige Erstausgabe: Juni 2021
Deutschsprachige Neuauflage: Februar 2025

Copyright © Ava Avery

ISBN: 978-3759799661

Verlag: BoD · Books on Demand GmbH,
In de Tarpen 42, 22848 Norderstedt, bod@bod.de

Druck: Libri Plureos GmbH,
Friedensallee 273, 22763 Hamburg

Lektorat: Elisabeth Klein

Cover Design & Illustration: Carmen Design

Bibliografische Information der Deutschen Nationalbibliothek:
Die Deutsche Nationalbibliothek verzeichnet diese Publikation in
der Deutschen Nationalbibliografie; detaillierte bibliografische
Daten sind im Internet über dnb.dnb.de abrufbar.

Website & Newsletter:
www.avaavery.de

Instagram:
avaavery.autorin

TikTok:
@avaaverybooks

Facebook:
www.facebook.com/avaavery.autorin

20+ Bonuskapitel & 0 Euro Roman:
https://bookhip.com/RPGKPQC

Auch wenn deine Vergangenheit in Dunkelheit gehüllt ist,
kann deine Zukunft strahlend hell sein.
Du musst es nur zulassen.

HINWEIS - TRIGGERWARNUNG

Liebe Leser:innen,

Dieses Buch enthält potenziell triggernde Inhalte. Deshalb findet ihr auf Seite 345 eine Triggerwarnung.

Achtung: Diese enthält Spoiler für das gesamte Buch.

Ich wünsche euch allen ein wundervolles Leseerlebnis.

Eure *Ava*

EXKLUSIV FÜR DICH

Sichere dir jetzt als Dankeschön für deine Treue über
20 Bonuskapitel zu meinen Romanen. Scanne dazu
einfach den QR-Code oder nutze diesen Link:

https://BookHip.com/RPGKPQC

Ich wünsche dir ganz viel Spaß beim Lesen.

1

ALLEGRA

»Hey Süße. Schön, dich zu sehen. Lust auf einen Kaffee und den neuesten Klatsch und Tratsch?«, begrüßte mich meine Arbeitskollegin und beste Freundin Riley, als sie das pompöse zweistöckige Motorhome aus Glas und Chrome betrat.

Ich unterbrach meine Arbeit und senkte verschwörerisch die Stimme. »Kommt ganz auf den Klatsch und Tratsch an, den du zu bieten hast.«

»Operation *Dicker Hund.* Code Rot«, zischte sie vielsagend.

Nervös presste ich die Lippen aufeinander. »In zwei Minuten auf der Dachterrasse. Ich mache uns einen Kaffee«, erwiderte ich knapp und bedeutete ihr, voranzugehen.

Kurze Zeit später balancierte ich das Tablett mit den Getränken die Treppen des Motorhomes hinauf in den zweiten Stock, welcher in *Indoor Hospitality,* also Indoor Gästebereich und offene Terrasse aufgeteilt war. Riley hatte es sich auf der weißen Loungegarnitur im Außenbereich bequem gemacht und streckte ihr Gesicht der strahlenden Sonne entgegen, die in Barcelona im Februar bereits kräftig schien.

Wir gehörten zu den Ersten, die sich am heutigen Montag an der Rennstrecke eingefunden hatten, um den Aufbau der Hospitality und des Pressebereichs des *Titan Racing* Teams zu überwachen. Die meisten Teammitglieder würden erst morgen eintreffen. Somit bot sich uns die Chance, in aller Ruhe über Operation *Dicker Hund* zu tuscheln, ohne dabei belauscht oder beobachtet zu werden.

Leise klappernd stellte ich das Tablett ab und reichte Riley eine der dampfenden Tassen. »Also? Raus damit. Wieso Code Rot?« Neugierig ließ ich mich neben sie in die weichen Kissen sinken.

»Sie haben es getan«, gab Riley mit zusammengekniffenen Augen zurück. »Der Vertrag wurde vor einer Stunde unterzeichnet. Ich muss mich umgehend an die Presseerklärung setzen und eine Pressekonferenz für morgen einberufen.«

Sprachlos trank ich einen großen Schluck des starken Kaffees und starrte ins Leere.

Nicht zu fassen.

Das war in der Tat ein dicker Hund.

Der Deal war tatsächlich über die Bühne gegangen.

Das *Titan Racing* Team hatte den Besitzer gewechselt.

Nach zwanzig Jahren im Familienbesitz der angesehenen italienischen Pellegrini Familie, war es an eine neureiche amerikanische Investorengesellschaft verkauft worden.

»Unfassbar.« Frustriert stieß ich die Luft aus.

»Toni will morgen in aller Früh ein Team Briefing im Hotel abhalten. Er sagt, du sollst das arrangieren«, informierte mich Riley, während sie energisch auf ihrem Handy tippte.

Ich schnaubte verächtlich. »Klar. Das ist schließlich mein Job. Die Frage ist allerdings: Für wie lange noch?«

»Süße, die werden weder dich noch mich feuern. Unsere Jobs sind bombensicher«, beschwichtigte mich Riley.

»Woher willst du das wissen?«

Sie warf sich mit einer selbstsicheren Geste das pechschwarze, lange Haar über die Schultern und lächelte beruhigend. »Na, weil du die beste Eventmanagerin und ich die gewiefteste Pressesprecherin bin, die die gesamte Rennserie vorzuweisen hat. Die neuen Besitzer wären schön blöd, wenn sie uns ziehen ließen.«

»Dein Selbstbewusstsein möchte ich haben«, brummte ich missmutig.

»Süße, sieh es doch mal so: Entweder du streckst deinen hübschen Kopf der Sonne entgegen oder du steckst ihn in den Sand. Die Sonne beglückt dich mit Vitamin D und einer gebräunten Haut. Sand hingegen ist weder in den Augen noch im Mund besonders angenehm. Außerdem ist es unter der Oberfläche kalt und dunkel. Ich würde sagen, die Entscheidung ist herrlich einfach.« Mit diesen Worten erhob sie sich und reckte sich wie eine Katze nach einem ausgiebigen Nickerchen. »Ich mache mich jetzt an die Presseerklärung und du organisierst das Team Briefing für morgen. Hören wir uns erst mal an, was Toni zu sagen hat. Dann sehen wir weiter. Einverstanden?« Riley hielt mir auffordernd die Hand hin, um mich von der gemütlichen Sofalandschaft hochzuziehen.

Ich seufzte resigniert und ergriff ihre Hand. »Einverstanden.«

»Allegra, wie weit bist du?«, fragte mich Toni, unser Teamchef, am nächsten Morgen, als er den geräumigen Konferenzraum des Teamhotels betrat, in dem sich in wenigen Minuten knapp einhundert Teammitglieder einfinden würden.

»Fertig«, bestätigte ich zufrieden und reichte ihm das Mikrofon.

Ich hatte zehn Stuhlreihen mit jeweils zehn Stühlen aufstellen lassen. Entlang der rechten und linken Seite des Raumes befand sich eine lange Tafel mit Orangensaft, Tee, Kaffee und Croissants zum Mitnehmen.

»Morgen, ihr Hübschen«, rief Riley, die federnden Schrittes den Raum betrat. »Die Mechaniker sind im Anmarsch und die Ingenieure hab' ich auch schon gesichtet.« Sie ließ sich in der ersten Reihe nieder und klappte ihr Notizbuch auf. »Soll ich die Fragen für dich entgegennehmen, oder managst du das selbst, Toni?«, erkundigte sie sich an unseren Teamchef gewandt.

»Wenn du die wilde Meute im Zaum halten könntest, wäre mir das recht«, gab er zurück und Riley nickte zufrieden.

»Nichts leichter als das.«

Unser Gespräch verstummte, als die ersten Teammitglieder eintrafen und sich der Raum binnen Minuten mit aufgeregtem Gemurmel füllte.

Um Punkt halb acht schloss ich die Türen zum Konferenzraum und bat alle Anwesenden, ihre Telefone auf lautlos zu schalten.

Ich lehnte mich gegen die Wand neben der Tür, bereit ungebetene Besucher abzuwimmeln und verschränkte nervös die Arme vor der Brust.

»Guten Morgen alle zusammen. Ich weiß, dass ihr gleich an die Strecke müsst. Deshalb fasse ich mich kurz. Wie ihr alle wisst, hat die Pellegrini Familie *Titan Racing* aus persönlichen Gründen, die ich nicht weiter erläutern will, gestern Nachmittag an eine amerikanische Investorengesellschaft verkauft. Das mag für viele von euch ein Schock sein, doch das muss es nicht. Außer den Besitzverhältnissen ändert sich in den kommenden Monaten zunächst einmal nichts. Es ist kein Geheimnis: Der Rennstall läuft hervorragend. Wir haben letztes Jahr zum wiederholten Male die Weltmeisterschaft gewonnen. Unsere Sponsoren sind zufrieden mit der Rendite, die wir für sie erwirtschaften. Wir haben zwei starke und äußerst beliebte

Fahrer. Es gibt also nichts, worüber ihr euch Sorgen machen müsstet.«

Toni sah aufmunternd in die verunsicherten Gesichter, die ihn angespannt musterten.

»Die neuen Besitzer werden uns jemanden zur Seite stellen, der Lucianos Rolle als Teammanager einnimmt. Mit dem Verkauf von *Titan Racing* tritt Luciano Pellegrini von diesem Posten zurück. Der neue Teammanager wird den Rennstall die Saison über kennenlernen und soll im Auftrag der neuen Besitzer entscheiden, wie es in den nächsten Jahren weitergeht. Zeigt euch ihm also von der besten Seite. Er wird während der kommenden Testtage in Barcelona nicht anwesend sein, sondern erst zum eigentlichen Saison-auftakt in Australien anreisen. Bis dahin läuft alles so weiter, wie gehabt. Noch Fragen?«

»*Fragen*« war Rileys Stichwort. Sie sprang von ihrem Stuhl in der ersten Reihe auf und widmete sich mit einem strahlenden Lächeln den Bedenken unserer Kollegen.

2

ALLEGRA

4 WOCHEN SPÄTER, AUSTRALIEN

Mit dem Klemmbrett bewaffnet, bewegte ich mich langsam durch die Hospitality Suite, den exklusiven *Titan Racing* Gästebereich, in dem wir am kommenden Wochenende jeden Tag fast zweihundert Gäste beherbergen würden. Ich hakte die zu erledigenden Punkte ab, kontrollierte, dass Tische, Stühle und Deko an den dafür vorgesehenen Plätzen standen und prüfte den Buffet- und Barbereich. Dann öffnete ich die Glastür nach draußen, die zu einer abfallenden Terrasse mit fünf exklusiven Sitzreihen führte und einen direkten Blick auf die Rennstrecke, sowie die unmittelbar unter uns liegende Boxengasse bot.

Nachdenklich ließ ich meine Augen über den in der Hitze flimmernden Asphalt schweifen. Der Saisonauftakt, der Mitte März in Australien stattfand, war in jedem Jahr eines meiner persönlichen Highlights. Denn während es in Europa im März an den meisten Tagen noch kühl und grau war, herrschte in Australien Spätsommerwetter mit Temperaturen nahe der dreißig Grad Marke. So auch an diesem sonnigen Tag unweit des pulsierenden Stadtzentrums von Melbourne.

Die Strecke inmitten des grünen *Albert Parks* lag ruhig und friedlich in der Nachmittagssonne. Doch schon morgen würden die lauten Motoren der bis ins kleinste Detail perfektionierten Rennwagen aufheulen und die Luft zum Vibrieren bringen. Bei dem Gedanken an das bevorstehende Rennwochenende, bildete sich eine vorfreudige Gänsehaut auf meinem Rücken.

Ich hatte unbestreitbar Benzin im Blut. Der Rennsport war meine Droge. Zu beobachten, wie zwanzig extrem schnelle Autos Rad an Rad gegeneinander um den Sieg kämpften, versetzte mich jedes Mal von Neuem in einen Adrenalinrausch. Selbst nach all den Jahren, in denen ich als Eventmanagerin des *Titan Racing* Teams um die Welt reiste, wurde ich dieses verrückte Leben nicht leid.

Im Gegenteil.

Es schien, als bedeutete mir der Rennzirkus mit jeder Saison mehr.

Umso schwerer lastete der Verkauf von *Titan Racing* auf meiner Seele und die Ungewissheit, die damit einherging.

Auch wenn Toni behauptet hatte, dass vorerst alles so bleiben würde, wie es war, hegte ich keinen Zweifel daran, dass die neuen Besitzer ihr eigenes Ding durchziehen wollten. Denn genauso war es den anderen Teams der Serie ergangen, als sie in der Vergangenheit den Besitzer gewechselt hatten. Deshalb hielt ich es für töricht zu glauben, wir würden von Umstrukturierungen und Entlassungen verschont bleiben. Selbstverständlich wollten die neuen Besitzer Schlüsselpositionen mit Mitarbeitern besetzen, die sie kannten und denen sie vertrauten, um ihre persönliche Vision und ihre Interessen durchzusetzen. Das war ein ganz natürlicher wirtschaftlicher Prozess.

Grundsätzlich gab es daran nichts auszusetzen. Doch was mir Sorgen bereitete war, dass die neureichen amerikanischen Investoren keine Ahnung von diesem Sport und dessen Seele hatten. Das hier war weder *NASCAR* noch *IndyCar*. Die *Serie del Rey* war die höchste und angesehenste Rennserie Europas, die Königsklasse des Motorsports. Sie existierte seit über siebzig Jahren und barg eine Tradition, Historie und Leidenschaft, von der andere Sportarten und Sportserien nur träumen konnten. Die heutigen Großväter gaben die Leidenschaft für diese Rennserie seiner Zeit an ihre Kinder weiter. Die wiederum an ihre Kinder und so weiter. Millionen von Menschen um den Globus bewunderten und verfolgten seit Generationen die *Serie del Rey* mit Herz und Seele.

Mit anderen Worten: Die *Serie del Rey* war eine Rennserie, wie keine andere. Deshalb würde jeglicher Versuch, sie wie *NASCAR* oder *IndyCar* aussehen zu lassen, kläglich scheitern.

»Allegra?«, riss mich die Stimme von Kenzie, Tonis persönlicher Assistentin, aus meinen trüben Gedanken.«Toni ist auf dem Weg, um euch den neuen Team-manager vorzustellen. Am besten trommelst du alle zusammen.«

Ich stieß mich mit einem letzten Blick auf den idyllischen *Albert Park* von der Brüstung der Terrasse ab und schob mich an Kenzie vorbei ins Innere der weitläufigen Suite.

»Leute, hört mal alle her. Der neue Teammanager will sich uns vorstellen. Also lasst eure Arbeit für einen Moment ruhen und reiht euch am Eingang der Suite auf«, wies ich mein Team an, das aus einer Rezeptionistin und zwei Junior Eventmanagerinnen bestand.

»Wie ist er so?«, wandte ich mich an Kenzie, während meine Mädels aufgeregt murmelnd Ordnung schafften und sich in Richtung Suite Eingang bewegten.

»Der Neue?«, raunte Kenzie. »Verdammt heiß.« Sie schüttelte ihre Hand, so als hätte sie sich verbrannt.

Ich rollte genervt mit den Augen. »Ich meinte eigentlich eher, ob er kompetent und zugänglich wirkt?«

Kenzie zuckte mit den Schultern. »Darauf hab' ich nicht geachtet.«

»Mann, Kenz. Auf dich ist kein Verlass«, seufzte ich.

»Was denn?«, verteidigte sie sich. »Wenn du den Typen siehst, wirst du verstehen, was ich meine. Er ist so heiß, dass du sogar deinen eigenen Namen vergisst, wenn er dir gegenübersteht. Ich war zu beschäftigt damit, ihn mir nackt vorzustellen, als dass ich mir um seine fachliche Kompetenz hätte Gedanken machen können.«

»Hmm«, brummte ich finster.

Kenzie zählte zu meinen engsten Vertrauten, aber bisweilen machte sie mich mit ihrer unbedarften Art wahnsinnig.

»Nun komm schon, Allegra. Hör auf zu grummeln und lächele freundlich«, feixte sie und schob mich in Richtung Eingang, wo die anderen Mädels bereits in Reih und Glied standen und nervös kicherten.

»Da kommen sie«, quietschte Kenzie und eilte ihrem Chef entgegen, der von einem Mann begleitet wurde, bei dessen Anblick mich fast der Schlag traf.

Mir stockte der Atem.

Ich träumte. Das hier konnte nicht die Realität sein. Völlig ausgeschlossen.

Unweigerlich geriet ich ins Trudeln. Wie ein Fallschirmspringer, dessen Hauptschirm sich nicht öffnete, drohte ich auf dem harten Boden zu zerschellen.

Meine Nackenhaare stellten sich auf, als sich unsere Blicke trafen und er nicht halb so verwundert schien, mich zu sehen, wie ich ihn.

Ich kannte diesen Mann.

Oder besser gesagt: Ich kannte jeden Zentimeter seines Körpers.

Seine hochgewachsene, durchtrainierte Statur mit den muskulösen Schultern. Die braunen, weichen Haare. Die sehnsuchtsvollen, azurblauen Augen. Und das selbstbewusste, charismatische Lächeln.

Dieser Mann hatte mich vor sechs Monaten auf der

Hochzeit meiner Schwester um den Verstand gevögelt. Zwei ganze Tage und Nächte.

Wir hatten angenommen, dass wir einander nie wieder begegnen würden. Dass uns nur diese zwei unvergesslichen Tage und Nächte blieben, die wir durchlebten, als gäbe es kein Morgen.

Und nun war er hier. In Australien. In Melbourne. In meiner Hospitality Suite.

Aber warum?

Er konnte unmöglich der neue Teammanager sein.

Denn der hieß nach allem, was ich gehört hatte, Byron.

Und der Mann, mit dem ich auf Capri die besten Orgasmen meines Lebens erlebt hatte, hatte sich mir mit dem Namen Hunter vorgestellt.

»Hallo meine Damen. Wie ich sehe, seid ihr energiegeladen und fröhlich, wie eh und je. Darf ich euch unseren neuen Teammanager vorstellen?« Toni wies auf Hunter. »Das ist Byron King. Er wird ab sofort das Team begleiten und Lucianos Tätigkeitsbereiche übernehmen. Dazu zählen auch der Marketing- und Eventbereich. Byron, darf ich Ihnen die leitende Eventmanagerin Allegra Sorrentino vorstellen? Sie wird in Zukunft an Sie Bericht erstatten.«

3
HUNTER

Wenn Blicke töten könnten, wäre ich auf der Stelle tot umgefallen. Allegras rehbraune Augen bohrten sich so fest in meinen Körper, dass es fast schon physisch schmerzte.

So galant wie möglich, streckte ich ihr meine Hand hin und bemühte mich um einen lässigen Tonfall, als ich sagte: »Angenehm. Ich freue mich auf die Zusammenarbeit.«

Sie starrte auf meine Hand, als wäre sie eine giftige Schlange und als sie sie schließlich ergriff, drückte sie so fest zu, dass es tatsächlich weh tat.

»Die Freude ist ganz meinerseits, *Byron*.«

Die Art und Weise, wie sie meinen Vornamen aussprach, ließ keinen Zweifel daran, dass sie verwirrt und wütend war. Kein Wunder: Sie kannte mich nur unter dem Namen, den mir meine Freunde wegen meiner zahlreichen Frauengeschichten verpasst hatten.

Hunter. Zu gut Deutsch: Der Jäger.

Dabei wurde mir der Name in den meisten Fällen nicht gerecht. Denn normalerweise war nicht ich es, der die Frauen jagte. Es war genau umgekehrt: Die Frauen jagten mich. Und ich stellte eine allzu willige Beute dar.

Allegra bildete dabei jedoch die Ausnahme: Ich hatte sie gejagt.

Unermüdlich.

Unablässig.

Unnachgiebig.

Um sie zu bekommen, hatte ich auf der Hochzeit meines Kumpels Matteo Leone alle eindeutigen Angebote ausgeschlagen und mich ganz auf die verlockende Jagd nach Allegra konzentriert.

Im wahren Leben, das wusste ich von dem Augenblick, als sie sich auf dem Fest zum ersten Mal in mein Sichtfeld schob, hätte sich diese Frau niemals auf mich eingelassen.

Sie war nicht der Typ Frau für unverbindliche One-Night-Stands.

Sie war der Typ Frau, der Männer mit ihrem strahlenden Lächeln, ihren sinnlichen Kurven und ihrer unbefangenen Art, heiß wie die Sonne machte, nur um sie dann elendig verdursten und verbrennen zu lassen.

Nicht mit Absicht. Sondern weil sie sich ihrer verheerenden Wirkung auf die männliche Gattung ganz und gar nicht bewusst war.

Sie war der Typ Frau, vor dem Männer Angst

hatten: Sexy, zielstrebig, charismatisch, erfolgreich und unabhängig. Sie brauchte keinen Mann, um ein glückliches und erfülltes Leben zu führen. Das schaffte Allegra komplett ohne männliches Zutun.

Doch die Hochzeit ihrer Schwester Carlotta und meines Kumpels Matteo auf der italienischen Insel Capri war unser persönliches *Las Vegas* gewesen.

Denn in Vegas konnte man seine Wünsche und Sehnsüchte in voller Anonymität ausleben. Was in Vegas geschah, blieb in Vegas.

Allegra war hergekommen, um sich zu amüsieren. Um zu feiern. Um das Leben zu leben. Und zwar in vollen Zügen. Ab dem Moment, in dem ich sie als Brautjungfer am Altar stehen sah, von wo aus sie mir frech zuzwinkerte, und mir so mit geröteten Wangen ihre Absichten offenbarte, war die Jagd auf sie eröffnet.

Es war eine kurze, wenngleich phänomenal aufregende Jagd gewesen.

Dann hatte ich meine abenteuerlustige Beute genussvoll erlegt.

Immer und immer und immer wieder.

Wie im Rausch.

Ein Wochenende lang.

Zwei verboten heiße Nächte und Tage.

Ohne Verpflichtungen und ohne Erwartungen.

Genauso, wie ich es liebte.

Dass wir uns jemals wiedersehen würden, schien unwahrscheinlich. Schließlich arbeitete sie in einem Job, für den sie 250 Tage im Jahr in der Weltgeschichte herumreiste. Im Gegensatz dazu saß ich für gewöhnlich im fünfzigsten Stock eines futuristischen Skyscrapers im Financial District in New York City. Von dort aus managte ich mit meinen Geschäftspartnern die wirtschaftlichen Geschicke unserer amerikanischen Sportunternehmen und Beteiligungen: Football, Basketball, Eishockey, Baseball und Motorsport. Bisher hatten wir uns im Motorsport ausschließlich auf amerikanische Serien konzentriert: *IndyCar* und *NASCAR*. Die Expansion in den europäischen Rennsport war eine gewagte Herausforderung, dessen Leitung man ausgerechnet mir übertragen hatte.

Da ich alles liebte, was schnell und laut war, lenkte ich von nun an neben den amerikanischen Rennsportinvestments auch die geschäftlichen Belange des *Titan Racing* Rennstalls in der *Serie del Rey*.

Das wiederum bedeutete, dass Allegra, meine wilde Las Vegas Brautjungfer, ab sofort Allegra, meine brave Untergebene, sein würde. Ich musste schwer an mich halten, um all die schmutzigen und verbotenen Gedanken zu vertreiben, die mir pausenlos in den Sinn kamen, seitdem ich davon erfahren hatte. Vor allem, weil sie noch immer so umwerfend aussah wie damals.

Die langen, haselnussbraunen Haare. Die Funken sprühenden Augen. Die verführerischen, weiblichen Kurven, die in der Titan Racing Team Uniform, bestehend aus einem eleganten Shirt und einem knieumspielenden Rock, wunderbar zur Geltung kamen.

All das machte mich tierisch an.

Doch ich verbot es mir, noch länger darüber nachzudenken.

Denn ich war hier um zu arbeiten.

Um den Rennstall gründlich unter die Lupe zu

nehmen. Um Schwachstellen zu identifizieren und zu eliminieren.

Vergnügen konnte ich mich außerhalb der Rennstrecke. Und zwar mit einer Frau, die mir nicht unterstellt war.

Mit eisiger Stimme machte mich Allegra mit den weiblichen Mitgliedern ihres Teams bekannt, die mich mit kokettem Augenaufschlag und mädchenhaftem Kichern begrüßten.

»Ich danke Ihnen allen für die herzliche Begrüßung. In den nächsten Tagen oder Wochen werde ich mit jeder von Ihnen ein persönliches Kennenlernen vereinbaren. Bitte halten Sie sich dafür zur Verfügung«, schloss ich.

»Unbedingt. Ich kenne da eine hippe Bar in Downtown Melbourne mit einer super Aussicht auf den Yarra Fluss«, ereiferte sich Kat, eine von Allegras Mitarbeiterinnen, was ihr einen mahnenden Blick von Allegra einbrachte und sie auf der Stelle verstummen ließ.

»Alle Termine mit Mitgliedern des Eventteams sollten über mich koordiniert werden. Ich möchte gern den Überblick bewahren«, informierte mich Allegra und reichte mir ihre Visitenkarte. »Meine E-Mail-Adresse und Telefonnummer für *dienstliche* Angelegenheiten.«

Sie betonte das Wort »dienstlich«, was mich schmunzeln ließ.

»Also gut, Allegra. Machen wir es so. Da ich allerdings ein Verfechter von kurzen Dienstwegen bin, lassen Sie uns den ersten Termin direkt an Ort und

Stelle vereinbaren. Ich möchte zunächst mit Ihnen als Chefin der Abteilung sprechen. Kommen Sie dazu nachher in mein Büro im Motorhome. Sagen wir in einer Stunde?«

Sie beäugte mich kritisch mit einer Mischung aus Unbehagen, Trotz und Misstrauen.

»Und bitte bringen Sie die bisherigen Gästebuchungen der anstehenden Saisonrennen mit, sowie die vorläufige Planung und Personaleinteilung«, fügte ich hinzu, um ihr subtil zu versichern, dass ich ein professionelles Gespräch mit ihr führen und nicht dort anknüpfen wollte, wo wir auf Capri, unserem persönlichen Las Vegas, aufgehört hatten.

Denn was in Vegas passierte, blieb in Vegas.

Allerdings musste ich gestehen, dass ich Allegras und mein persönliches Las Vegas in diesem Moment ein wenig vermisste.

4

ALLEGRA

*6 MONATE ZUVOR – INSEL CAPRI, ITALIEN
– HOCHZEIT VON CARLOTTA & MATTEO*

Die Aufregung machte mich ganz hibbelig. Dabei war nicht ich es, die heute heiratete, sondern meine Schwester Carlotta. Nach aufwühlenden und nervenaufreibenden Monaten, hatte sie den Kampf um ihre große Liebe, den mächtigen und dunklen Geschäftsmann Matteo Leone, endlich gewonnen. Heute würde sie den millionenschweren Mafia Boss auf dessen Familienanwesen auf der Insel Capri ehelichen.

Eigentlich sollte ich sie entführen und davor bewahren, einen Mann wie Matteo Leone zu heiraten. Aber der knallharte und herrische Mafioso war hoffnungslos in meine Schwester verliebt und wirkte wie ein unschuldiges, kuscheliges kleines Lämmchen in ihrer Gegenwart. Er würde sie auf ewig beschützen und sein Leben ohne mit der Wimper zu zucken, für ihres opfern. Wenn es so etwas wie die eine, große Liebe gab, dann war es das, was die beiden miteinander verband.

Ich richtete das wunderschöne Hochzeitskleid meiner Schwester zusammen mit unserer Cousine Giorgia und unserer Freundin Mia.

»Bereit?«, flüsterte ich ehrfurchtsvoll und griff nach Carlottas Hand.

»Aber sowas von«, lachte sie überglücklich und zog uns in eine Umarmung.

Zu *Umberto Tozzis* Welthit »Ti Amo« schritt meine Schwester kurz darauf am Arm unseres Vaters zum Altar. Ich folgte ihr in gebührendem Abstand. Das hier war allein ihr Moment. Sie hatte ihn sich nach ihrem mutigen Kampf um Leben und Tod mehr als verdient.

Matteo wartete ungeduldig vor dem pompösen Blumenaltar, den man im prachtvollen Garten der Familie Leone errichtet hatte. Tränen glitzerten in seinen Augen und der sehnsuchtsvolle Blick, den er meiner Schwester zuwarf, brachte mein Herz zum Stolpern.

Da war sie. Die wahre Liebe. Zum Greifen nah und doch so fern.

Ob mir meine wahre Liebe wohl jemals begegnen würde?

Oder war sie nur für eine Handvoll Personen reserviert, zu deren auserkorenem Kreis ich nicht gehörte?

Um ehrlich zu sein, blieb mir für so etwas wie Liebe überhaupt keine Zeit. Und normalerweise verspürte ich auch keinerlei Bedürfnis danach. Doch Carlotta und Matteo so unfassbar glücklich zu erleben, löste ein wehmütiges Ziehen in meiner Brust aus.

Was die beiden hatten, war einzigartig. Sie komplettierten einander. Zwei Hälften ein und derselben Seele, die endlich zueinander gefunden hatten.

Vielleicht würde ich sie eines Tages ebenfalls finden, die große Liebe.

Eines Tages, wenn ich die Zeit dafür hatte. Denn in meinem jetzigen Leben, mit dem ich voll und ganz zufrieden war, drehte sich alles um meinen Job als Eventmanagerin des *Titan Racing* Teams. Zu über zwanzig Rennen rund um den Globus reisen zu können, die vibrierende Atmosphäre auf der Rennstrecke, das laute Dröhnen der Motoren, der beißende Benzingeruch, das Blitzlichtgewitter der Fotografen, wenn die Stars und Sternchen eintrafen, die wilden Partys und die schicken Hotels mit ihren Spas: Das alles erfüllte mich mit purem Glück. Mehr als das brauchte ich nicht, um ein erfülltes Leben zu führen.

Zumindest nicht für den Moment.

Wobei ...

Ein verboten gutaussehender Fremder fing meinen Blick auf, den ich neugierig über die anwesenden Gäste schweifen ließ. Meine Lippen verzogen sich bei der Vorstellung, wie dieser attraktive Adonis wohl nackt aussehen würde, zu einem lockenden Lächeln und ich zwinkerte ihm in einem Anflug von plötzlichem Mut zu.

Ich hatte zwar keine Zeit für die große Liebe, aber für Spaß, ja für Spaß hatte ich dieses Wochenende Zeit. Jede Menge sogar. Und der geheimnisvolle Fremde, dessen Mundwinkel bei unserem stummen Austausch verräterisch zuckten, erschien mir der perfekte Partner für mein Vorhaben.

Nach der emotionalen Zeremonie fanden wir uns an der langen Tafel mitten im Weinberg der Leone Familie ein, wo der Wein in Strömen floss. Ich setzte mich zu Giorgia und Mia, ein paar Plätze vom glücklichen Hochzeitspaar und meinen Eltern, Großeltern, Tanten und Onkeln entfernt. Übermütig stießen wir mit einem Glas Rotwein auf die Liebe und die Leidenschaft an.

»Na ihr Süßen? Ihr fangt ohne uns an zu trinken? Das ist gegen die Hausregeln«, witzelte Leonardo, Matteos lebensfroher Cousin, als er sich uns näherte. Im Schlepptau hatte er niemand Geringeren, als den appetitlich aussehenden Fremden, den ich unverhohlen musterte.

Durch seinen schicken Anzug zeichneten sich dezent eine Reihe von appetitlichen Muskeln ab und es bestand kein Zweifel daran, dass er viel und hart trainierte. Seine braunen Haare schimmerten einladend und weich. Und seine azurblauen Augen erinnerten mich an das Meer von Capri. Ich schätzte ihn auf Mitte Dreißig und ich würde mein Leben darauf verwetten, dass er steinreich war. Die Uhr, der Anzug, die Schuhe ... alles an ihm schrie nach Geld, Luxus und Macht.

»Ladies. Darf ich euch Hunter vorstellen? Er ist ein Studienfreund von Matteo und mir. Wir haben damals zusammen die Uni in New York unsicher gemacht.«

»Hallo Hunter«, gurrten wir bereits sichtlich angeheitert und brachen in schallendes Gelächter aus, was besagten Hunter jedoch keineswegs zu stören oder zu verunsichern schien.

Stattdessen beugte er sich galant zu Mia und Giorgia hinab, drückte den beiden jeweils zwei Küsse auf die Wangen und umrundete dann in aller Seelenruhe die lange Tafel, um sich auch zu mir herabzubeugen und mich zu küssen. Dabei streiften seine Lippen und sein heißer Atem scheinbar aus Versehen meine empfindliche Ohrmuschel.

»Allegra«, räusperte ich mich verlegen. »Ich bin Allegra. Die Schwester der Braut.«

»Sehr erfreut, Allegra, Schwester der Braut. Ist der Platz neben Ihnen noch frei? Ich würde Ihnen gern Gesellschaft leisten, wenn Sie gestatten.«

Ohne meine Antwort abzuwarten, setzte er sich neben mich und legte ganz selbstverständlich den Arm über meine Stuhllehne. Mit der anderen Hand schenkte er zuerst mir, anschließend sich Wein nach.

»Also, Allegra, Schwester der Braut. Wie geht es

Ihnen? Amüsieren Sie sich?«, fragte Hunter und hob das gefüllte Glas an seine Lippen, wobei er mich keine Sekunde aus den Augen ließ.

»Absolut. Und Sie?«, gab ich zurück, weil mir beim besten Willen nichts Clevereres einfallen wollte.

»Jetzt, wo ich Sie getroffen habe, ja.«

Was bei jedem anderen abgedroschen und plump geklungen hätte, wirkte aus seinem Mund erschreckend betörend und erregend.

Bevor ich etwas darauf erwidern konnte, erhob sich Don Mario, der Patrone der Leone Familie, am Tischende und das fröhliche Geplänkel der Gäste verstummte.

Ehrfürchtig sahen alle zu dem Familienoberhaupt, das in diesem Moment zu einer Rede ansetzte.

»Liebe Familie und Freunde. Ich freue mich von Herzen, dass ihr alle zu der Hochzeit meines Enkels Matteo und dessen bezaubernder Frau Carlotta gekommen seid. Rousseau sagte einst: Um einen guten Liebesbrief zu schreiben, musst du anfangen, ohne zu wissen, was du sagen willst, und enden, ohne zu wissen, was du gesagt hast. So verhält es sich auch mit dieser kurzen Rede, die ich dem Brautpaar widmen möchte.«

Es war mucksmäuschenstill im Weinberg. Lediglich das entfernte Rauschen des Meeres war zu hören.

»Meist erkennen wir die große Liebe erst, wenn wir sie verloren haben. So auch im Falle meines Enkels, der seine große Liebe Carlotta vor zwölf langen Jahren aus Pflichtgefühl gegenüber der Familie verließ. Als sie sich vor sechs Monaten wiedergetroffen haben, hatte ich die Hoffnung, das Schicksal wolle die beiden verlorenen Seelen endlich vereinen. Doch das Leben geht manchmal unergründliche Wege und so wurde ihr gemeinsames Glück erneut auf brutale und hinterhältige Weise zerschmettert. Trotz all der Geschehnisse der vergangenen Monate und Jahre, sitzen wir heute hier zusammen und feiern die unzerstörbare Liebe dieser beiden Menschen zueinander. Eine Liebe, die stärker ist, als Worte es je beschreiben könnten. Eine Liebe, die mächtiger ist, als jede Intrige es je sein wird. Eine Liebe, die beständiger ist, als das Leben nach dem Tod. Wahre, reine und unbesiegbare Liebe. Die Liebe zwischen Carlotta und Matteo. Lasst uns das Glas heben. Lasst uns anstoßen auf Carlotta und Matteo. Und darauf, dass die Liebe das Leben lebenswert macht.«

Don Mario hob sichtlich ergriffen sein Glas und wir taten es ihm gleich. Einmal mehr wünschte ich mir insgeheim, dass ich sie irgendwann ebenfalls finden würde, diese wahre, reine und unbesiegbare Liebe.

»Nach dieser gigantischen Mahlzeit brauche ich dringend eine Fitnesseinheit. Los, lasst uns das Tanzbein schwingen, Ladies«, drängte Leonardo nach dem üppigen Hauptgang, bestehend aus handgemachten mit Kürbis gefüllten Ravioli in einer leichten Parmesan Creme, sowie einer Auswahl an Fleisch und Meeresfrüchten mit saisonalem, gegrilltem Gemüse, und dem traditionellen Tiramisu als Nachspeise.

»Wir haben noch nichts von der Hochzeitstorte probiert«, protestierte ich, aber er hatte sich bereits Giorgia geschnappt und schob sie eilig in Richtung Tanzfläche, wobei seine Hand verdächtig weit an ihrem Rücken heruntergerutscht war. Auch Mia hatte sich klammheimlich verkrümelt.

Blieben also noch ich und der nicht mehr ganz so fremde Hunter.

»Ich hole uns ein Stück von der Torte«, lächelte er und erhob sich.

Eine Minute später kehrte er mit einem beachtlichen Stück der dreistöckigen Panna Cotta Torte mit Himbeeren und Vanille Soße zurück und hielt mir eine beladene Gabel des verlockend duftenden Kuchens vor den Mund.

Ich zögerte, doch dann nahm ich meinen Mut zusammen, sah ihm direkt in die azurblauen Augen und umschloss die Gabel mit meinen Lippen. »Hmmm«, seufzte ich genüsslich, was er mit einem ungestümen Knurren quittierte.

Beherzt nahm ich ihm die Gabel aus der Hand, wobei sich unsere Finger berührten und meine Haut verdächtig zu kribbeln begann. »Jetzt bist du an der Reihe«, forderte ich ihn auf und hielt ihm die beladene Gabel vor den herrlich einladenden Mund.

Er beugte sich zu mir vor und nahm genießerisch die Gabelspitze in den Mund. »Fast so süß wie du. Aber eben nur fast«, kommentiert er und zwinkerte mir zu.

»Ich denke nicht, dass ich süß bin«, erwiderte ich und verkniff mir ein Grinsen.

»Ach nein? Was bist du dann?«, gab Hunter interessiert zurück und strich neugierig mit dem Zeigefinger über meinen nackten Arm.

»Wild. Ausgehungert. Abenteuerlustig«, brachte ich atemlos hervor und beobachtete gebannt, wie er bei diesen Worten schluckte und sein Unterkiefer zu mahlen begann.

»*Ausgehungert*? Möchtest du vielleicht noch mehr von dieser fantastischen Torte naschen?« Seine Stimme war einem rauen Flüstern gewichen.

»Ich glaube, ich möchte heute Nacht lieber von etwas anderem naschen.«

Ich staunte über meinen Mut. Noch nie in meinem Leben war ich bei einem Mann so vorgeprescht. Das war überhaupt nicht meine Art.

Aber das hier ...tja das hier war eine Ausnahme. In jeglicher Hinsicht.

Ich war wegen meines anstrengenden und reiseintensiven Jobs schon so lange von keinem Mann mehr berührt worden, dass ich schon fast nicht mehr wusste, wie es sich anfühlte. Deshalb hatte ich gehofft, dass sich das auf der Hochzeit meiner Schwester vielleicht ändern ließe. Denn dafür waren Hochzeiten doch bekannt, oder?

Und jetzt sah es ganz danach aus, als würde sich mein geheimer Wunsch erfüllen. Mit Hunter.

Ein leidenschaftliches Wochenende mit einem attraktiven Fremden. Keine Verpflichtungen. Kein Wiedersehen.

Das klang verrucht und unglaublich aufregend. Und doch klang es so überhaupt nicht nach mir.

Hm. Möglicherweise reizte es mich genau aus diesem Grund.

Was es auch war, ich würde mich darauf einlassen. Ich würde es wagen. Und danach würde ich abreisen und so weitermachen, als sei nie etwas passiert. Was auch immer an diesem Wochenende auf Capri geschah, würde auf dieser Insel bleiben. Verborgen hinter den massiven, gut bewachten und jahrhundertealten Steinmauern der Villa Leone.

Das hier war mein persönliches Las Vegas.

Und ich hatte soeben am Roulettetisch Platz genommen, bereit mit dem Feuer zu spielen.

5
HUNTER

*6 MONATE ZUVOR – INSEL CAPRI, ITALIEN
– HOCHZEIT VON CARLOTTA & MATTEO*

Seit einer Stunde wirbelte ich Allegra unermüdlich über die Tanzfläche und genoss in vollen Zügen, dass ich sie dabei immer wieder unbehelligt an der Hüfte, der Taille und den Armen berühren konnte. Ihr seidiges, haselnussbraunes Haar duftete blumig und ihre rehbraunen Augen glänzten von den fünf Gläsern Wein, der frischen Meerluft und ihrem ausgelassenen Lachen, das glockenhell durch die Nacht drang.

Die Live Band gab einen italienischen Hit nach dem nächsten zum Besten. Die Stimmung befand sich auf dem Höhepunkt, die Tanzfläche war vollgepackt und die Gäste trunken vor Glück. Sogar das Brautpaar tanzte verliebt inmitten all ihrer Freunde und Familie.

Nach weiteren zwanzig Minuten voller energiegeladener Hits schwang die Band in eine sanftere Richtung und stimmte gefühlvolle Balladen an.

Ohne auch nur eine Sekunde darüber nachzudenken, zog ich Allegra in meine Arme und vergrub mein Gesicht an ihrem filigranen Hals. Sie erschauderte, als mein heißer Atem auf die dünne Haut ihrer Halsgrube traf.

Ich umschloss sie fester und stellte mit Genugtuung fest, wie perfekt sie in meine Arme passte. Ihre sinnlichen Kurven fügten sich darin, als wären sie allein dafür gemacht. Mir stockte der Atem, als ihre Hände sich einen Weg über meinen Rücken, meinen Nacken bis hinauf zu meinem Kopf bahnten. Sie umfasste meine Haare und zog mein Gesicht zu sich hinab.

Ihre Augen waren geweitet. Eine Mischung aus Ekstase, Furcht und Nervosität lag darin.

»Sag mir, was du willst, Baby«, wisperte ich an ihren Lippen. »Wenn du willst, dass ich diese vollen, weichen Lippen koste, dann werde ich das auf der Stelle tun. Aber du musst es wollen. Es sagen. Ich will es von dir hören.«

Sie blinzelte und nickte zögerlich.

»Ich kann dich nicht verstehen«, brachte ich mit belegter Stimme vor.

Ihre plötzliche Scham machte mich ungeheuer an. Diese Frau war keine Draufgängerin. Sie schmiss sich den Männern nicht an den Hals und sie war nicht leicht zu haben. Ich war Profi genug, um das sofort zu erkennen. Dennoch hatte sie heute all ihren Mut zusammengenommen, um über ihren Schatten zu springen und sich in ein leidenschaftliches Abenteuer zu stürzen. Und Gott behüte, ich wollte der Mann sein, mit dem sie dieses Abenteuer erlebte. Doch ich musste es hören. Ich musste wissen, dass sie es genauso wollte wie ich. Denn würde ich einmal anfangen, würde ich nicht wieder aufhören können. Nicht bei ihr. Nicht bei Allegra.

»Ich will es«, hauchte sie schüchtern.

»Was willst du?«, stachelte ich sie weiter an, während ich mich vorbeugte und neckend in ihr Ohrläppchen biss.

Als Reaktion darauf entwich ihr ein ersticktes Keuchen.

»Willst du, dass ich dich küsse?«, flüsterte ich.

»Ja«, seufzte sie ergeben und drängte sich enger an mich.

Ich schloss für einen Moment die Augen und versuchte, ruhig zu bleiben. Das hier war gut. Sehr gut. Verdammt gut. Zu gut.

»Wohin soll ich dich küssen, Allegra? Auf den Mund? Auf den Hals? Willst du, dass ich deine Knospen küsse? Oder deine saftige Mitte?«

Sie stöhnte erregt auf. Der *Dirty Talk* schien ihr ebenso zu gefallen, wie mir.

»Wie hättest du es gern? Sag es mir und ich erfülle es dir.«

»Ich will alles«, krächzte sie. »Alles.«

Genau das wollte ich hören. Dass sie es wollte. Dass sie *mich* wollte. Dass sie *alles* von mir wollte.

»Komm, lass uns von hier verschwinden«, raunte

ich und zog sie mit mir in Richtung unseres außerge-
wöhnlichen Nachtquartiers.

Obwohl die Villa Leone weitläufig und großflächig
war, konnte sie nicht all die angereisten Hochzeits-
gäste beherbergen. Deshalb hatte Allegras Schwester
rund um eine romantische Lagerfeuerstelle, etwas
abseits im Garten, insgesamt zwölf glamouröse Tipi
Zelte im Boho Stil errichten lassen, in denen sie ihre
und Matteos engste Freunde einquartiert hatte. Das
ermöglichte es den älteren Gästen, wie Allergras Eltern
und Großeltern, in der luxuriösen, komfortablen Villa
zu übernachten und barg außerdem den Vorteil, dass
sie von dem, was wir hier taten, nichts mitbekamen
und wir uns folglich nicht zurückhalten mussten.

»Das hier ist mein Zelt.« Allegra blieb stehen und
wies auf das Zelt neben meinem.

»Und das hier meins«, klärte ich sie auf und grinste
amüsiert.

Sie kicherte und nestelte verlegen an meinem
Hemd. »Willst du mit zu mir kommen? Oder gehen wir
zu dir?«

»Ich folge dir, wohin du willst«, sagte ich und
strich mit dem Zeigefinger aufreizend ihren Hals
entlang.

Allegra beugte sich hinab und zog den Reißverschluss
ihres Zeltes auf, was mir eine einwandfreie Sicht auf ihren
wohlgeformten Po bescherte und meine Männlichkeit
gewaltig in Aufruhr versetzte. Sie drehte sich zu mir um
und signalisierte mir unmissverständlich, einzutreten.

Oh yes.

Ich zog den Reißverschluss hinter uns zu und sah mich in ihrem Tipi um. Es war so geräumig und stilvoll, wie meins. In der Mitte des Tipis konnte man sogar aufrecht stehen. Zwei Bastlampen, die von der Decke hingen, spendeten sanftes, goldfarbenes Licht. Ein einladendes, unberührtes Doppelbett füllte den größten Teil des Tipis aus. Eine Sitzgelegenheit mit Retro Tisch und Rokoko Spiegel vervollständigten die minimalistische Einrichtung.

Allegra trat von einem Fuß auf den anderen und malträtierte aufgeregt ihre Unterlippe, was meinem Schwanz ein nervöses Zucken entlockte.

»Alles in Ordnung?« Ich hob behutsam ihr Kinn an, um ihr in die Augen zu sehen.

»Ja«, stieß sie heiser hervor. »Es ist nur ...«

Sie stockte, statt ihren angefangenen Satz zu beenden.

»Was? Sag es mir, Baby. Es ist okay«, ermutigte ich sie.

Sie holte tief Luft und hielt meinem Blick stand. »Es ist nur, dass ich sowas normalerweise nicht mache. Deshalb bin ich mit dem Ablauf nicht vertraut.«

»Du gehst normalerweise nicht auf Hochzeiten?«, gab ich mich absichtlich naiv, um die aufgeheizte Atmosphäre aufzulockern. »Für gewöhnlich verspricht sich das Brautpaar auf einer Hochzeit ewige Liebe und Treue. Danach wird gegessen, getanzt und gefeiert, wenngleich nicht immer in dieser Reihenfolge. Du siehst: Ganz einfach.«

Allegra boxte mir mit einem verschmitzten Grinsen in die Seite. »Das meine ich nicht.«

»Ich weiß«, lächelte ich und zog sie an mich.

Mein Plan war aufgegangen. Ihre Anspannung wich Vorfreude und Verlangen.

»Ich weiß, dass du für gewöhnlich nicht die Art von Frau bist, die auf einer Hochzeit Männer abschleppt. Aber Ausnahmen bestätigen die Regel. Du wünschst dir ein leidenschaftliches Abenteuer ohne Verpflichtungen. Ekstase. Befriedigung. Spaß. Und ich werde dir all das geben. Vertrau mir einfach und lass dich fallen.«

Sie nickte entschlossen. »Okay. Das werde ich. Ich will dieses Abenteuer mit dir.«

»Das freut mich zu hören. Und wie. Jetzt geh zum Bett und zieh dich aus. Langsam. Ich will es genießen«, befahl ich ihr.

Allegras Augen weiteten sich und ihre Wangen nahmen einen zarten Rotton an. Sie gehorchte widerstandslos und stolzierte auf wackeligen Beinen zum Bett, wo sie mit zittrigen Fingern den Reißverschluss ihres Kleides öffnete.

Ich hatte vermutet, jedoch nicht mit Sicherheit gewusst, dass es sie stimulierte, im Schlafzimmer Befehle entgegen zu nehmen. Zu sehen, wie sehr sie meine herrischen Worte antörnten, erfüllte mich gleichermaßen mit Zufriedenheit und Gier.

»Sieh mich an, Allegra. Ich will, dass du dich allein auf mich konzentrierst.«

Sie hob ruckartig ihr hübsches Gesicht und fixierte mich mit leicht geöffneten Lippen, als sie ihr Kleid abstreifte und es raschelnd zu Boden fiel. Mit einer eleganten Bewegung stieg sie über das aufgebauschte Kleid und präsentierte sich mir in türkisfarbener Spitzenunterwäsche, die ihr das Aussehen einer Meerjungfrau verlieh, und hochhackigen High Heels, die erst jetzt richtig zur Geltung kamen.

»Zieh die Unterwäsche aus. Lass die Schuhe an«, forderte ich und öffnete den Reißverschluss meiner Hose, um meinen pulsierenden Schwanz daraus zu befreien.

Gemächlich ließ ich ihn in meiner Hand auf und ab gleiten, während ich Allegra dabei beobachtete, wie sie ihren BH öffnete und zwei runde, hübsche Brüste entblößte.

»Fass sie an, Baby. Verwöhn sie«, befahl ich ihr und stöhnte auf, als sie anstandslos gehorchte und ihre perfekt manikürten Fingernägel über ihre Brüste zu ihren aufgerichteten Knospen wandern ließ und sie provokant umkreiste.

Ich knöpfte mir mein Hemd auf, während ich sie keine Sekunde aus den Augen verlor und ihre sexy Showeinlage meine Fantasie beflügelte.

»Streif dein Höschen ab und setz dich aufs Bett.«

Sie gehorchte erneut, entledigte sich ihres hauchdünnen Slips und präsentierte mir ihren nackten, knackigen Po, als sie auf den Heels zum Bett stolzierte und sich auf der Matratze niederließ. Scheu schlug sie die Beine übereinander und überkreuzte ungelenk die Arme vor der Brust.

Offenbar war sie verunsichert, was ihren Körper betraf. Dabei war er ein Wunderwerk der Natur, an dem ich mich nicht sattsehen konnte. Und dass sie sich dessen anscheinend nicht bewusst war, machte mich nur noch mehr an. Denn eine Frau, die ihre Reize aus Schüchternheit verbarg, statt sie manipulativ einzusetzen, weckte nicht nur den Jagd-, sondern auch den Beschützerinstinkt in mir.

»Entspann dich, Allegra. Alles ist gut. Du bist wunderschön und ich liebe, was ich sehe. Aber jetzt will ich, dass du es dir bequem machst. Lehn dich zurück, stütz dich auf den Unterarmen ab und spreiz die Beine für mich.«

Als sie zögerte, schob ich ein knurrendes, ungehaltenes »*Sofort*« hinterher. »Oder willst du sehen, was passiert, wenn du mich auf die Folter spannst?«

Sie schnappte hörbar nach Luft und musterte mich aus ihren aufgeschreckten, braunen Augen wie ein scheues Reh im Scheinwerferlicht.

Langsam lehnte sie sich zurück und löste ihre Schenkel voneinander, entblößte ihre nasse, heiße Mitte, die von zwei langen Beinen in schwindelerregend hohen Heels umrahmt wurde und verführerisch glänzte.

Ich schluckte, weil der paradiesische Anblick mich schier überwältigte.

Unfähig, mich noch eine Sekunde länger zurück zu halten, entledigte ich mich meiner restlichen Kleidung, zog ein Kondom aus meinem Jackett und ging auf Allegra zu, deren Körper unter meinem bewundernden Blick erbebte.

Es fiel mir schwer, mich zu entscheiden, was ich zuerst kosten wollte: Ihren lieblichen Mund mit den vollen Lippen? Ihre üppigen Brüste mit den aufgerichteten Knospen? Oder ihre triefende, glänzende Mitte?

Ich entschied mich für Letzteres und ging vor ihr auf die Knie.

Sachte pustete ich in ihre Hitze, was sie mit einem gequälten Stöhnen quittierte, das mir ihre Vorfreude verriet und meinen Puls in die Höhe schnellen ließ.

Sie war derart ausgehungert, dass es nicht lange dauern würde, sie zum Kommen zu bringen. Ich hatte schon viele Frauen in meinem Leben befriedigen dürfen. Ich kannte den weiblichen Körper. Den Duft der Lust. Die Kontraktionen der angespannten Muskeln. Den Klang des Stöhnens. Das Zittern der Beine. Den flachen Atem. Das sich mir anbietend entgegenreckende Becken.

Oh ja. Ich wusste, dass ich hier eine bezaubernde Frau vor mir hatte, die dringend einen Höhepunkt erleben wollte, weil ihr letzter, richtiger Höhepunkt schon lange zurücklag. So lange, dass ihr Körper mich anbettelte, der Durststrecke endlich ein Ende zu bereiten. Und genau das hatte ich vor.

»Sssshhh. Ganz ruhig. Ich habe doch gerade erst angefangen«, flüsterte ich, als ihr Stöhnen in ein Keuchen überging und senkte meinen Mund auf ihre verführerisch weit geöffnete Scham.

Gemächlich glitten meine Lippen über ihre Nässe, immer begleitet von Allegras ersticktem Keuchen. Ich arbeitete mich langsam vor. Ließ mir Zeit, weil ich spürte, wie sie sich unter mir wand und ihrem Orgasmus viel zu schnell entgegenflog.

»Du schmeckst so süß, wie du aussiehst«,

murmelte ich zwischen ihren Beinen und tauchte meine Zunge tief in ihr enges Loch, das sich so sehr nach meinem Schwanz sehnte und darauf, hart von ihm gefickt zu werden.

Aber alles zu seiner Zeit. Zuerst musste ich sie vorbereiten. Sie locker und heiß machen. Und momentan sah es so aus, als ob mir das auch gelingen würde.

»Ahhh ... Gott, jaaah«, stöhnte sie zügellos, als ich begann, ihre gierige Scham mit meiner Zunge zu massieren und gleichzeitig mit zwei Fingern rhythmisch in sie einzudringen.

Meine Finger dehnten sie, während meine Zunge sie neckend streichelte und für ein Wechselbad der heiß-kalten Gefühle sorgte.

»Mhhhh«, raunte ich genussvoll, als sie begann, ihr Becken an meinem Mund kreisen zu lassen. Da wurde jemand richtig zügellos und brannte darauf, zu explodieren.

Ich konnte es kaum erwarten, mich endlich in sie zu schieben und mich bis zum Anschlag in ihr zu vergraben. Es würde sich fantastisch anfühlen, sie auszufüllen und sie mit harten Stößen zu pfählen. Ihre Lustschreie würden mich dabei antreiben, wie die Peitsche ein Rennpferd im Kampf um den Sieg.

Für den Bruchteil einer Sekunde blitzte bei diesem Gedanken das Bild von der nackten, erregten Allegra vor meinem inneren Auge auf, wie sie auf allen Vieren und mit weit gespreizten Beinen vor mir auf dem Bett kniete und ich ihr mit einer meiner Peitschen ihren hübschen, straffen Po versohlte, bis ihre Mitte vor Erregung auf das Laken zu tropfen begann.

Ich war kein Dom und übte keine BDSM Praktiken aus. Aber das hieß nicht, dass ich mich nicht ab und an entsprechendem Spielzeug bedienen konnte.

Handschellen. Peitschen. Augenbinden. Nippelklemmen. Analplugs. Vibratoren.

Fuck! Wie gern hätte ich jetzt mein gesamtes Repertoire an Sexspielzeug bei mir, um Allegra die ganze Nacht lang damit zu verwöhnen und an ihre Grenzen zu führen.

Doch ich musste mit dem arbeiten, was ich bei mir hatte. Mit meinem Mund. Meinen Händen. Meiner Stimme. Und mit meinem Schwanz.

»Es gefällt dir, von mir geleckt zu werden, nicht wahr? So gierig, wie du deine kleine Pussy an mir reibst, würdest du dich am liebsten auf mein Gesicht setzen und es reiten, oder?«

Allegra stieß bei meinen rauen Worten ein gequältes Schnauben, gefolgt von einem flehenden Wimmern aus.

»Bitte ... Bitte ... ich ...«

»Bitte was, Süße? Hm? Was willst du?«, provozierte ich sie weiter und genoss jede Sekunde davon.

»Ich will kommen. Bitte Hunter, ich ... ich muss kommen.«

Sie griff verzweifelt nach meinen Haaren, zog daran und dirigierte mein Gesicht ungeduldig zurück an ihre Scham.

Jegliche Hemmung und Zurückhaltung waren von

ihrer Leidenschaft und Gier verdrängt worden. Sie würde alles für diesen Orgasmus tun. Einfach alles.

Kurz überlegte ich, ob ich sie dafür betteln lassen sollte. Ob ich sie auf den Boden zitieren und mir von ihr demütig meinen Schwanz blasen lassen sollte, bevor ich ihn ihr reinschob und sie mit ein paar kräftigen Stößen zum Orgasmus fickte.

Doch dafür würde uns später noch genug Zeit bleiben.

Ich sah, wie sehr sie litt und obwohl es mich antörnte, brachte ich es nicht über mich, sie noch länger in der Schwebe zu halten. Ich wollte sie an ihre Grenzen bringen, ja. Aber ich wollte sie nicht übertreten. Dafür brauchte es Vertrauen. Und dieses Vertrauen musste man sich erarbeiten. Das konnte man nicht in einer Nacht.

Als ihr Partner trug ich eine Verantwortung, derer ich mir trotz meines stetig wachsenden Verlangens, mich in ihr zu ergießen, bewusst war.

Sie hatte ihre Lust in meine Hände gelegt. Sie war mir ausgeliefert. Und sie vertraute mir. Das durfte und wollte ich nicht ausnutzen.

Also leckte ich sie behutsam weiter und stimulierte sie dabei gleichzeitig in einem stetig schnelleren Tempo mit meinen Fingern.

Allegra war so heiß und erregt, dass es keine zehn Sekunden dauerte, bis sie explodierte und in Millionen von Splittern zerbarst.

Als sie über die Klippe sprang, zog sich ihre Mitte um meine Finger zusammen und hielt sie fest. Die animalischen, ungehemmten Laute unverfälschter

Lust, die sie von sich gab, während ihr Orgasmus sie erschütterte, brachten meine Leidenschaft zum Überkochen und raubten mir auch den letzten Funken an Selbstbeherrschung.

»Eigentlich sollte ich ein Gentleman sein und dich die Nachbeben deines Orgasmus in Ruhe genießen lassen«, raunte ich mit belegter Stimme, deren Heiserkeit verriet, wie geladen ich war. »Aber ich bin nun mal ein selbstsüchtiges Arschloch. Deshalb werde ich jetzt leider in dich eindringen und mir nehmen müssen, was ich will. Ausruhen kannst du dich später, wenn ich mit dir fertig bin. Also los, dreh dich um, knie dich hin und mach brav die Beine breit«, befahl ich ihr und öffnete mit fahrigen Bewegungen die Kondomverpackung, die neben mir auf dem Boden lag, auch wenn ich mich nicht mehr daran erinnerte, sie dorthin gelegt zu haben.

Mit vor Ekstase verschleiertem Blick befeuchtete Allegra ihre Lippen und rollte sich auf den Bauch. Willig streckte sie mir ihren runden Po entgegen. Sie trug noch immer die High Heels, deren Anblick allein mich fast schon zum Höhepunkt brachte.

Ich schloss die Augen, rollte mir eilig das Kondom über und drang mit einem erlösenden Ruck in sie ein. Um es langsam zu machen, blieb uns in den nächsten Stunden noch genug Zeit. Jetzt brauchte ich es schnell und hart, um dem aufgestauten Verlangen ein Ventil zu geben und meine Fantasie Wirklichkeit werden zu lassen.

Mit rohen Stößen vögelte ich Allegra kraftvoll und unnachgiebig. Dabei krallten sich meine Finger in ihre schlanken Hüften, angetrieben von dem zutiefst befriedigenden Geräusch, das ihr erhitzter Po, der gegen meine arbeitenden Lenden klatschte, erzeugte.

Sie war nass von ihrem vorangegangenen Orgasmus und doch unglaublich eng, sodass ich jede noch so kleine Reibung überdeutlich spürte und leise zu fluchen begann.

»Fuck, Baby. Du fühlst dich so gut an. Wie für mich gemacht«, keuchte ich atemlos. »Gefällt dir, wie ich dich ficke? Oder brauchst du es härter?«

»Härter«, brachte sie mit abgehacktem Atem hervor. »Machs mir härter, Hunter.«

Ihre Worte lösten ein elektrisierendes Prickeln in mir aus, das meine Wirbelsäule hinabkletterte und direkt in meine verschwitzten Lenden schoss, die ihrem Wunsch nachkamen und es ihr so hart besorgten, dass sie aufschrie und unter einem erneuten Orgasmus, hilflos meinen Namen stöhnend, den Kopf in den Nacken warf.

Ihre Mitte krampfte sich dabei so fest um meinen Schwanz zusammen, dass ich losließ und ihr widerstandslos ins Nirvana folgte.

Keine Ahnung, wie lange ich dort verbrachte. Aber ich kostete jede Sekunde davon voll aus und als ich mich schließlich erschöpft neben Allegra auf das Bett fallen ließ und blinzelnd die Augen öffnete, blickte ich direkt in ihr entspanntes, befriedigtes Gesicht.

»Ich glaube, ich mag Arschlöcher«, flüsterte sie leise und lächelte.

Ich zog sie grinsend in meine Arme und seufzte. »Tja, ich schätze, dann bin ich wohl ein echter Glückspilz, was? Aber mal im Ernst: Ich war dermaßen scharf auf dich, dass ich dich nicht mal geküsst habe, bevor ich mich in dich geschoben habe. Das ist ziemlich mies, selbst für ein egoistisches Arschloch wie mich. Ich hoffe, du kannst mir verzeihen.«

Allegras Mundwinkel zuckten, als sie mit ihrem Zeigefinger meine Augenbrauen nachzeichnete und über meine Worte nachzudenken schien.

»Ich verzeihe dir«, meinte sie schließlich, wobei ihre Augen diebisch funkelten, so als führte sie etwas im Schilde. »Unter einer Bedingung.«

Aha. Wusste ichs doch. Bei Frauen bekam man selten etwas umsonst. Ihre Gunst war meistens an eine Bedingung geknüpft.

Ich zog skeptisch die Augenbrauen hoch. »Die da wäre?«

»Du küsst mich jetzt und anschließend machen wir da weiter, wo wir eben aufgehört haben.«

»Du bist ganz schön gierig, Süße«, neckte ich sie und schob meinen Oberschenkel lockend zwischen ihre Beine.

»Hast du ein Problem damit?«, fragte sie und legte das Kinn auf ihrem Arm ab, während sie sich aufreizend an meinem Bein rieb.

»Ganz und gar nicht«, flüsterte ich und spürte die neue, heiße Lust, die dabei in meine Venen schoss.

»Worauf wartest du dann? Küss mich und lass uns keine Zeit mehr mit Reden verschwenden.«

6

ALLEGRA

Ich klopfte an die Tür zum Büro des Teammanagers und wartete auf das Zeichen, das es mir erlaubte, einzutreten.

»Herein«, drang die Stimme von Hunter beziehungsweise Byron King zu mir in den Korridor.

Ich zählte bis drei, holte tief Luft und drückte die Türklinke herunter.

»Sie wollten mich sehen. Hier bin ich«, verkündete ich kurz angebunden.

»Allegra«, er lächelte freundlich, erhob sich von seinem Stuhl und wies auf den freien Platz ihm gegenüber. »Setz dich doch. Das ›Sie‹ können wir uns sparen. Schließlich kennen wir uns bereits, nicht wahr?«

Ich überkreuzte die Arme vor der Brust und stellte mich demonstrativ hinter den Stuhl, auf den er wies. »So? Kennen nennst du das, *Byron King*? Was mich betrifft, einen Byron King kenne ich nicht. Aber ich kenne einen Hunter. Das ist der Typ, mit dem ich auf der Hochzeit meiner Schwester zwei Tage lang ausschweifenden Sex hatte. Und weißt du was? Der sieht dir verdammt ähnlich. Hast du einen Zwillingsbruder? Oder hast du mich schlichtweg angelogen?«

»Willst du dich nicht setzen?«, versuchte es Hunter erneut.

»Nein«, giftete ich.

Er fuhr sich durch die dunkelbraunen Haare und seufzte. »Also gut. Hör zu. Du bist wütend. Das ist dein gutes Recht. Aber vielleicht gibst du mir die Chance, es dir zu erklären?«

»Ich bin ganz Ohr«, zischte ich.

»Du denkst, ich habe dich angelogen? Das habe ich nicht. Mein bürgerlicher Name ist Byron King, ja. Für meine Kumpels bin ich jedoch Hunter. Niemand von ihnen nennt mich Byron.«

»Aha. Wieso nennen sie dich Hunter, wenn du Byron heißt?«, erkundigte ich mich verwirrt.

Er machte ein ertapptes Gesicht und senkte den Blick. »Das liegt wohl an meinem Ruf, was Frauen betrifft.«

»Verstehe«, brummte ich.

Hunter. Der Jäger. Anders als für mich, war das, was wir auf Capri miteinander getrieben hatten, für ihn offensichtlich keine Premiere gewesen. Im Gegensatz zu mir war er also ein Profi in Sachen One-Night-Stand, oder wie in unserem Fall, *Two-Day-and-Night-Stand*.

Warum mich diese Erkenntnis störte?

Keine Ahnung.

Doch sie tat es. Womöglich weil ich ungern eine von vielen war. Welche Frau wollte schon eine Nummer in einer endlosen Schlange von Frauengeschichten sein? Das musste es sein, was mich störte. Und nicht der Gedanke, dass Hunter seit unserem leidenschaftlichen Abenteuer letzten Oktober mit zig weiteren Frauen geschlafen hatte.

»Wie soll ich dich jetzt anreden? Hunter? Byron? Mister King?«

»Das kannst du dir aussuchen, Allegra.«

»Vielen Dank, Mister King.«

»Du willst mich tatsächlich siezen? Nach allem, was ich von dir gesehen, berührt und gekostet habe?« Er trat hinter dem Schreibtisch vor und kam geschmeidig wie ein Panther auf mich zu.

Instinktiv schob ich den Stuhl zwischen uns. »Das war ein unverbindliches Abenteuer, das der Vergangenheit angehört. Wir sollten nicht mehr darüber reden. Lass es uns vergessen. Schließlich bist du ab sofort mein Boss.«

Er lachte ungläubig, umrundete den Stuhl und stellte sich hinter mich. Ich bemühte mich nach Kräften, ruhig und kontrolliert weiter zu atmen.

»Wie könnte ich den Sex mit dir jemals vergessen? Deine langen Beine in den mörderisch hohen Schuhen, die sich lustvoll um mich schlingen. Dein gequältes Wimmern, das deine Orgasmen begleitet. Deine spitzen Fingernägel, die mich markieren. Deine gierigen Lippen, die meinen Schwanz verwöhnen und seinen Saft bis zum letzten Tropfen trinken? Tut mir leid. Ich kann das nicht vergessen. Und ich will es auch gar nicht.«

Sein Mund war so nah, dass ich glaubte, ihn an meinem Hals zu spüren. Eine verräterische Gänsehaut kroch meinen Rücken hinab und ich ballte die Hände zu Fäusten.

Hunter drängte sich in mein Sichtfeld und fixierte mich mit einer unergründlichen Miene. »Vergessen werde ich es nicht. Aber ich kann damit umgehen, Allegra. Ich kann Vergnügen von Arbeit trennen. Wie sieht es mit dir aus? Schaffst du das ebenfalls, oder muss ich mich anderweitig nach einer Eventmanagerin umsehen? Willst du lieber versetzt werden?«

»Ich gehe nirgendwohin. *Titan Racing* ist meine Familie! Ich lasse mich nicht von hier vertreiben. Von niemandem«, rief ich empört aus.

»Gut. Denn ich erwarte vollen Einsatz. Von jedem Teammitglied, nicht nur von dir. So lange wir uns diesbezüglich verstehen, sehe ich kein Problem. Du etwa?«, entgegnete er.

»Nein.«

»Wunderbar.«

»Jetzt, wo wir das geklärt haben, hast du noch weitere Fragen an mich oder wollen wir uns dem Geschäftlichen widmen?«

»Wieso?«, flüsterte ich kaum hörbar.

»Wieso was?«

»Wieso hast du diesen Rennstall gekauft?«, konkretisierte ich meine Frage.

»Weil er zum Verkauf stand und weil er ein profitables Investment ist.«

»Natürlich.«

»Außerdem habe nicht ich ihn gekauft, sondern meine Firma. Meine zwei Partner und ich treffen solche Entscheidungen gemeinsam. Uns gehören verschiedene Profi-Vereine. Football, Eishockey, Basketball und viele mehr. Damit machen wir unser Geld.«

»Warum haben sie ausgerechnet dich geschickt?«

»Weil Motorsport mein Aufgabenbereich ist«, informierte er mich achselzuckend.

»Motorsport? Was verstehst du schon von Motorsport?« Ich schnaubte verächtlich.

»Wir haben Beteiligungen an so ziemlich jeder amerikanischen Rennsport Serie.«

»Die *Serie del Rey* hat nichts Amerikanisches an sich.«

»Das ist mir durchaus bewusst. Dennoch gibt es gewisse Parallelen. Ich werde also nicht bei null anfangen müssen. Außerdem habe ich eine äußerst fähige, und wie ich hoffe, kooperative Mitarbeiterin, die mir beratend zur Seite stehen wird und mir in den nächsten Monaten alles vermittelt, was ich wissen muss.«

»Und wer bitteschön soll das sein?« Argwöhnisch musterte ich ihn.

»Du.«

»*Ich?* Wieso ich?«

»Weil du im Gegensatz zu mir alles über die *Serie del Rey* und das *Titan Racing* Team weißt. Deshalb wirst du als meine Beraterin fungieren. Neben deinen Aufgaben als Eventmanagerin.«

»Und wie soll das deiner Meinung nach vonstattengehen?«

Er ließ sich Zeit mit der Antwort und nahm seelenruhig hinter seinem Schreibtisch Platz, wobei er eine Autorität und Dominanz ausstrahlte, die mich erschaudern ließ.

Wie konnte ein Mann nur so attraktiv sein? Lag es daran, dass er mit seinen Mitte 30 einige Jahre älter war als ich?

»Du wirst mir sowieso regelmäßig Bericht erstatten müssen, was die Events und die Hospitality betrifft. Wir verlängern diese Meetings um eine halbe Stunde und sprechen über die Fragen, die ich habe. Wenn ich keine Fragen haben sollte, erzählst du mir, was du für wichtig hältst. Sollte ich dich darüber hinaus benötigen, melde ich mich. Du hast mir ja netterweise deine Visitenkarte gegeben.«

»Habe ich eine Wahl?«

»Nein«, erwiderte er knapp und seine Stimme ließ keinen Zweifel an seiner Entscheidung.

7
HUNTER

Obgleich unser Wochenende auf Capri sechs Monate zurücklag, waren die Erinnerungen an dieses Abenteuer nicht verblichen. Ich sah es heute noch vor mir. Ich sah *sie* heute noch vor mir.

Das erste Mal in meinem Leben hatte ich mich nach einer unverbindlichen Affäre gefragt, wie es meiner Eroberung wohl ergangen sein mochte. Was sie tat. Ob sie auch an mich dachte.

In den letzten Monaten war Allegra immer wieder durch meine Gedanken gegeistert. Keine der schönen Frauen, mit denen ich mich seither vergnügt hatte, konnte Allegras Abbild vollständig aus meinem Kopf vertreiben.

Seitdem ich erfahren hatte, dass wir ausgerechnet das Team kaufen wollten, für das sie arbeitete, hatte ich mir ausgemalt, wie es sein würde, sie wieder-zusehen.

Nun hatte ich meine Antwort.

Und sie gefiel mir nicht.

Es gefiel mir nicht, dass sie wütend auf mich war. Dass sie unsere gemeinsame Zeit vergessen wollte. Dass sie mich mit »*Mister King*« anredete. Dass sie sich offensichtlich kein bisschen freute, mich wiederzusehen und die Aussicht darauf, auch in Zukunft Zeit mit mir zu verbringen, sie nicht frohlocken ließ. So ziemlich jede andere Frau, mit der ich im Laufe der Jahre im Bett war, hätte sich längst auf meinen Schoß gesetzt, um dort anzuknüpfen, wo wir aufgehört hatten.

Nicht so Allegra.

Mit vor der Brust verschränkten Armen stand sie zornig in meinem Büro und wünschte sich anscheinend nichts sehnlicher, als dass ich aus ihrem Leben verschwand.

»Habt ihr vor, Leute zu entlassen?«, schleuderte sie mir ihre nächste Frage entgegen. Allmählich kam ich mir vor, wie bei einem Verhör.

»Das werde ich in den kommenden Monaten herausfinden. Ich hoffe, ich kann auf deine Hilfe zählen«, gestand ich aufrichtig.

»Ich werde dir nicht dabei helfen, Gründe zu finden, um die Menschen, die mir am Herz liegen, zu entlassen.«

Sie hatte sich auf dem Schreibtisch abgestützt, um mir ihre Antwort auf Augenhöhe entgegenzuschleudern und funkelte mich kampflustig an.

In mir erwachte meine dunkle, dominante Seite,

die ich bei dieser heißblütigen Frau nur schwer im Zaum halten konnte.

»Was ist? Hat es dir die Sprache verschlagen oder überlegst du dir gerade, ob ich womöglich die Falsche für den Spitzel-Job bin?«

Ich beugte mich vor, sodass sich unsere Gesichter gefährlich nah kamen und ich ihren betörenden Duft von Nachthyazinthe wahrnahm. »Ich überlege gerade, wie es wohl wäre, wenn ich mich jetzt hinter dich stellen würde, den Rock von deiner Uniform hochschiebe und dich über meinen Schreibtisch gebeugt richtig hart rannehme. Vielleicht kommst du dann wieder zur Vernunft und mäßigst deinen Ton mir gegenüber. Sollen wir es ausprobieren?«

Sie schnappte hörbar nach Luft und kniff die Augen zusammen. »Nicht nötig, *Mister King*. Ich verzichte dankend.«

»Okay, Baby. Wenn du nicht willst, dass ich mir deinen hübschen Po schnappe und ihn ausgiebig vögele, solltest du dich jetzt hinsetzen, aufhören zu streiten und anfangen, deine Arbeit zu machen.«

Sie bewegte sich nicht. Also tat ich es. Ich schob den Stuhl zurück und stand energisch auf. »Eins«, begann ich zu zählen.

Eine Reaktion ihrerseits blieb nach wie vor aus.

»Zwei.« Ich umrundete den Tisch.

»Das wagst du nicht«, flüsterte Allegra tonlos.

»Lassen wir es darauf ankommen«, konterte ich.

Nur noch ein Schritt trennte mich von ihr. Ich streckte die Hand nach ihrer Hüfte aus, doch sie wich scheu zurück und ließ sich flink auf dem Stuhl nieder.

»Beginnen wir mit den Buchungen für dieses Wochenende«, knurrte sie und fixierte stur einen undefinierbaren Punkt an der gegenüberliegenden Wand.

»Geht doch«, kommentierte ich und nahm wieder meinen Platz ihr gegenüber ein. »Schieß los.«

Als sie sprach, weilte ihr Blick noch immer an einem Punkt hinter mir. »Wir erwarten am Freitag einhundertfünfzig Gäste. Am Samstag und Sonntag sind es jeweils zweihundert. Die meisten davon sind Sponsoren, deren Geschäftspartner, Kunden sowie die, die es nach diesem Wochenende werden sollen.«

»Ich will eine Auflistung der anwesenden Sponsoren. Und ich will wissen, wer von Relevanz anwesend sein wird. Verantwortliche seitens der Sponsoren, Direktoren, CEOs und so weiter. Arrangiere mir ein Treffen mit jedem, den ich, deiner Meinung nach, von ihnen kennenlernen sollte. Außerdem will ich wissen, welche Sponsorenverträge dieses oder nächstes Jahr auslaufen und den Stand der Vertragsverhandlungen.«

»Das Letztere ist eher eine Aufgabe der Sponsoring Abteilung.«

»Dann organisierst du mir ein Treffen mit dem, der sie leitet.«

»Er ist eine ‚Sie‘. Dakota Bennet. Und ja, ich kümmere mich darum. Morgen Abend findet auf der Dachterrasse des Teamhotels eine kleine Saisoneröffnungsfeier statt. Eine Vielzahl der Gäste wird erscheinen. Ich denke, dass das eine gute Möglichkeit ist, einige Hände zu schütteln.«

»Einverstanden. Du stellst mich den Leuten vor,

was bedeutet, dass du einen Teil des Abends an meiner Seite verbringen musst. Kommst du damit klar?«

Sie presste die Lippen aufeinander. »Ich bin ein Profi.«

»Nichts anderes habe ich vermutet.«

Ich sah auf die extravagante Armbanduhr, die mir zur Verfügung gestellt wurde, da eine bekannte Schweizer Luxusuhrenmarke zu den Sponsoren des Teams zählte. »Uns bleiben zehn Minuten, bis zu meinem nächsten Meeting. Zeig mir die Buchungen für die beiden folgenden Rennen und anschließend möchte ich mehr zu dem geplanten Eventablauf der Hospitality Suite für dieses Wochenende wissen.«

Nachdem Allegra mein Büro verlassen hatte, lehnte ich mich in meinem Stuhl zurück und schloss die Augen. Irgendetwas hatte diese Frau an sich, das mich innerlich aufwühlte. Vielleicht waren es die widersprüchlichen Signale, die sie aussandte.

Wenn ich nach dem ging, was sie sagte, so würde ich glatt annehmen, sie könnte mich nicht ausstehen. Wenn ich jedoch danach urteilte, wie ihr Körper auf mich reagierte, die kleinen Details, die sie geschickt zu verbergen versuchte, dann wusste ich, dass ich sie nicht kalt ließ. Die Gänsehaut auf ihrem Nacken, die zusammengepressten Beine, das Befeuchten der Lippen.

All das zeugte von Zuneigung. Interesse. Verlangen. Dennoch kämpfte sie gegen mich an.

Warum?

Weil ich ihr auf Capri meinen Rufnamen und nicht meinen eigentlichen Namen offenbart hatte? Weil ich die Effizienz und Organisation des Teams auf Herz und Nieren prüfen wollte? Oder weil ich jetzt ihr Boss war?

Ein Klopfen an der Tür riss mich aus meinen Gedanken.

»Byron? Die Fahrer sind aus der Pressekonferenz zurück. Willst du mit ihnen sprechen?« Toni stand in der Tür und tippte auf seinem Handy.

»Danke. Ich komme«, erwiderte ich und erhob mich, um mich den beiden Rennfahrern des Teams vorzustellen.

Juan Sanchez hatte in den letzten fünfzehn Jahren seiner Karriere in der *Serie del Rey* drei Weltmeister Titel gewonnen. Sein zehn Jahre jüngerer britischer Teamkamerad Tom Clark konnte sich in der letzten Saison seinen ersten Titel sichern. Juan war der erfahrene, routinierte Fahrer des Teams. Er lieferte stets solide Resultate. Tom war der Jungspund. Schnell wie der Teufel, aber mit mehr Glück als Verstand. Die Fahrerpaarung war weise gewählt und hatte maßgeblich zu dem Erfolg von *Titan Racing* beigetragen.

Bisher.

Ich war mir vollends bewusst, dass Juan Sanchez nach dieser Saison seinen Rücktritt ankündigen könnte. Mit seinen siebenunddreißig Jahren gehörte er zu den ältesten Rennfahrern im Starterfeld. Er hatte seine Schäfchen längst im Trockenen und seine Frau

Laura hatte während der Winterpause ihr erstes Kind zur Welt gebracht. Juan würde alsbald andere Prioritäten setzen wollen. Sein Vertrag lief zum Ende der Saison aus und bisher hatte er keine Anstalten gemacht, ihn zu verlängern.

Ich wollte die kommenden Wochen nutzen, um mir ein Bild von ihm zu machen und offen mit ihm darüber zu reden, ob die Notwendigkeit bestand, sich nach einem neuen Fahrer umzusehen.

Dies stellte eine der vielen Herausforderungen der *Serie del Rey* dar. Sie war die Königsklasse des Motorsports. Weltweit gab es nicht einmal fünfzig Fahrer, die in der Lage waren, in dieser Rennkategorie und in diesem talentierten Starterfeld, Siege einzufahren. Die wenigen, die es konnten, waren rascher vom Markt, als die neuste Version der Playstation. Wenn Juan also aussteigen wollte, musste ich das so schnell wie möglich wissen.

Es war schon lange dunkel, als ich am späten Abend die Rennstrecke in Richtung Teamhotel verließ. Nach dem Meeting mit den Fahrern hatte ich mich mit sämtlichen Ingenieuren getroffen und mich mit den Mechanikern unterhalten. So gut es ging, versuchte ich mir alle Namen und Tätigkeitsbereiche einzuprägen.

Wer für ein Rennsportteam arbeitete, der tat es in der Regel aus Leidenschaft und nicht wegen des

Geldes. Permanent um die Welt zu reisen, jedes zweite Wochenende, manchmal sogar ein paar Wochenenden hintereinander, achtzehn Stunden Tage zu arbeiten, und unter dem enormen Druck nicht zusammenzubrechen oder Fehler zu machen, erforderte Herzblut und Seele. Die Menschen, die sich das antaten und dabei auch noch Spaß hatten, verdienten meinen Respekt.

Dem ersten Eindruck nach zu urteilen, erschien mir das *Titan Racing* Team mehr wie eine Familie, und weniger wie ein Unternehmen. Jeder achtete auf den anderen. Ich hatte bisher kein böses Wort vernommen, keine Streitigkeiten und keine Unachtsamkeit beobachtet. Niemand hatte faul herumgestanden. Alle arbeiteten fokussiert und konzentriert auf den Saisonauftakt hin. Die Chancen, dass wir uns diese Saison erneut die Weltmeisterschaft der Konstrukteure und Fahrer sichern konnten, standen nicht schlecht. Aber unsere stärksten Konkurrenten, die *Roaring Bulls* und *Racing Rosso*, hatten den Winter über nicht geschlafen und ordentlich aufgerüstet, wenn man den Ergebnissen der Testtage in Barcelona Glauben schenkte.

Die kommenden Wochen und Monate, das prophezeite mir mein Bauchgefühl, würden alles andere als langweilig werden. Gut, dass mir meine Geschäftspartner in New York währenddessen weitestgehend den Rücken freihielten, damit ich mich vorrangig auf die Aufgaben, die hier vor mir lagen, konzentrieren konnte.

8

ALLEGRA

Obwohl wir während der Testfahrten in Barcelona schon Gäste betreut hatten, war das hier das erste Event der Saison, das außerhalb der Rennstrecke stattfand. In weniger als einer Stunde würden die geladenen Gäste eintreffen. Bis dahin gab es noch eine Menge Feuer zu löschen. Da die Veranstaltung im Teamhotel, einem modernen Wolkenkratzer mit extravaganter Dachterrasse im Zentrum von Melbourne, stattfand, musste ich mich, was das Catering, die Ausstattung und die Technik betraf, auf das Personal des Hotels verlassen. Und das ließ zu wünschen übrig. Mein Team und ich arbeiteten auf Hochtouren daran, die lieblos gestaltete Eventfläche den Maßstäben von *Titan Racing* anzupassen. Dabei sollten wir längst auf unseren Zimmern sein, uns den Schweiß des stressigen Tages von der Rennstrecke abduschen und uns in die eleganten Abendgarnituren werfen. Stattdessen arrangierten wir Häppchen, Blumen und Sitzgelegenheiten.

Ich betrachtete prüfend unser Werk, als mein Handy zu klingeln begann. Ein Blick auf das Display verriet mir, dass es Toni war. »Hi. Bist du unterwegs?«, begrüßte ich ihn und versuchte mir, meine Anspannung nicht anmerken zu lassen.

»Es gibt ein Problem mit dem Benzinmotor, das uns Sorgen bereitet. Die Ingenieure sind dabei, die Daten, die wir während der Training Sessions heute gesammelt haben, auszuwerten und ich muss vor Ort bleiben, bis wir ausschließen können, dass uns in der Qualifikation morgen alles um die Ohren fliegt.«

Ich legte den Kopf in den Nacken und starrte in den sternklaren Nachthimmel über Melbourne. Ein Unglück kam selten allein. Kaum hatte ich ein Feuer gelöscht, brannte das Nächste lichterloh.

»Wir erwarten um die einhundert Gäste, Toni. Und die wiederum erwarten, dass der Teamchef um einundzwanzig Uhr die erste Ansprache der Saison hält und ihnen versichert, dass wir uns den Titel auch in diesem Jahr holen.«

»Ich weiß«, seufzte Toni am anderen Ende der Leitung. »Bis dahin sind es noch neunzig Minuten. Vielleicht schaffe ich es, rechtzeitig im Hotel zu sein.«

»*Vielleicht* schaffst du es? *Vielleicht?* Und was, wenn nicht?«

Toni seufzte erneut. »Dann lasse ich mir was einfallen.« Es raschelte und Tonis gedämpfte Stimme drang nur noch undeutlich zu mir durch, während er vor Ort mit jemand anderem zu sprechen schien.

»Allegra, die Daten sind da. Ich muss auflegen. Wir hören uns.«

Es klickte und die Leitung war tot.

Verärgert kickte ich einen imaginären Stein mit der Fußspitze vom Dach.

»Hier steht alles soweit. Wir gehen uns duschen und umziehen, wenn das okay ist?«, holte mich meine Mitarbeiterin Mila in die Gegenwart zurück.

»Geht nur. Aber macht schnell. Ich will nicht, dass die Gäste eintreffen, ohne dass das Team bereitsteht.«

»Verstanden.« Mila tippte sich an die Stirn und eilte mit ihren Kolleginnen zum Aufzug.

Ich drehte noch eine letzte Runde und hakte in Gedanken die verschiedenen Punkte auf meiner Checkliste ab. Danach begab ich mich ebenfalls in Richtung Aufzug, um mich für das Event fertigzumachen. Die Zeiger meiner Armbanduhr verrieten mir, dass mir dazu stolze fünfundzwanzig Minuten blieben.

Ich stand vor dem Spiegel und versuchte, den Reißverschluss meines Cocktailkleids hochzuziehen, als es an der Tür klopfte. Missmutig runzelte ich die Stirn. In fünf Minuten musste ich auf der Terrasse parat stehen. Wer auch immer vor meiner Tür stand, würde mir wertvolle Sekunden dieser verbleibenden Zeit rauben.

Ich überlegte, nicht zu öffnen und mich tot zu stellen, aber was, wenn es um das Event ging? Was, wenn noch mehr schiefgelaufen war? In dem Fall musste ich es erfahren. Und zwar unverzüglich.

Mit gemischten Gefühlen ging ich zur Tür und öffnete sie, während ich mit der anderen Hand das nach wie vor offene Kleid festhielt.

»Hi«, begrüßte mich Hunter, die Hände lässig in den Hosentaschen seines todschicken Anzugs.

»Hi. Ich habe jetzt leider überhaupt keine Zeit für dich«, wies ich ihn kurz angebunden ab, nachdem ich mich von dem Schock, ihn heiß wie die Hölle vor meiner Zimmertür stehen zu sehen, halbwegs erholt hatte.

»Schade. Dabei bin ich deine Rettung«, eröffnete er achselzuckend.

»Eher mein Verderben«, murmelte ich so leise, dass nur ich es verstehen konnte.

»Toni wird es nicht zur Begrüßungsrede schaffen. Er hat vorgeschlagen, dass ich das für ihn übernehme.«

»*Du*?« Mit großen Augen musterte ich ihn.

»Ja, ich. Du klingst nicht sonderlich begeistert?«

»Bin ich auch nicht. Niemand der anwesenden Gäste kennt dich, Hunter.«

»Dann wird es höchste Zeit, dass sie mich kennenlernen. Schließlich bin ich der neue Teammanager. Die perfekte Möglichkeit, mich allen auf einen Schlag vorzustellen. Aber wenn du eine bessere Idee hast: Immer her damit.«

Ich lehnte mich gegen den Türrahmen und kaute auf meiner Unterlippe. Er hatte recht. Hunter die Ansprache halten zu lassen, war eine ausgezeichnete

Gelegenheit, ihn den Sponsoren und Kunden vorzustellen. Und wenn ich meine Alternativen betrachtete, schwammen meine Felle ziemlich schnell davon.

»Weißt du denn, was du sagen sollst? Hast du sowas schon mal gemacht?«

»Gäste willkommen heißen? Eine Ansprache halten?« Hunters Mundwinkel bogen sich spöttisch nach oben. »Das ein oder andere Mal, ja. Außerdem hat mich Riley gebrieft.«

Wenn Riley ihm einen Crashkurs gegeben hatte, konnte nicht allzu viel schief gehen. Ich vertraute Riley. Sie war verdammt talentiert in dem, was sie tat.

»Also gut. Tun wirs. Treffen wir uns in zwei Minuten auf der Terrasse.«

»Wieso gehen wir nicht zusammen?«, wollte er wissen.

Ich deutete auf den Arm, mit dem ich das offene Kleid zusammenhielt. »Der Reißverschluss hat sich entschlossen, mir das Leben schwer zu machen. Ich muss ihn erst zähmen, bevor ich nach oben kann.«

Hunter schob sich an mir vorbei in mein Zimmer und schloss die Tür.

Fragend sah ich zu ihm auf.

Was sollte das hier werden?

Was hatte er mit mir vor?

»Dreh dich um«, forderte er in dem für ihn so typisch dominanten Tonfall.

Bei seinem Befehlston breitete sich eine Gänsehaut auf meinen nackten Armen aus, was ihm sicherlich nicht verborgen blieb.

Mist.

»Wieso?« Meine Stimme ähnelte mehr dem Quieken eines Meerschweinchens, als der Frage einer selbstbewussten Frau.

»Weil *ich* jetzt deinen Reißverschluss zähmen werde. Sonst stehst du in einer halben Stunde immer noch hier.«

Ich bewegte mich nicht. Das Wort *»zähmen«* klang aus seinem Mund verboten sexy. Meine Augen hingen an seinen Lippen, die sich bewegten, aber ich hörte nicht, was er sagte.

»Allegra?«

»Entschuldige, was hast du gesagt?«

»Es ist dein Event. Wenn du zu spät kommen willst, ist das deine Entscheidung.«

Ich schüttelte die Gedanken an den nackten, muskulösen Hunter in meinem Bett ab. Sie gehörten der Vergangenheit an.

Wortlos drehte ich mich zur Tür und stellte ihm meinen zum Teil entblößten Rücken zur Schau. Als seine Finger nach dem Reißverschluss griffen und die meinen berührten, zog ich meine Hand instinktiv weg, was dafür sorgte, dass das Kleid nach unten rutschte und meinen kompletten Oberkörper entblößte.

Ich hörte, wie Hunter scharf die Luft einsog und leise fluchte.

Schnell griff ich nach dem Stoff und zog ihn hoch. »Wie man einen Reißverschluss schließt, weißt du?« Ich bemühte mich um einen herablassenden Ton. Mit mäßigem Erfolg, wie ich frustriert feststellen musste.

»Für gewöhnlich öffne ich ihn bei Frauen, statt ihn

zu schließen«, erwiderte er belustigt und zog den Reißverschluss mit einem Ruck zu. »Fertig.«

Ich schlüpfte in meine Schuhe und schnappte mir meine Clutch vom Bett.

»Hübsche Schuhe«, kommentierte Hunter beiläufig und hielt mir die Tür auf.

Ich errötete bei der Erinnerung an sein Faible für High Heels.

Auf dem Weg zum Aufzug legte Hunter wie selbstverständlich seine Hand auf meinen Rücken und dirigierte mich durch den langen Korridor.

Ich wünschte mir, seine Berührung würde schmerzen, aber sie war so wohltuend, dass ich fast wie ein Kätzchen zu schnurren begann.

»Erklär mir, wie das hier ablaufen soll, Allegra«, verlangte er, als wir den Aufzug betraten und sich die Stahltüren schlossen.

Das hier? Wollte er etwa im Aufzug über mich herfallen? Mein Hals wurde schlagartig trocken und ich räusperte mich.

»Hier wird nichts ablaufen«, antwortete ich ihm kühl.

»Wie meinst du das?«

»So, wie ich es sage. Das, was zwischen uns war, ist vorbei. Das Wochenende auf Capri war eine unverbindliche Geschichte ohne Verpflichtungen und Erwartungen.«

Hunter schmunzelte erheitert. »Schön, dass wir uns da einig sind. Ich meinte eigentlich, wie das Event ablaufen soll. Um wie viel Uhr halte ich die Ansprache? Wer kündigt mich an? Wo soll ich mich hinstellen?«

Mein Gesicht färbte sich rot, wie eine Tomate und ich stöhnte innerlich auf.

Was war bloß in mich gefahren, dass ich mich andauernd in den Erinnerungen an unsere heiße Affäre vor sechs Monaten verlor?

So wie Hunter sprach, hatte er längst damit abgeschlossen. Und ich doch auch!

Ich war eine erwachsene, unabhängige, selbstständige, zielstrebige Frau, die sich auf ein zeitlich begrenztes Sex-Abenteuer mit ihm eingelassen hatte.

Wieso machte ich aus einer Mücke einen Elefanten?

Das mit uns gehörte der Vergangenheit an. Es war vorbei! Schluss. Aus. Ende. Eine Zukunft würde es nicht geben.

»Gegen einundzwanzig Uhr, wenn alle Gäste eingetroffen sind. Ich kündige dich an«, informierte ich ihn reserviert und schritt aus dem Aufzug, dessen Türen sich in diesem Moment mit einem lauten »*Pling*« öffneten.

Während der nächsten halben Stunde hatte ich alle Hände voll damit zu tun, unsere Sponsoren und deren Gäste willkommen zu heißen, das Catering zu überwachen und mich um das Wohlbefinden aller Anwesenden zu bemühen.

Das geschäftige Treiben lenkte mich ein wenig von

der Nervosität ab, die mich in Hunters Gegenwart überfiel und sorgte dafür, dass ich in mein Element zurückfand.

Pünktlich um einundzwanzig Uhr bedeutete ich Hunter, der mit einer Gruppe von Gästen etwas abseits stand, sich bereit zu halten.

Es war an der Zeit für seinen Auftritt.

9
HUNTER

Ich wartete am Rande der überdimensionalen Fotowand mit den Team- und Sponsorenlogos, vor der sich jeder Gast beim Eintreffen fotografieren lassen konnte, bis Allegra mich den Gästen ankündigte.

Sie begrüßte die Anwesenden mit Witz und Charme, brachte sie zum Lachen und bedankte sich für ihr Kommen. Ich nutzte diese Minuten, um Allegra ausgiebig zu mustern.

Selbstbewusst posierte sie vor der Fotowand, so als wäre sie ein Topmodel und alle Anwesenden die begeisterten Fotografen, die sie in ihrem neuesten Kleid ablichten wollten. Sie strahlte mit jedem Atemzug Selbstsicherheit und Kompetenz aus. Ihr gehörte die Aufmerksamkeit sämtlicher Menschen auf dieser Terrasse. Sie lenkte das Gespräch, führte es, wie sie es wollte. Sie war der Boss dieser Veranstaltung. Begehrt, beliebt und machtvoll.

Ihr langes braunes Haar fiel ihr in sanften Wellen um die Hüften. Ihre wachen, rehbraunen Augen glänzten entzückt. Und ihr bordeauxfarbenes Cocktailkleid erinnerte mich an den Leone Rotwein aus Capri, der jedoch nicht halb so süß schmeckte, wie diese Frau es an meinen Lippen getan hatte.

»Darf ich Ihnen nun Mister Byron King, den neuen Teammanager von *Titan Racing*, vorstellen?«

Das war mein Stichwort. Unter tosendem Applaus trat ich neben Allegra und nahm das Mikrofon von ihr entgegen. Unsere Blicke verhakten sich ineinander und für den Bruchteil einer Sekunde, befand ich mich nicht mehr auf der Dachterrasse eines Hotels in Downtown Melbourne, sondern auf der Tanzfläche im Garten der Villa Leone.

»Meine Damen und Herren, liebe Gäste, liebe Freunde. Ich freue mich, Sie heute Abend als Teammanager im Namen von *Titan Racing* willkommen zu heißen. Es ist überwältigend zu sehen, wie zahlreich Sie zu unserem Fest erschienen sind. Ein Fest, das wir Ihnen, liebe Freunde, widmen wollen. Denn ohne Ihre Unterstützung, ohne Ihren Glauben an das Team, wären wir nicht dort, wo wir heute sind. Jeder Einzelne von Ihnen hat seinen Beitrag zu dieser einmaligen Erfolgsgeschichte geleistet und tut es immer noch. Ein Teil des Weltmeistertitels gehört jedem von Ihnen. Dafür möchte ich mich im Namen des Teams bei Ihnen bedanken. Bevor wir uns morgen in eine neue Schlacht stürzen, mit dem Ziel, am Ende des Jahres eine weitere

Weltmeisterschaft für uns zu entscheiden, möchten wir mit Ihnen auf das zusammen Erreichte anstoßen. Ab morgen werden alle Uhren wieder auf null gestellt. Doch heute Abend werden wir noch einmal das genießen, was wir bisher erreicht haben. Also lassen Sie uns die Gläser heben und auf die Geschichte anstoßen, die Sie mit diesem Team bereits geschrieben haben und auf die Geschichte, die wir in Zukunft zusammen schreiben werden. Auf Sie, meine lieben Freunde und auf *Titan Racing*.«

Unter bejahendem Beifall erhob ich mein Glas und die anwesenden Gäste taten es mir gleich.

»Gar nicht mal übel«, kommentierte Allegra knapp, als sie mich am Ellenbogen packte und zu einer Gruppe älterer Herren dirigierte.

»Mister King. Darf ich Ihnen Ben Morrison, John Campbell und Josh Madden vorstellen? Ben, John und Josh gehört *Hawk Enterprise*, unser führender Technologie Sponsor.«

»Sehr erfreut. Bitte nennen Sie mich Byron«, wandte ich mich an die Herren und schüttelte ihnen die Hände.

Die nächsten zwanzig Minuten verwickelten mich Ben, John und Josh in ein Gespräch über das Silicon Valley, die Entwicklungen in der IT-Industrie und die Fünfjahresstrategie ihres Unternehmens. Dass alle drei Herren ebenfalls Amerikaner waren und wir uns auf einer Wellenlänge befanden, gestaltete das Gespräch umso angenehmer.

Auf das Kennenlernen der Besitzer von *Hawk Enterprise* folgte ein ausgiebiger Plausch mit den Damen des

Sportartikelherstellers *Tiger*, dem Länderchef der Consulting Firma *Roaming Minds* und dem Präsidenten der Luxusuhrenmarke *Chasseur & Cie.*

Gegen dreiundzwanzig Uhr riss ich mich los, um mir an der halbmondförmigen Bar einen Drink zu bestellen und meine Stimmbänder zu ölen.

Auf einem Barhocker rechts an der Theke entdeckte ich Allegra. Sie hatte ihre schlanken, gebräunten Beine leger überkreuzt. Das knielange Kleid war ihr bis zu der Mitte der Oberschenkel hochgerutscht. In ihrer perfekt manikürten Hand hielt sie ein Cocktailglas, von dem sie gelegentlich nippte, während sie sich mit dem Mann, der ihr gegenübersaß, angeregt unterhielt.

Bevor ich wusste, was ich tat und vor allem warum ich es tat, hatte ich mich zu den beiden gesellt und lehnte mich lässig neben Allegra an die Theke.

»Hi. Ich glaube, wir kennen uns noch nicht«, sagte ich zu dem Typ, der Allegra mit seinen Blicken verschlang und soeben seine Hand über ihr nacktes Knie hatte gleiten lassen.

»Das ist Jax Slater, australischer Profisurfer und ein großer Fan von *Titan Racing*. Er besucht uns jedes Jahr während des Australien Grand Prix in unserer Hospitality«, klärte mich Allegra auf und schlug besagtem Jax kumpelhaft auf den Oberschenkel.

»Ich komme einzig und allein wegen dir. Das weißt du doch, Babe«, entgegnete Jax, was Allegra mit einem mädchenhaften Kichern quittierte.

»Mister King, Sie müssen wissen, dass Allegra ihren eigenen Fanclub besitzt. Fragen Sie sie, wie viele Männer weltweit nur ihretwegen in die überteuerte

Hospitality kommen? Sie ist ein echter Bestseller, wenn Sie mich fragen.«

»Hör schon auf, du Quatschkopf«, lachte Allegra nun lauthals und knuffte Jax in die Seite. »Du hörst dich wirklich gern reden.«

»Babe, ich würde liebend gern ganz andere Dinge mit dir machen, als nur zu reden. Ein Wort von dir genügt.«

Allegra lachte mittlerweile Tränen und Jax grinste von einem Ohr zum anderen.

Mit angespannter Miene griff ich nach dem Bier, das ich mir bestellt hatte und beobachtete das ausgelassene Geplänkel der beiden.

Bevor ich mich in das Gespräch einklinken konnte, tippte mir jemand auf die Schulter.

Kenzie. Tonis Assistentin.

»Byron. Hi. Toni ist soeben eingetroffen und möchte Sie ein paar Leuten vorstellen. Begleiten Sie mich?«

Mit einem letzten Blick auf Allegra und Jax, die in ein Gespräch über die schönsten Strände Australiens vertieft waren, stieß ich mich von der Theke ab und folgte Kenzie, wenngleich widerwillig.

»Na, gut amüsiert heute Abend?«, witzelte Riley, als wir die letzten Gäste verabschiedet hatten und ich endlich dazu kam, die Textnachrichten abzurufen, die

in den vergangenen Stunden auf meinem Handy einge-
gangen waren.

»Prächtig«, brummte ich abwesend, während ich
eine Nachricht öffnete, die mich die Stirn runzeln ließ.

»Sie haben sich für einen Rookie richtig gut
geschlagen. Kommen Sie, lassen Sie uns darauf
anstoßen.«

Ich wollte ablehnen, da ich dringend einen Anruf
erledigen musste, um dem Ursprung dieser Nachricht
auf den Grund zu gehen, doch ich rief mir ins Gedächtnis, dass es wichtig war, eine Verbindung zu meinem
Team aufzubauen. Und diese Einladung war eine
Möglichkeit, genau das in ungezwungener Atmosphäre zu tun.

»Allegra und Kenzie kennen Sie bereits. Das hier ist
Dakota, die Leiterin der Sponsorenabteilung«, stellte
mich Riley ihrer Kollegin vor.

Neben Allegra würde auch Dakota ab sofort an
mich Bericht erstatten. Erfreut schüttelte ich ihre
Hand. »Dakota, schön Sie kennenzulernen. Auf gute
Zusammenarbeit.«

»Auf gute Zusammenarbeit«, erwiderte Dakota
und stieß mit ihrem Glas gegen meins. Sie schien
betrübt, versuchte aber ihr Bestes, sich nichts
anmerken zu lassen.

»Die Gäste haben es lange auf dem Fest ausgehalten. Sie und Ihr Team haben hervorragende Arbeit
geleistet, Allegra.«

»Vielen Dank, Mister King.«

»Ladies, da wir schon mal alle beisammen sind:
Wie wäre es, wenn wir das alberne ‚Sie‘ vergessen und

uns stattdessen duzen? Ich bin doch sicher der Einzige im Team, den ihr siezt?«

»Stimmt«, kicherte Riley. »Das sind Sie, also du, meine ich.«

»Das sollten wir schleunigst ändern. Ich bin Byron.« Aufmunternd lächelte ich in die Runde.

»Riley.«

»Kenzie.«

»Dakota.«

Die drei Mädels schauten abwartend auf Allegra, die die Lippen schürzte und gar nicht begeistert schien, dass ihr Plan, mich mit ihrer förmlichen Anrede auf Distanz zu halten, nun nicht aufgehen würde.

»Allegra«, seufzte sie resigniert und warf mir einen wütenden Blick zu.

Wir plauderten ein paar Minuten und die Freundinnen erzählten mir lustige Anekdoten von der Rennstrecke, die sie über die Jahre erlebt hatten.

Gerade als Kenzie zu einer weiteren Story ansetzen wollte, klingelte mein Handy. Ich sah auf das Display und meine Miene verfinsterte sich schlagartig.

»Oh. Ein Anruf von *Maddie* für dich. Ist das deine Freundin?« Riley wackelte vielsagend mit den Augenbrauen.

»Riley! Sei nicht immer so neugierig«, mahnte sie Dakota.

»Ich *muss* neugierig sein. Das ist Teil der Jobbeschreibung«, verteidigte sich Riley. »Sieht hübsch aus, diese Maddie. Recht jung. Aber alt werden die Frauen von ganz allein, nicht wahr?« Sie zwinkerte mir zu.

Riley hatte es wirklich faustdick hinter den Ohren.

Doch nach allem, was ich über sie gehört hatte, war sie verdammt gut in ihrem Job als Pressesprecherin und nie um eine Antwort verlegen.

Ich bemühte mich unverbindlich zu Lächeln, als ich sagte, »Maddie ist mehr als eine Freundin. Sie ist jemand, der mir sehr nahesteht. Ihr entschuldigt mich bitte? Ich würde mich freuen, wenn wir unser Gespräch bei einem der nächsten Rennen weiterführen könnten. Ich lade euch ein. Einverstanden?«

»Wir nehmen dich beim Wort«, scherzte Kenzie. »Für gewöhnlich sind wir ausgesprochen durstig und trinken gern Cocktails, nur dass du Bescheid weißt.«

»Nachricht angekommen«, gluckste ich. »Wir sehen uns morgen an der Strecke. Gute Nacht, die Damen.«

Ich hob eine Hand zum Gruß und wandte mich zum Gehen.

Als ich Allegras unergründlichen Blick auffing, fragte ich mich, was wohl gerade in ihrem hübschen Kopf vor sich ging, bevor mich das erneute Klingeln des Telefons von meinem Rätselraten um Allegra ablenkte.

10

ALLEGRA

»K omm schon. Komm schon. Komm schon«,
murmelte ich leise vor mich hin, während
ich auf dem obersten Absatz des Hospitality
Suite Balkons stand und meinen Blick immer wieder
von der Start- und Zielgeraden vor mir zu den überdimensionalen Fernsehern hinter mir wandern ließ.

Von den abfallenden Sitzreihen auf dem Balkon
konnte man lediglich einen Teil der Rennstrecke erfas-
sen: Die letzte Kurve, die Start- und Zielgerade, sowie
die darauffolgende erste Kurve. Was während der restlichen, knapp 5300 Meter langen Rennrunde und in
den verbleibenden vierzehn Kurven geschah, musste
man über den Fernseher verfolgen.

Die letzten Minuten der finalen Qualifikationsses-
sion waren angebrochen und somit die Chance, sich
die Pole Position oder zumindest einen Platz in der
ersten Startreihe zu sichern. Juan und Tom waren

beide noch im Rennen um den ersten Startplatz. Aber auch die Fahrer unserer ärgsten Konkurrenten, den *Roaring Bulls* und *Racing Rosso,* legten rasante Rundenzeiten hin.

Die TV-Kamera schwenkte von den Autos auf der Strecke zu der Boxenmauer von *Titan Racing*, wo die Strategie-Ingenieure hochkonzentriert an ihren Computern saßen und den Fahrern über ihre Kopfhörer Anweisungen darüber gaben, wo sie noch ein paar Hundertstelsekunden an Zeit sparen konnten.

Neben dem Renningenieur von Tom, dem Renningenieur von Juan, dem Sportdirektor und dem Chefstrategen des Teams, waren noch der Teamchef und der Teammanager an der Boxenmauer postiert.

Als die Kamera Hunter einblendete, der in adretter Teammontur und mit konzentrierter Miene das Geschehen auf den zig Hightech Monitoren vor ihm verfolgte, musste ich überrascht blinzeln. Ich war es gewohnt, Luciano dort sitzen zu sehen. Dass von nun an Hunter diese Position einnehmen würde, wurde mir erst in diesem Moment so richtig bewusst.

Hunter sah verboten gut aus in der Teamuniform. Das weiße Hemd mit den Sponsorenlogos spannte sich eng um seine muskulösen Arme. Er hatte die Knöpfe an den Handgelenken geöffnet und das Shirt bis zu den Ellenbogen hochgerollt, was seine sehnigen Unterarme betonte.

»Heißes Kerlchen«, kommentierte Dakota, die gerade eine Gästegruppe aus der Garage zurück in die Hospitality Suite gebracht hatte.

Diese Tour war einer unserer exklusivsten

Programmpunkte: Wir entführten unsere Gäste
während der Rennaction in die Garage des Teams, wo
sie wie im Kino auf bequemen Sesseln im hinteren Teil
des Raumes Platz nahmen, und das Geschehen vor sich
so hautnah verfolgen konnten. Die Garage, auch Box
genannt, war ein großer Raum, der sich unmittelbar
neben der Pitlane befand, durch die die Autos auf die
Strecke fuhren. Sie war zweigeteilt. Die linke Seite war
Juan zugeteilt. Die rechte Seite Tom. In der Mitte
befand sich ein Meer aus Monitoren und Computer-
bildschirmen, an denen Strategie-, Reifen- und
Renningenieure standen und fleißig die Daten auswer-
teten, die hunderte von Sensoren an unseren beiden
Autos sekündlich ausspuckten. Reifentemperatur,
Reifendruck, Reifenverschleiß, Temperatur der Bremsen, Downforce und Balance waren ein Bruchteil der
wichtigen Informationen, deren schnelle und präzise
Auswertungen und Einstellungen bei dem Wettlauf
um Sieg oder Niederlage eine zentrale Rolle spielten.

Wenn die Autos von Juan und Tom auf der Strecke
waren, stellten die Mechaniker in ihrer vollen Schutz-
montur Klappstühle in der Garage auf, um so das
Renngeschehen an den Flachbildschirmen, die an den
Wänden der Garage angebracht waren, zu verfolgen
und falls nötig, blitzschnell auf eine Kollision oder
einen Plattfuß reagieren zu können. Durch die Kopfhörer die sie trugen, erhielten sie binnen Sekunden die
notwendigen Anweisungen.

Die Gäste hatten von ihren Plätzen einen direkten
Blick auf das koordinierte Gewusel in der Garage.
Wenn die Boliden, also die Rennwagen, zum Reifen-

wechsel in die Pitlane kamen, konnten sie diesen von ihrem Platz aus bequem beobachten. Die kleinen Flachbildschirme, die an jedem Sitzplatz angebracht waren, sorgten dafür, dass sie zudem das Geschehen auf der Rennstrecke unmittelbar vor Augen hatten. Durch die an den Sesseln angebrachten Kopfhörer ertönte der Live-Kommentar von geschulten Experten, die wir einzig für diese Aufgabe beschäftigten.

Ich war stolz auf diese innovative und einzigartige Gästeerfahrung, die ich zusammen mit Dakota entworfen und umgesetzt hatte. Die anderen Teams waren uns in dieser Hinsicht meilenweit unterlegen.

Wann immer die Gäste aus der Garage zurück in die Hospitality Suite kamen, waren ihre Wangen gerötet und ihre Augen glänzten fiebrig. Millionen Dollar teure Rennwagen von mehr als 1000 PS keinen Meter weit entfernt in voller Dröhnung zu erleben, erfüllte Lebensträume vieler Gäste, die uns besuchten.

»Kein Kommentar?«, hakte Dakota nach, da ich auf ihre vorherige Bemerkung nicht reagiert hatte.

»Wen meinst du? Wer ist ein heißes Kerlchen?«, stellte ich mich absichtlich dumm.

Sie verdrehte die Augen. »Na wer wohl? *The King*!«

»*The King*?«, wiederholte ich ungläubig ihre Worte.

»Byron. Byron King. Der neue Teammanager. Du erinnerst dich?«

»Ach so. Byron. Hmmm, der ist ganz okay.«

»*Ganz okay*?«, rief Dakota entrüstet. »Bist du noch ganz dicht?«

»Pssssst«, zischte ich genervt. »Bist du noch ganz dicht, so vor unseren Gästen herumzuschreien?«

»Entschuldige, aber *ganz okay* trifft auf Byron sicher nicht zu. Hast du Tomaten auf den Augen oder bist du über Nacht lesbisch geworden?«

»Keins von beidem. Ich würde mich einfach gern auf die Qualifikation konzentrieren.«

Dakota hob abwehrend die Hände. »Schon gut. Schon gut. Ich lasse dich in Ruhe.«

Sie wandte sich ab und in mir meldete sich das schlechte Gewissen. Dakota konnte nun wirklich nichts dafür, dass ich mich an Hunters Anwesenheit störte. Sie wusste schließlich nicht, dass uns eine Vorgeschichte verband. Und ich hatte nicht vor, es ihr, oder überhaupt irgendjemandem zu erzählen. Wieso auch? Das zwischen uns war vorbei. Und zu bedeuten hatte es sowieso nichts.

Maddie war der beste Beweis dafür. Die Frau, die Hunter gestern Abend so spät angerufen hatte, und die ihm angeblich so nahestand, schien seine neuste Flamme zu sein. Vielleicht sogar mehr als das.

Ein Raunen ging durch die Menge, gefolgt von aufgeregtem Gemurmel. Ich sah auf und entdeckte die Staubwolke, die sich in Kurve sechzehn geformt hatte.

Was war passiert?

Im Fernsehen wurde in diesem Moment eine Wiederholung eingeblendet. Eines der Autos von *Sun Chaser* war von der Strecke abgekommen und durch das Kiesbett in die Reifenmauer gekracht.

Die Marshalls schwenkten die rote Flagge.

Abbruch der Qualifikation.

Ein Blick auf die noch verbleibende Zeit verriet mir, dass sich die Startaufstellung nicht mehr ändern

würde. Mit weniger als zwei verbleibenden Minuten
würde die Rennleitung die Qualifikation nach der
Beseitigung der Fahrzeugteile und der Bergung des
zerstörten Rennwagens nicht weiterlaufen lassen.
Damit blieb die Aufstellung für das morgige Rennen so,
wie sie jetzt war. Das hieß für uns, dass wir von den
Positionen zwei und drei ins Rennen gehen würden.
Nicht optimal, aber definitiv in Schlagdistanz zu dem
schnelleren der beiden Fahrer von *Racing Rosso* auf
Position eins.

Ich wartete, bis der verunglückte Fahrer selbst-
ständig aus dem Wrack stieg und den Daumen in die
Höhe reckte, was bestätigte, dass es ihm gut ging.
Erleichtert riss ich mich von der Strecke los und
wandte mich den Gästen zu, um sie für die nächsten
beiden Stunden zu bespaßen.

11

HUNTER

Als ich meinen Wagen nach einem anstrengenden Tag an der Rennstrecke in der eigens dafür reservierten Parkbucht vor dem Hotel abstellte, kamen mir Allegra, Riley, Kenzie, Dakota und eine weitere Frau aus der Lobby entgegen. Begleitet wurden sie von mindestens zehn Männern verschiedener Staturen und Altersgruppen.

»Byron, du hast es aber lange an der Strecke ausgehalten. Wir gehen in die Stadt etwas Essen. Willst du mitkommen?«, begrüßte mich Kenzie fröhlich.

»Nett von dir, doch ich fürchte, auf mich wartet noch ein Berg an Arbeit«, lehnte ich dankend ab.

»Du scheinst ein vielbeschäftigter Mann zu sein. Warum gönnst du dir nicht ab und an ein wenig Spaß? Das Leben ist zu kurz, um immer nur zu arbeiten«, warf Riley ein.

»Danke für den Rat«, lachte ich. »Ich habe durchaus Spaß, glaub mir.«

»Stimmt.« Riley legte sich grüblerisch den Zeigefinger auf die Wange. »Dafür hast du ja Maddie.«

»Riley«, stöhnten Dakota und Kenzie im Chor.

»Ich glaube, Hunter hat deutlich gemacht, dass er uns nicht begleiten möchte. Also lasst uns gehen und haltet ihn nicht länger auf«, schaltete sich Allegra aus dem Hintergrund ein.

»Wer ist denn Hunter?«, wollte Riley wissen und kniff die Augen zusammen.

»Byron. Ich meinte natürlich Byron.« Allegra presste ertappt die Lippen aufeinander.

»Wieso nennst du Byron Hunter?«, erkundigte sich nun Kenzie.

»Ich habe ihn mit einem Gast verwechselt, der ihm ähnlich sieht. Langer Tag. Da kann man schon mal was durcheinanderbringen.«

»Welcher Gast denn? Der wäre mir mit Sicherheit aufgefallen«, rätselte Dakota.

Meine Mundwinkel zuckten verräterisch und ich musste mich aufs Äußerste beherrschen, um nicht laut loszulachen und Allegra geradewegs ins offene Messer laufen zu lassen.

»Also dann, Mädels. Ich wünsche euch einen schönen Abend. Übertreibt es nicht.«

»Wir doch nicht«, zwinkerte mir Riley übermütig zu. »Wir sind total brav. Ehrlich.«

»Na wie die zwölf Apostel seht ihr mir nicht aus«, lächelte ich.

»Die Diskrepanz des äußerlichen Erscheinungsbilds rührt daher, dass wir Frauen sind, Byron. Wir sind die weibliche Version der zwölf Apostel: Die fünf Apostelinnen«, informierte mich Riley in ihrem Du-Stellst-Echt-Dumme-Fragen-Ton, der für gewöhnlich nervtötenden Journalisten vorbehalten war.

»Komisch, die wurden in der Bibel meiner Meinung nach mit keinem Wort erwähnt«, zog ich sie auf.

»Du kannst dir bestimmt vorstellen, warum die Bibel an dieser Stelle zensiert wurde.«

»Zum Wohle der Menschheit?«, riet ich und gluckste belustigt.

»Wohl eher zum Wohle der katholischen Kirche.«

Ich schüttelte den Kopf über Rileys unterhaltsamen Humor und sah der munter schwatzenden Gruppe hinterher, bis sie um die nächste Ecke bog und aus meinem Sichtfeld verschwand.

Nachdem ich ausgiebig geduscht und meine dringenden E-Mails und Anrufe aus New York gesichtet hatte, fuhr ich hinunter in die Lobby, um mir an der Bar ein schnelles Abendessen und einen Drink zu ordern, während ich die liegengebliebenen Aufgaben abarbeitete.

Es war verdammt schwer, gleichzeitig ein dreistelliges Millionenimperium in New York City zu verwalten und ein Rennsportteam in Australien zu analysieren und zu bewerten. Dabei war der Zeitunterschied von über einem halben Tag mein kleinstes Problem.

Nach zwei weiteren Stunden an der Bar, brannten meine Augen und mein Gehirn lief im Sparmodus. Seufzend klappte ich den Laptop zu und bestellte mir einen Scotch.

»Siehst müde aus«, vernahm ich eine allzu bekannte Stimme neben mir.

Allegra hangelte sich auf den Barhocker zu meiner Linken und orderte ebenfalls einen Scotch.

»Was verschafft mir die Ehre?«, trug ich unverhohlen meine Überraschung zur Schau.

»Die anderen ziehen noch um die Häuser. Ich bin gerade zurückgekommen. Bin ein wenig erschöpft«, antwortete sie schulterzuckend.

»Sieh an. Ich hätte fest damit gerechnet, dass du bei meinem Anblick die Hotelbar und das Teamhotel schreiend verlässt, den Aufzug des Nachbarhotels nimmst, von deren Dach auf unsere Dachterrasse springst und dann die Treppen statt des Aufzugs für den Weg in dein Zimmer nutzt, bloß um mir nicht zu begegnen.«

Sie kicherte. »Jetzt übertreibst du.«

»So? Tue ich das?«

»Ja. Ich hätte von der Dachterrasse durchaus den Fahrstuhl in meine Etage genommen und nicht die Treppen.«

Ich grinste in das Glas, das ich an meine Lippen gehoben hatte und leerte es in einem Zug.

»Hunter. Ganz im Ernst. Und ich bitte dich, mir die Wahrheit zu sagen. Hast du vor, Leute zu entlassen?«

Ich seufzte abgekämpft. Diese Fragestunde hatte mir gerade noch gefehlt. »Ich habe vor, das Team auf Herz und Nieren zu prüfen. Dazu gehört, Schwachstellen zu finden und sie auszumerzen. Ich kann Entlassungen zu diesem Zeitpunkt weder bestätigen, noch ausschließen, Allegra. Das wird sich zeigen. Aber so wie ich das sehe, wurde das Team äußerst effizient geführt. Sonst hätte es in den vergangenen Jahren nicht so viele Siege eingefahren und die Atmosphäre wäre nicht so kameradschaftlich und motivierend, wie ich sie bisher vernommen habe.«

»Ich wäre dir sehr dankbar, wenn wir zusammenarbeiten könnten und einen Weg finden, dass alle ihre Jobs behalten können. Reorganisation statt Entlassungen, wenn es tatsächlich so weit kommen sollte«, bat sie im Flüsterton.

Ich musterte sie von der Seite und fing ihren flehenden Blick auf.

»Die Menschen im Team sind dir extrem wichtig.« Es war eine Feststellung. Keine Frage.

»Sie sind wie meine zweite Familie, Hunter«, erklärte sie. »Ich kämpfe für sie und ich beschütze sie. Denn sie würden dasselbe für mich tun.«

Ihre Worte ließen mich zusammenzucken.

»Habe ich etwas Falsches gesagt?«

Ich räusperte mich und bestellte noch einen Scotch. »Nein. Hast du nicht. Du hast vollkommen recht. Eine Familie ist ein wertvoller Schatz. Sie zu verlieren ist unerträglich schmerzhaft. Eine hässliche Wunde, die niemals heilt.«

Der Barkeeper reichte mir den Scotch und ich leerte ihn zügig.

»Was du vorschlägst klingt vernünftig, Allegra. Ich werde dich miteinbeziehen und wir suchen gemeinsam nach einer Lösung, sollte ich Personalunstimmigkeiten vorfinden. Jetzt entschuldige mich bitte. Ich will für das Rennen morgen ausgeschlafen sein.«

Ich warf achtlos ein paar Scheine auf den Tisch und flüchtete in Richtung Aufzug, bevor Allegra auch nur daran denken konnte, unangenehme Fragen zu stellen, die ich weder ihr, noch sonst jemandem auf dieser Welt beantworten wollte.

12

ALLEGRA

Ich saß im Flugzeug von Melbourne nach Tokio und dachte über das seltsame Ende des Gesprächs nach, das ich vorgestern Abend mit Hunter an der Hotelbar geführt hatte.

Er war regelrecht vor mir geflüchtet. Was hatte es mit den kryptischen Aussagen über den schmerzvollen Verlust von Familie auf sich?

Ich konnte mir keinen Reim darauf machen, weshalb es mich aus unerfindlichen Gründen einfach nicht losließ.

Trotz seines bizarren Abgangs war ich mit meiner Mission, jede einzelne Person in diesem Team vor einer Kündigung zu bewahren, einen großen Schritt weitergekommen. Hunter hatte zugestimmt, mit mir zusammenzuarbeiten, um für jedes Mitglied einen geeigneten Platz in der Mannschaft zu finden. Das waren großartige Neuigkeiten und definitiv besser als

das, was ich mir von dem Austausch mit ihm erhofft
hatte. Allerdings bedeutete das auch, dass ich ab sofort
noch mehr Zeit mit Hunter verbringen musste, als
mein Job als Eventmanagerin es sowieso schon
vorschrieb.

Diese Aussicht erfüllte mich mit gemischten
Gefühlen.

Hunter schien ein überaus fähiger Boss zu sein. Er
und seine Freunde führten ein enorm angesehenes
Unternehmen mitten in New York City. Es gab eigentlich kein erfolgreiches amerikanisches Sportteam, an
dem Hunters Firma nicht zumindest eine Beteiligung
hielt. Dabei stammte Hunter aus moderaten Verhält-
nissen. Er hatte sich das alles also aus dem Nichts
aufgebaut.

Woher ich das wusste?

Ich gab es ungern zu, aber ich hatte ihn gegoo-
gelt. Um die Wartezeit bis zum Boarding zu überbrü-
cken, hatte ich im Internet gesurft und irgendwann
rein zufällig Hunters Namen in die Suchmaschine
eingetippt. Was ich gefunden hatte, bestätigte allen-
falls, was ich bereits wusste. Hunter war ein schwer-
reicher,   einflussreicher,   amerikanischer
Geschäftsmann, der sein Geld in der Sportmarketing
Branche verdiente.

Zu seinem Privatleben fand sich im Gegensatz zu
seinen beruflichen Tätigkeiten so gut wie keine
Auskunft. Auf Events wurde er immerzu mit wech-
selnden Frauen gesichtet. Über seinen Familienstatus
und seine Herkunft fand ich lediglich einen Satz, der
besagte, Hunter stamme ursprünglich aus North Caro-

lina, dem Heimatstaat des amerikanischen Motorsports.

Der Mann war ein Mysterium, was im digitalen Zeitalter von heute schier unmöglich schien.

Einerseits freute ich mich darauf, mit einem so fähigen und talentierten Boss zusammenzuarbeiten und von ihm zu lernen. Andererseits wusste ich aus eigener Erfahrung, dass Hunters Talent nicht nur geschäftlicher Natur war. Auch im Schlafzimmer würde er es in Rekordzeit zum Multimillionär schaffen, wenn es für jeden phänomenalen Orgasmus, den er einer Frau verschaffte, eine Bezahlung gäbe.

Mein Körper reagierte auf ihn. Und ich war unfähig, irgendetwas dagegen zu unternehmen. Es war, als hätte er mir vor sechs Monaten auf Capri einen Chip implantiert, mit dem er meine Gefühlsregungen beliebig steuern konnte.

Das war es, was mich beunruhigte. Es fiel mir schwer, ihm in die Augen zu sehen ohne dabei daran zu denken, dass dieser Mann hemmungslos meinen Namen gestöhnt hatte, als ich ihn reitend zum Höhepunkt gebracht hatte. Im Gegensatz dazu schien ihn die Erinnerung an mich nicht weiter zu beschäftigen.

»Sollen wir den Eventablauf jetzt durchsprechen oder willst du zuerst ein paar Stündchen schlafen?« Dakotas Frage ließ mich ertappt aufsehen.

Der größte Teil des Teams war nach dem gestrigen Rennen zurück nach Italien in die Fabrik geflogen, um dort bis zum nächsten Rennen in Fuji, welches in zwei Wochen stattfand, an der Entwicklung der Autos weiterzuarbeiten. Dakota und ich bildeten die

Ausnahme. Um in der kommenden Woche zwei Sponsorenevents in Tokio zu betreuen, an dem die Fahrer ebenfalls teilnahmen, reisten wir auf direktem Wege weiter nach Japan.

»Wie es dir lieber ist«, antwortete ich und konzentrierte mich auf meine Freundin und Arbeitskollegin, die neben mir in der geräumigen Business Class saß, statt auf den verboten heißen Amerikaner, der mir das lustvollste Abenteuer meines Lebens beschert hatte.

»Dann lass uns zuerst die Unterlagen sichten, damit wir Byron bei der Zwischenlandung in Singapur einen vorläufigen Bericht schicken können«, schlug Dakota vor.

Mein Vorhaben, nicht mehr an Hunter zu denken, gestaltete sich unter diesen Umständen erschreckend schwierig.

Ich hatte ihn nach der nächtlichen Unterhaltung an der Bar nicht mehr gesprochen. Die Gäste am Sonntag hielten uns alle auf Trab, sodass mir kaum Zeit blieb, Luft zu holen, geschweige denn, das Renngeschehen zu verfolgen. Lediglich die letzte Runde hatte ich mir aus den Augenwinkeln angesehen und zufrieden festgestellt, dass wir uns trotz eines chaotischen Rennens voller Unfälle und Kollisionen den ersten und den vierten Platz sichern konnten.

Bis wir die letzten Gäste verabschiedet, den Abbau der Hospitality Suite überwacht und die Fracht von Melbourne nach Fuji vorbereitet hatten, vergingen Stunden. So war ich gegen Mitternacht todmüde in mein Hotelbett gefallen und hatte erst heute Morgen beim Frühstück erfahren, dass Hunter bereits gestern Abend abgereist war.

Nach New York.

Er hatte es gegenüber keiner von uns erwähnt. Für gewöhnlich hielten wir uns im Team gegenseitig über unsere Verpflichtungen auf dem Laufenden, um effizient planen zu können. Andererseits war er uns keine Rechenschaft darüber schuldig, wann und wohin er reiste. Schließlich war er unser Boss und nicht umgekehrt.

»Einverstanden, Dakota. Lass mich schnell meinen Computer hochfahren«, stimmte ich ihrem Vorschlag zu und versuchte mich auf das zu fokussieren, was in den nächsten sechs Tagen, bis wir von Tokio nach Fuji weiterfahren würden, an erster Stelle stehen sollte: Mein Job.

13
HUNTER

Nach einem langen Nachtflug war ich heute in den frühen Morgenstunden aus New York in Tokio gelandet und mit dem Team Shuttle weiter nach Fuji gefahren.

Bevor die ersten Meetings des Tages anstanden und ich zur Rennstrecke aufbrach, wollte ich mich bei einem zehn Kilometer Lauf an der frischen Luft ausgiebig auspowern.

Die morgendlichen Temperaturen waren Anfang April noch relativ frisch in Japan und nach zig Stunden in einer Blechbüchse über den Wolken, ein willkommener Wachmacher für Körper und Seele.

Ich lief aus dem dicht besiedelten Teil Fujis in Richtung des *Kawaguchiko*, einem der fünf Fuji Seen, von dessen Ufer man einen einmaligen Blick auf den berühmten Fuji Berg, den *Mount Fuji*, erhaschen konnte. Schon aus einiger Entfernung zeigte sich der

majestätische Berg mit seinem schneebedeckten
Gipfel. Beeindruckt von dem Bild, das sich mir bot,
verlangsamte ich meinen Laufschritt. Der *Mount Fuji*
lag hinter dem *Kawaguchiko,* dessen flache dunkelblaue
Oberfläche im Licht der aufgehenden Sonne glitzerte
wie tausend Diamanten. Das Wasser war so ruhig, dass
sich der Berg in seiner vollen Pracht darin spiegelte.
Unzählige rosafarbene Kirschblüten umrahmten die
Szenerie und ich kam mir vor, als wäre ich geradewegs
in eine Postkarte gejoggt. Ich hatte vollkommen
vergessen, dass im April in ganz Japan die Kirsch-
bäume blühten und die Landschaft in ein verträumtes
Rosa hüllten.

Fasziniert ging ich näher zum Ufer, als ich ein paar
Schritte vor mir ein Rascheln vernahm. Augenblicklich
hielt ich inne und lugte zwischen den Zweigen eines
Kirschbaums hindurch.

Am Rande des Sees stand Allegra in einer Yoga
Pose, die ich schon hunderte Male im Fernsehen und
im Internet gesehen hatte. Sie stand auf dem rechten
Bein, während sie ihr linkes Bein wie ein Dreieck an
den Oberschenkel des rechten Beins aufstellte. Ihre
Arme hatte sie über den Kopf gehoben, die Hände
berührten einander wie bei einem Gebet.

Sie stand wie eine Eins.

Sicher. Beständig. Routiniert.

Ich fühlte mich wie ein Eindringling, der sich in
ihre Privatsphäre drängte, konnte den Blick jedoch
nicht von ihr abwenden.

Ihre Sportkleidung, bestehend aus einer rosafar-
benen hautengen Leggins, die ihr bis zu den Knöcheln

reichte und dem passenden bauchfreien Top, betonte ihre sinnlichen Rundungen. Ihr langes braunes Haar hatte sie zu einem Zopf geflochten. Ich wusste nicht, was mich mehr anmachte: Die rosafarbene Kleidung, die sie entzückend feminin und zart erscheinen ließ oder ihre betörenden Rundungen, die sich so perfekt an meinem Körper angefühlt hatten.

Meine Beine verselbstständigten sich und ehe ich mich versah, stand ich neben ihr.

Bei meinem Anblick zuckte sie zusammen und geriet ins Wanken. Ich streckte meine Arme nach ihr aus und bekam im letzten Moment ihre nackte Taille zu fassen, bewahrte sie so vor einem Sturz in das kalte Seewasser.

Meine Finger prickelten auf ihrer kühlen geschmeidigen Haut und ich erlag der Versuchung, sie an mich zu ziehen.

»Hallo«, flüsterte ich, mein Gesicht nur wenige Zentimeter von dem ihren entfernt.

»Hi«, piepste sie außer Atem.

»Habe ich dich erschreckt? Das war nicht meine Absicht.«

Sie erwiderte nichts, sondern starrte mich gebannt aus weit aufgerissenen Augen an.

»Was machst du hier so früh und so allein?«

»Yoga. Ich versuche meine innere Balance zu finden, bevor das Chaos von Neuem beginnt«, wisperte sie schüchtern.

»Und? Hast du sie gefunden?«

Sie verzog das Gesicht zu einem Grinsen und

befreite sich aus meinem Griff. »Ich war jedenfalls auf dem Weg dahin, bis du mich überfallen hast.«

»Tut mir leid«, gab ich zurück und machte einen Schritt auf sie zu.

»Schon gut. Wahrscheinlich hätte ich es sowieso nicht geschafft. Jedes Mal, wenn ich die Augen schließe, verliere ich das Gleichgewicht. Und mit geöffneten Augen komme ich nicht zur Ruhe.« Sie zuckte verlegen mit den Schultern.

»Wenn du willst, helfe ich dir dabei.«

Sie knabberte nachdenklich an ihrer Unterlippe, eine Angewohnheit, die ihre Nervosität verriet, und musterte mich von Kopf bis Fuß. »Du willst mir helfen? Wie?«

»Ich stelle mich hinter dich und halte dich fest. Dann kannst du getrost die Augen schließen und dich auf deine Atmung konzentrieren.«

»Das ist keine gute Idee«, hauchte sie.

»So wie ich das sehe, bin ich deine einzige Option. Entweder du lässt mich dir helfen, oder du scheiterst bei dem Versuch, es allein zu schaffen. Und du machst nicht den Eindruck einer Frau, die gern scheitert.«

»Du hast recht. Trotzdem ist es keine gute Idee.«

»Warum? Weil du Angst vor mir hast? Angst davor, dass dir meine Hände auf deinem Körper gefallen könnten?«

»Ganz bestimmt nicht«, zischte sie aufgebracht. »Dein Ego ist fast so groß, wie dein Vermögen, wenn nicht größer.«

Ich lachte herzhaft über ihren treffenden Vergleich.

»Damit liegst du gar nicht mal so falsch. Also was ist jetzt? Wenn ich dir egal bin, kannst du dir doch problemlos von mir helfen lassen, oder? Beweise es mir.«

»Okay.« Mit einem knappen Kopfnicken wandte sie sich dem See zu und begab sich erneut in ihre Yoga Pose. »Worauf wartest du?«

Ich stellte mich hinter sie und umfasste ihre schlanke Taille. »Ich hab' dich. Schließ die Augen«, flüsterte ich an ihrem Ohr, was zur Folge hatte, dass sich eine verräterische Gänsehaut entlang ihrer Halsbeuge bildete, die ich am liebsten ausgiebig geküsst hätte.

Sie genoss meine Berührung. Auch wenn sie es vehement bestritt: Ihr Körper sprach eine völlig andere Sprache.

»Entspann dich, Allegra. Atme tief ein und aus. Lass dich fallen.« Meine Lippen streiften ihr Ohr und entlockten ihr ein ersticktes Keuchen.

Sie krümmte leicht den Rücken und ließ ihren Po gegen meinen Schritt fallen. Langsam begann sie, sich an mir zu reiben.

Ich biss die Zähne zusammen und bemühte mich, meine Hände nicht über ihren Körper wandern zu lassen.

»Ich dachte, du wolltest deine innere Mitte finden, Baby. Wenn du willst, dass *ich* deine feuchte Mitte finde und sie verwöhne, tue ich das auf der Stelle.«

Ein Windstoß fegte durch die Bäume und ein Meer aus zartrosa Kirschblüten wirbelte durch die Luft und rieselte in den See. Ihr fruchtiger Kirschduft umhüllte uns wie eine Parfümwolke.

Mit einem Ruck riss Allegra sich los und brachte Distanz zwischen uns. »Es tut mir leid. Ich ... keine Ahnung, was da eben in mich gefahren ist.« Sie vergrub beschämt das Gesicht in den Händen.

»Es gibt nichts, wofür du dich entschuldigen müsstest«, sagte ich beschwichtigend und griff nach ihren Händen, zog sie behutsam von ihrem Gesicht. »Sieh mich an«, forderte ich sanft aber bestimmt. »Es gibt nichts, wofür du dich entschuldigen müsstest«, wiederholte ich ein weiteres Mal, als ich mir ihrer Aufmerksamkeit sicher war. »Und jetzt lass uns zum Hotel zurückjoggen. Nicht, dass wir uns verspäten und womöglich den Shuttle zur Strecke verpassen.«

14

ALLEGRA

Ich hatte Hunter seit dem Australien Grand Prix in Melbourne vor elf Tagen nicht mehr gesehen.

Bis gestern.

Bis zu dem Moment, als er am See aufgetaucht war.

Wie in aller Welt hätte ich wissen können, dass außer mir noch jemand so verrückt ist, um halb sieben in der Früh die drei Kilometer vom Hotel zum *Kawaguchiko* See zu joggen?

Obwohl wir im regelmäßigen E-Mail-Kontakt standen, hatten wir durch die enorme Zeitverschiebung zwischen Tokio und New York in dieser Zeit bloß zwei Mal miteinander telefoniert. Immer rein beruflich. Immer professionell. Höflich. Distanziert.

Ihn unverhofft in so einem privaten Moment wiederzusehen, hatte mich meinem inneren Gleichgewicht nicht nähergebracht. Im Gegenteil. Es hatte jeglichen Versuch, eine innere Balance zu finden, über den Haufen geworfen. Seine warmen, starken Hände auf meiner Taille hatten mir meinen gesunden Menschenverstand vernebelt. Mich dazu verleitet, mich an ihn zu drängen, mich an ihm zu reiben.

Nach wie vor bekam ich einen hochroten Kopf, wenn ich an diesen fatalen Aussetzer dachte, den der Kurzschluss in meinen Synapsen zur Folge gehabt hatte.

Auf dem Rückweg zum Hotel vermied ich es, ihn anzusehen. Ich hatte stur auf die Straße gestarrt. Kein Wort gesagt. Mir gewünscht, das verflixte Hotel sei dreihundert Meter und nicht drei Kilometer entfernt.

Es waren die längsten drei Kilometer in meinem Leben gewesen. Und definitiv auch die Schnellsten. Denn ich hatte sie in einem fulminanten Rekordtempo zurückgelegt.

Das war gestern und gehörte somit der Vergangenheit an.

Eigentlich.

Uneigentlich entwickelte sich die voranschreitende Woche nämlich in eine ähnlich desaströse Richtung, wie der Vortag. Am morgigen Samstagabend hatte sich völlig überraschend der Präsident einer unserer größten Sponsoren samt Gefolgschaft angekündigt. Ganze fünfzig Personen, die in Tokio eine Konferenz besuchten und sich anschließend in Fuji vergnügen wollten.

Das wäre alles kein Problem, wenn ich nicht erst vor zwei Stunden davon erfahren hätte und man berücksichtigte, dass zwei meiner drei Mitarbeiterinnen mit einem verdorbenen Magen arbeitsunfähig im Hotelbett lagen.

Einzig meine Rezeptionistin und ich hielten vor Ort die Stellung.

Gott sei Dank hatte Dakota die Hilfe des Sponsoring Teams angeboten, sodass ich wenigstens zu den Stoßzeiten nicht gänzlich allein mit weit über einhundert Gästen in der Suite stand. Dennoch konnte ich mich nicht vierteilen. Und genau das war es, was ich heute hätte tun müssen, um allen gerecht zu werden und gleichzeitig das morgige Event auf die Beine zu stellen.

Natürlich würde ich die Herausforderung meistern. Die jahrelange Erfahrung in diesem Beruf hatte dafür gesorgt, dass ich mit Zeitdruck und kurzfristigen Planänderungen umgehen konnte. Deshalb war ich weder nervös, noch ängstlich. Ich war lediglich gestresst, bemühte mich aber um ein fröhliches Lächeln und war stets darauf bedacht, mir nichts von meiner Rastlosigkeit anmerken zu lassen.

Ich war Profi. Durch und durch.

Und genau das wiederholte ich wie ein Mantra, wann immer ich am Rande der Erschöpfung stand.

Zwischen dem ersten und dem zweiten Trainingslauf hatte mich Hunter für ein Meeting in sein Büro bestellt. Er wollte mit Sicherheit die Planung für das morgige Event durchsprechen.

Mit zittrigen Beinen von den gefühlten Kilometern, die ich an diesem Tag an der Strecke bereits zurückgelegt hatte, kam ich vor seiner Tür zum Stehen, atmete tief durch und klopfte.

»Herein«, ertönte seine autoritäre Stimme, die jedes Mal eine Gänsehaut auf meinem Körper auslöste.

»Hi«, begrüßte ich ihn.

Er saß hinter seinem Schreibtisch und blickte prüfend auf die Papiere, die zerstreut vor ihm lagen.

»Komm bitte her und sag mir, was du hiervon hältst«, wies er mich an, ohne aufzusehen.

Ich schloss die Tür hinter mir und ging durch den Raum zu seinem Schreibtisch. Zögernd trat ich neben ihn. »Das Layout für das neue Motorhome?«

»Was ist deine Meinung dazu?«

Ich trat ungeduldig von einem Fuß auf den anderen. Um mir die Designpläne für das neue Motorhome anzusehen, das ab nächster Saison zum Einsatz kommen sollte, fehlte mir im Moment wirklich die Zeit. Ich hatte heute wahrlich genug andere Sorgen. Und eine Meinung über das Design eines Multi-Millionen Dollar Projekts wie diesem, würde ich mir nicht mit einem kurzen Blick auf einen Haufen Papiere bilden können.

»Du wirkst angespannt?« Hunter schaute träge aus seinem Stuhl zu mir auf.

In der Teamuniform sah er einfach hinreißend aus.

Heiß, gebieterisch und machtvoll.

Schnell schüttelte ich die lüsternen Gedanken ab, die hier absolut fehl am Platz waren und konzentrierte mich auf das Wesentliche.

»Ich bin ein wenig im Stress. Deshalb glaube ich nicht, dass ich in der Lage bin, dir eine aussagekräftige Meinung zu dem Layout zu geben. Dazu bräuchte ich mehr Zeit.«

»Zeit ist etwas, von dem wir im Leben nie genug haben, Allegra. Es kommt allein darauf an, wie wir sie nutzen. Dieses Projekt hat für mich Priorität. Alles andere ist sekundär. Schau nochmal hin.«

Sein Ton duldete keinen Widerstand, also stützte ich mich auf dem Schreibtisch ab und begutachtete die unzähligen Unterlagen.

Um die Dokumente gründlich zu sichten, würde ich mindestens eine Stunde benötigen. Die hatte ich nicht.

Ich strich mir nervös durch die Haare, als ich plötzlich Hunters Hand vernahm, die über die Innenseite meiner nackten Oberschenkel glitt.

Da wir in diesem Jahr eine ausgesprochen sonnige und tagsüber ungewöhnlich warme Rennwoche in Japan erwischt hatten, trug ich den Minirock der Uniform, welcher meine Knie umspielte, ohne meine Strumpfhose.

Mein Verderben. Oder mein Paradies, je nachdem, wie man es auslegte.

Als Hunters Hand immer weiter an meiner sensiblen Haut hinaufglitt, die an dieser Stelle meines Körpers besonders zart und empfindsam war, hatte ich das Gefühl, einen kompletten Herzstillstand zu erleiden.

Ich drehte meinen Kopf zu ihm, doch er sah mich nicht an. Er betrachtete konzentriert die ausgebreiteten Unterlagen vor sich.

»Mich spricht der Eingangsbereich an. Stilvoll, aber nicht zu extravagant«, sagte er beiläufig, sodass niemand vermutet hätte, dass sein Zeigefinger im selben Moment unter meinen Slip glitt und gierig meine feuchte Mitte berührte.

»Stimmst du mir zu?«, fragte er, den Blick noch immer abgewandt.

Ich schluckte hart, als er begann, mit seiner Hand langsam meine Scham zu massieren.

»Ich ...«, setzte ich an, brach jedoch ab, weil er in diesem Moment einen Finger in meine enge Mitte tauchte.

»Du?«

»Ich denke, er gefällt mir«, krächzte ich und schloss die Augen.

»Er gefällt dir? Das ist eine ziemlich vage Aussage, Allegra.«

Seine geschickten Finger streichelten mich, neckten mich, stießen mich, dass mir hören und sehen verging.

»Es gefällt mir verdammt gut«, keuchte ich, wobei wir beide wussten, dass ich damit nicht den Eingangsbereich meinte.

»Ja, mir auch.« Hunters Tonfall war gelassen und gleichgültig, so als würde ihn das alles nichts angehen, was mich nur noch mehr antörnte.

Ich begann, mein Becken an seinen Fingern kreisen zu lassen und mich ihm entgegen zu drängen.

»Und der Konferenzraum? Große, weiße Flächen wirken generell hart und ermüdend.«

»Ich mag es hart«, atmete ich schwer und schrie heiser auf, als zwei seiner Finger kraftvoll in mich stießen.

»Tatsächlich?«, vergewisserte sich Hunter unschuldig.

»Tatsächlich«, hauchte ich erstickt.

»Auf dem dunklen Boden würde man den Dreck nicht so schnell sehen. Das ist von Vorteil, denn ich kann mir vorstellen, dass es bisweilen richtig schmutzig werden kann. Oder?«

»Total schmutzig.« Meine Stimme war kaum mehr als ein Flüstern.

»Vor allem, wenn es nass ist. Oder heiß und feucht, wie beim Nachtrennen in Singapur, nicht wahr?«

»Ich liebe das Rennen in Singapur.«

Hunter brachte mich schier um den Verstand. Er berührte mich so, dass ich am Rande der Klippe stand, aber er ließ mich nicht springen. Jedes Mal, wenn ich mich fallen lassen wollte, verlangsamte er sein Tempo, minderte den Druck seiner Hand. Es war eine Tortur. Eine unerträgliche Qual.

»Du magst es heiß und feucht?«

»Ja«, stöhnte ich. »Ja, verdammt.«

»In Singapur soll die Strecke furchtbar eng sein, habe ich gehört.«

»Das stimmt. Sehr eng.«

»Heiß, feucht und eng. Das klingt nach einer aufregenden Kombination«, knurrte er und sah endlich von den Unterlagen auf, direkt in mein Gesicht. Feuer loderte in seinen Augen. Er brannte vor Lust, genauso wie ich. Mit dem Unterschied, dass ich kurz davor war zu verglühen, wie eine Sternschnuppe am Himmel. Zu zerschmelzen, wie das Gestein unter der brodelnd heißen Lava.

Das Klopfen an der Tür zum Büro ließ mich zusammenfahren.

Ich riss die Augen auf und schlug mir fassungslos die Hand vor den Mund.

Verdammter Mist.

Was zur Hölle tat ich hier?

Ich befand mich im Büro meines Bosses, in das zu jedem beliebigen Zeitpunkt Gäste, Fahrer, Ingenieure, Mechaniker oder gar Journalisten hereinschneien konnten, und ließ mich von ihm verwöhnen.

War ich von allen guten Geistern verlassen?

»Herein«, rief Hunter gebieterisch.

Er hatte seine Finger aus meinem Slip genommen und streichelte stattdessen die Innenseite meiner Oberschenkel, die von meiner lustvollen Nässe bedeckt waren.

Ich versuchte einen Schritt zur Seite zu treten, aber Hunter hielt mich fest. Seine Finger umfassten unnachgiebig meinen Oberschenkel und machten unmissverständlich klar, dass allein er entschied, wann und wohin ich mich bewegte.

Simon, unser Sportdirektor streckte den Kopf zur Tür hinein. »Störe ich?«

Ich sah zur Decke und betete, dass mein Gesicht nicht hochrot anlief.

»Du störst nie, Simon. Wie kann ich dir helfen?«, begrüßte ihn Hunter bewundernd lässig, während seine Finger den Bund meines Slips streiften.

Der Schreibtisch ging mir bis zur Hüfte und war nach vorne hin getäfelt, sodass Simon nicht sehen konnte, welch obszöne Szenen sich dahinter abspielten.

Zum Glück!

Dennoch trieb die Angst davor, dass Simon sich unverhofft nähern könnte und über die Tischkante blickte, meinen Adrenalinspiegel in die Höhe.

»Der Teamchef von *Racing Rosso* ist bei Toni und will dich kennenlernen. Hast du Zeit?«

Hunter umkreiste meine Perle und ich presste die Lippen fest aufeinander, um nicht unter dem Genuss, den er mir damit verschaffte, aufzustöhnen.

»Das trifft sich gut. Wir waren hier sowieso fertig, nicht wahr, Allegra?« Hunter lächelte teuflisch und entzog mir seine Hand.

Bevor ich etwas erwidern konnte, war er mit Simon verschwunden.

15
ALLEGRA

Dieser verdammte Bastard. Dieser hinterhältige, niederträchtige, verfluchte Bastard!

Was zum Teufel sollte das?

Zusammen mit meiner Rezeptionistin verabschiedete ich die letzten Gäste des Tages und machte gute Miene zum bösen Spiel.

Äußerlich.

Denn innerlich kochte ich vor Wut. Ich glich einem Erdbeben, das in der Lage war, ganz New York City in Schutt und Asche zu legen.

Dass sich Hunter erdreistete, die professionelle Grenze zu überschreiten, und mir unter den Rock zu fassen, war eine Sache. Dass er mich dann auch noch bis zur Bewusstlosigkeit anstachelte, nur um mich auf dem Gipfel der Lust verhungern zu lassen, brachte das Fass zum Überlaufen.

Ich würde kein Wort mehr mit diesem Mann wechseln. Ich würde ihn keines Blickes mehr würdigen. Von jetzt an war er ein rotes Tuch für mich. Gestorben. Tot. Beerdigt.

Und mich würde ich direkt neben ihm verscharren, wenn ich mir noch ein weiteres Mal erlaubte, mich seinen Berührungen hinzugeben.

Wobei, vielleicht wäre es besser, mich ganz weit weg unter die Erde zu schaffen. Auf einem anderen Kontinent. Nicht, dass er mich sonst selbst über den Tod hinaus weiter reizte.

Zuzutrauen wäre es diesem elenden Mistkerl.

»Das wars. Geschafft für heute«, stöhnte Pippa, meine Rezeptionistin, und ließ sich auf einen der Stühle plumpsen. »Ich habe mehr Blasen als Zehen an den Füßen«, jammerte sie und zog ihre Schuhe aus.

»Du hast dich ausgezeichnet geschlagen. Gönn dir eine Pause, bevor wir die Abendveranstaltung für morgen vorbereiten.«

Sie stöhnte erneut auf. »Die hatte ich systematisch aus meinem Bewusstsein verdrängt. Ich kann nicht mehr. Bitte nicht.«

Ich tätschelte ihr aufmunternd die Schulter und nahm mit Computer, Stift und Block bewaffnet, ihr gegenüber Platz. »In drei bis vier Stunden haben wir Feierabend. Das Ende ist in Sicht.«

»Sklaventreiberin«, murrte sie und kaute auf einem Müsliriegel, den sie aus ihrem Rucksack gezaubert hatte. »Sag mal, Allegra, hast du mit Byron King schon einen Termin vereinbart?«

»Einen Termin?« Ich runzelte die Stirn. »Einen Termin wofür?«

Pippa wackelte vielsagend mit den Augenbrauen. »Na für uns Mädels. Er wollte doch jede von uns kennenlernen und es gibt da die eine oder andere, die es kaum erwarten kann, *The King* allein zu treffen.«

»Ist das so?«, fragte ich spitz.

»Ich glaube, wir sind alle ein wenig verknallt in ihn. Du etwa nicht?«

Ich erstarrte. Verknallt? Ausgerechnet in den Kerl? Nie im Leben!

»Nein. Kein bisschen.« Nachdrücklich schüttelte ich den Kopf.

»Willst du mir allen Ernstes weismachen, du bist gegen sein markantes Gesicht, sein sexy Lächeln, seine starken Muskeln und seine gebieterische Ausstrahlung immun?« Pippa beäugte mich, als sähe sie zum ersten Mal in ihrem Leben einen Menschen.

»Du schaust ja ganz schön genau hin«, kommentierte ich spöttisch.

»Du etwa *nicht*?«

»Nein«, log ich. »Ich bin eine vielbeschäftigte Frau, die ein Feuer nach dem anderen löschen muss. Da bleibt mir kaum Zeit zum Atmen, geschweige denn zum Männer anschmachten.«

»Naja«, Pippa kicherte. »So jemand wie Byron eignet sich perfekt als Feuerwehrmann.«

»Ich habe keine Ahnung, was du mir damit sagen willst, Pippa und ich weiß nicht, ob ich will, dass du es mir näher erläuterst.«

Natürlich war mein Einwand bloß frischer Wind in

ihren Segeln. Eine Steilvorlage sozusagen. Ich hätte
lieber still sein sollen, statt auf ihr Spiel einzugehen.
Jetzt war es dafür zu spät, denn Pippa holte bereits
Luft, um munter weiter zu plappern.

»Du stehst immerzu unter Strom, Allegra, gönnst
dir nie eine Verschnaufpause. Du rennst von einem
Brand zum nächsten. Warum lässt du dich nicht von
jemandem wie Byron aus den Flammen retten? Lass
dich in seine schützenden Arme fallen und genieße,
wie er dich eng an seine männliche Brust gedrückt aus
der Flammenhölle trägt. Ich wette, so ein Feuerwehrmann wie Byron wartet mit einem langen, prall
gefüllten Schlauch auf, der unter seinem Druck jegli-
ches Feuer im Keim erstickt.«

Sie grinste bei ihrem anzüglichen Vergleich von
einem Ohr zum anderen und ich konnte nicht anders,
als es ihr gleich zu tun.

»Ich gebe euch eindeutig zu wenig zu tun, wenn
ihr Zeit für solch absurde Fantasien findet. Muss ich
mir womöglich etwas richtig Fieses einfallen lassen,
um euch zu beschäftigen? Gläser zählen? Kisten
schleppen? Kabel entwirren?«, lachte ich und hob
drohend den Zeigefinger.

»Bitte nicht«, quiekte Pippa und faltete flehend die
Hände. »Man wird doch wohl noch träumen dürfen.
Aber Spaß beiseite: Was würde ich dafür geben, nach
einem anstrengenden Tag wie diesem ins Hotel zu
kommen und es mir von einem verboten heißen Mann
wie Byron ordentlich besorgen zu lassen. Aktiver
Stressabbau, sozusagen.«

»Dafür gibt es das hoteleigene Fitnessstudio«,

konterte ich und grub mir meine Fingernägel in die Handflächen, um das Bild von Hunter, wie er es mir auf Capri besorgte, zu verdrängen.

»Du ziehst eine Einheit im Fitnessstudio ausschweifendem Sex vor?«, wunderte sich Pippa mit einem ungläubigen Stirnrunzeln.

»Genau das habe ich vor, wenn wir nachher ins Hotel zurückkehren. Also lass uns anfangen, damit wir los können, bevor das Fitnessstudio schließt«, erklärte ich die absurde Diskussion, die wir hier führten, für beendet.

Es war bereits nach zweiundzwanzig Uhr, als ich in meine Sportsachen schlüpfte, mir ein Handtuch überwarf und mit dem Lift zum Fitnessbereich des Teamhotels fuhr. Pippas Motivation für aktiven Stressabbau in Form von Laufband und Gewichten war gleich Null. Sie hatte sich lieber für einen Drink an die Bar begeben, anstatt mich zu begleiten. Deshalb war ich allein aufgebrochen.

Um diese Zeit befand sich außer mir niemand in dem kleinen fensterlosen Raum im Kellergeschoss. Dieses Fitnessstudio wurde seinem Namen definitiv nicht gerecht. Es glich mehr dem spärlich ausgestatteten Trainingsraum in meiner Wohnung, als einem richtigen Studio, aber es erfüllte seinen Zweck. Sowohl mit dem Laufband, als auch mit der Langhantel würde ich arbeiten können. Einen bodentiefen Spiegel gab es ebenfalls, sodass ich meine Körperhaltung unter der Last der Gewichte korrigieren konnte.

Ich stieg auf das Laufband und begann ein hügeliges Cardio Programm, um mich von dem überschüssigen Stress des ereignisreichen Tages zu befreien. Und um mich von den Erinnerungen an Hunters Hand in meinem Höschen zu lösen, die mich jedes Mal feucht werden ließen, wenn ich daran dachte.

Nach einer halben Stunde brannten meine Muskeln. Schweiß rann mir den Hals hinab und sammelte sich zwischen meinen Brüsten, die in dem engen Sport Top aneinander gepresst wurden, um Halt zu finden. Mein Atem rasselte. Aber ich war nicht bereit, aufzuhören. Ich wollte mich restlos auspowern, mich für meine offensichtliche Schwäche für Hunter bestrafen.

»Vor wem läufst *du* denn davon?«, vernahm ich eine tiefe Stimme, die mich vor Schreck fast vom Laufband fallen ließ.

Hunter.

Shit.

Er musste irgendwo hinter mir stehen und machte keinerlei Anstalten, näher zu kommen. Der Gedanke, dass er meinen Hintern betrachtete, während ich wie eine Irre völlig verschwitzt den simulierten Hügel hinaufrannte, ließ mich den Notfallknopf drücken. Sofort kam das Laufband zum Stehen.

Ich griff nach meinem Handtuch und wischte mir das Gesicht ab. Mit einem Satz sprang ich vom Laufband, geriet dabei allerdings ins Straucheln, da sich meine Beine noch nicht an den plötzlichen Stillstand gewöhnt hatten. Hunter reagierte blitzschnell, indem er die Distanz zwischen uns überbrückte und mich an den Armen packte, bevor ich zu Boden gehen konnte.

»Mit so einer stürmischen Begrüßung habe ich zwar nicht gerechnet, aber meine Arme fangen dich allzeit bereit auf, wenn du dich fallen lassen willst. Stets zu Diensten«, scherzte er, doch die Heiserkeit, die dabei in seiner Stimme lag, verriet ihn und ließ mich den Kopf heben, um ihm in die Augen sehen zu können.

Sein Blick lag dunkel und verhangen auf mir und bevor ich auch nur daran denken konnte, mich von ihm zu lösen oder ihn zum Teufel zu wünschen, presste er seinen Mund in meine Halsbeuge und biss aufreizend hinein.

Ich schrie auf vor Schmerz, doch keine Sekunde später schoss mir die Lust wie flüssige Lava zwischen die Beine und ich brannte lichterloh für diesen Mann und seine feurigen, besitzergreifenden Küsse.

Ungeduldig brummend schob mir Hunter den Träger meines Sport Tops über die Schulter, und begann, eine heiße Bahn aus Küssen und Bissen von meinem Hals bis hin zu meinem Schulterblatt zu ziehen. Doch das reichte ihm nicht. Mit einem Ruck hob er mich hoch und drängte mich ungestüm gegen die Wand hinter uns. Er vergrub sein Gesicht in meinem Ausschnitt, stahl sich zwischen meine Brüste, und leckte forschend über meine salzige Haut.

»Baby, du bist so verflucht scharf. Hast du auch nur die leiseste Ahnung, was du mit mir anstellst? Mein

Schwanz ist so hart, dass es verdammt nochmal weh tut«, fluchte er, umfasste meine Brüste mit seinen Händen und massierte sie grob durch das Lycra Top, bevor er es weiter hinab zog und sie aus dem engen Stoff befreite.

»Fuck, Allegra. Du bringst mich um«, stöhnte er und fuhr mit seinen Daumen über meine zusammengezogenen Nippel, die sich ihm willig anboten. »Deine Brüste sind wie knackige, sündige Äpfel, garniert mit saftigen, süßen Kirschen, die nur darauf warten, von mir vernascht zu werden. Merkst du, was sie mit mir anrichten? Kannst du es fühlen?«

Ich spürte, wie sich sein harter Schwanz durch die Sporthose an meine Mitte drängte und verschluckte mich fast an meinem Atem, als er sein Becken nach vorne fallen ließ und seine Erektion gegen meine brennende Mitte presste. Ich konnte die Hitze spüren. Die Leidenschaft. Das Verlangen. Alles davon.

Mühsam unterdrückte ich ein lustvolles Wimmern und konzentrierte mich stattdessen auf das, was ich mir am Mittag vorgenommen hatte, nämlich genau solchen Situationen aus dem Weg zu gehen.

Jedenfalls versuchte ich das. Doch Hunters Präsenz und sein Frontalangriff auf meinen Körper vernebelten meine Sinne und ließen mich schwach werden.

Verzweifelt versuchte ich mich an meine guten Vorsätze zu erinnern. Sie aus der hintersten Ecke meines noch verbleibenden Bewusstseins zu Tage zu fördern.

Wie war das nochmal? Hunter ist für mich ein rotes Tuch? Tabu? Gestorben? Begraben?

Wo war die Gegenwehr, wenn man sie brauchte?

Ich sollte das hier beenden.

Sofort.

Sollte mich von ihm losmachen.

Ihm befehlen, aufzuhören.

Und das würde ich.

Oh ja, das würde ich.

Das würde ich ganz sicher.

Total sicher.

Todsicher.

In ... in einer Minute.

Oder zwei.

Hunters Hände glitten beinahe mühelos in meine enge Hose, umfassten meine nackten Pobacken und schoben meinen Körper enger an seinen pulsierenden Schwanz, mit dem er rhythmisch gegen meine feuchte Mitte stieß, die bei jedem seiner Stöße noch feuchter wurde, weil sie wusste, wie unglaublich gut er sich anfühlte.

Obwohl Hunter und ich gänzlich bekleidet waren, spürte ich seinen Körper so intensiv, als seien wir nackt, Haut an Haut. Und mit diesem Gefühl kehrte auch die Erinnerung an damals zurück. An Capri. An unsere wilde, leidenschaftliche Zeit, die mir einen Höhenflug nach dem nächsten beschert hatte.

Ich vermisste diese Zeit. Und ich sehnte mich danach, mich wieder so begehrt, befriedigt und beflügelt zu fühlen, wie ich es auf der Hochzeit meiner Schwester in der Gegenwart von Hunter getan hatte.

Was, wenn wir die Vergangenheit hier und jetzt

aufleben ließen? Nur ein schneller, harter Fick an der Wand. Nichts von Bedeutung. Nur ... Sex.

Wäre das verwerflich?

Wahrscheinlich.

Und dennoch war es das, wonach wir beide uns sehnten.

Doch wir waren nicht länger zwei Fremde, die glaubten, einander nach der gemeinsamen Nacht nie wieder zu sehen. Die Ausgangssituation war jetzt eine komplett andere. Eine, in der wir das hier nicht tun, geschweige denn auch nur daran denken sollten.

Und doch taten wir es. Und doch fühlte sich das offensichtlich Falsche vollkommen richtig an.

Mein Widerstand schwand, weil Hunter ein Meister der Verführung war und mit seinen sinnlichen Berührungen dafür sorgte, dass ich nicht mehr dachte, sondern nur noch fühlte.

Doch in einem allerletzten Versuch, mich vor dem ewigen Verderben zu retten, rief ich mir ins Gedächtnis, wie er mich am Mittag in seinem Büro erst provoziert und anschließend einfach fallengelassen hatte. Für ihn war ich bloß ein Spielzeug, an dem er sich nach Belieben bedienen konnte. Eine hübsche Hülle, die er nicht respektierte, aber gern fickte. Ein praktisches Mittel zum Zweck.

Diese ernüchternde Erkenntnis gab mir die Kraft, meine Hände gegen seine muskulöse Brust zu stemmen und mich von ihm loszumachen.

»Was soll das werden, Hunter? Willst du wieder etwas anfangen, nur um es anschließend erneut nicht zu Ende zu bringen?«, zischte ich erbost und schlüpfte unter seinem Arm hindurch, um die dringend notwendige Distanz zwischen uns zu bringen.

»Sieh an, sieh an. Du bist wütend«, stellte er fest. Seine Stimme klang amüsiert, was mich noch mehr in Rage versetzte. Fand er das etwa lustig? War das hier ein perfides Spiel für ihn? Machte es ihm etwa Spaß, mich erst aufzuheizen, nur um mich danach fallen zu lassen? Mich mit seinem sprunghaften Verhalten um den Verstand zu bringen?

Mein Körper bebte vor Zorn und ich schüttelte energisch den Kopf.

»Ich bin nicht wütend. Ich halte nur nichts von Männern, die halbe Sachen machen.«

Hunter lachte laut auf und näherte sich mir wie ein geschmeidiges Raubtier auf der Pirsch. Doch ich signalisierte ihm unmissverständlich, auf der Stelle stehen zu bleiben.

Zu meiner Überraschung tat er das auch, wenngleich nur widerwillig.

»Also schön. Ganz wie du willst, Allegra. Aber lass uns eins klarstellen: Ich mache keine halben Sachen. Im Gegenteil. Was immer ich mit dir anstelle, oder eben nicht, tue ich *für* dich. Du hast keine Ahnung, wie heftig dein Orgasmus sein wird, nachdem ich dir deinen Höhepunkt zuvor verwehrt und dich in Rage versetzt habe. Du würdest dich wundern. Und nach mehr betteln.«

Ich schnaubte verächtlich, woraufhin Hunter verstimmt die Lippen aufeinanderpresste. »Ich tue nichts, absolut gar nichts ohne Grund. Das kannst du mir gern glauben.«

Ach ja? Wem wollte er hier etwas vormachen? Ich glaubte ihm kein Wort. Dafür war ich viel zu erregt. Viel zu unbefriedigt. Und viel zu sauer.

Trotzig verschränkte ich die Arme vor der Brust. »Zu blöd, dass wir niemals herausfinden werden, ob das stimmt.«

Er zog herausfordernd eine Augenbraue in die Höhe. »Werden wir nicht?«

»Nein.«

Meine Stimme klang überzeugt und ließ nicht durchblicken, dass ich in meinem Inneren längst nicht so entschlossen war, wie ich mich nach außen hin gerade gab.

»Bist du sicher? Ich hatte den Eindruck, dass du es ganz dringend brauchst«, konterte Hunter und grinste.

Seine Überheblichkeit versetzte mich nur noch mehr in Rage. Aber gleichzeitig törnte sie mich ungeheuer an, wofür ich mich selbst hasste.

»Da hast du dich getäuscht«, zischte ich und ballte die Hände zu Fäusten, um ihn nicht an mich zu ziehen und mir das zu nehmen, was ich so sehr wollte.

Hunter legte den Kopf schief und musterte mich eindringlich. Ich hielt seinem Blick stand, auch wenn ich innerlich bebte und brannte. Schließlich zuckte er desinteressiert die Achseln und ging lässig an mir vorbei zum Laufband.

»Wenn das so ist. Ganz wie du möchtest. Ich tue nichts, was du nicht ausdrücklich willst. Wir sehen uns morgen. Ich wünsche dir eine entspannte Nacht, Allegra.«

Hunter stöpselte sich seine Kopfhörer in die Ohren

und schaltete das Laufband ein. Dann verfiel er in einen schnellen Laufschritt, ohne sich noch einmal zu mir umzudrehen.

Offensichtlich war diese Diskussion für ihn damit beendet.

Fein. Meinetwegen. Sollte er doch hingehen, wo der Pfeffer wächst. Oder in seinem Fall: Hin joggen.

Wutschnaubend, aufgewühlt und zutiefst unbefriedigt verließ ich das Studio. Von Entspannung und Müdigkeit war nichts mehr zu spüren.

Na toll.

Hunter hatte all meine Mühen der vergangenen Stunde binnen einer Minute zunichtegemacht.

So ein arrogantes Arschloch!

16

HUNTER

Ich klatschte mit Toni und den Ingenieuren am Kommandostand ab, als Juan die Ziellinie überquerte und sich mit einer phänomenalen Zeit die Pole Position für das morgige Rennen sicherte.

Der Kerl brannte. Er brannte darauf, sich in diesem Jahr den Weltmeistertitel, den sein Teamkollege ihm in der vorherigen Saison um ein paar Punkte weggeschnappt hatte, ein viertes Mal zu erkämpfen.

Tom Clark, unser zweiter Fahrer, hatte sich mit Position vier zumindest einen Startplatz in den *Top 5* ergattern können, auch wenn er damit hinter unseren Erwartungen zurückblieb.

Ich ermahnte mich, dass dies erst das zweite Rennwochenende der Saison war. Achtzehn weitere würden folgen. Während Tom also noch etwas Zeit blieb, an seine Form der vorangegangenen Saison anzuknüpfen, musste er gleichzeitig auf der Hut sein, nicht den

Anschluss an seinen Teamkameraden zu verlieren. Um die Weltmeisterschaft der Konstrukteure für sich zu entscheiden, zählten die Punkte beider Fahrer.

Anders als bei der Fahrerweltmeisterschaft, bei der es nur auf die Punktzahl eines einzelnen Fahrers ankam, zählte bei der Weltmeisterschaft der Konstrukteure, also der des besten Teams, die Gesamtanzahl der Punkte beider Fahrer. Dem Gewinner der Team- beziehungsweise Konstrukteur Weltmeisterschaft, winkte eine Prämie im zweistelligen Millionenbereich. Eine Prämie, die ich uns unbedingt sichern wollte. Mit diesem Geld konnten wir die Entwicklung stetig vorantreiben, den Vorteil gegenüber unserer Konkurrenz beibehalten und uns weiterhin zwei Topfahrer leisten. Denn eines war sicher: Sollte Juan sich dazu entscheiden, nach dieser Saison das Handtuch zu werfen, würden wir ihn mit einem gestandenen, erfahrenen Fahrer ersetzen müssen. Und die bewegten sich, im Gegensatz zu Jungspunden wie Tom, in einer ambitionierten Gehaltsklasse.

Ein Kamerateam steuerte auf den Kommandostand zu und bat um ein Live Interview mit Toni und mir, das wir ihnen unter der Aufsicht von Riley gewährten.

Ich schielte hinauf zu der Außenterrasse, die sich über der Boxengasse befand und die verschiedenen Hospitality Suiten der Teams beherbergte.

Mein Blick blieb an Allegra hängen, die an die Brüstung gelehnt stand, und sich mit einem der Gäste unterhielt.

Sie schmunzelte über das, was der ältere Mann ihr erzählte und drehte sich zur Strecke, um ihm mit dem

ausgestreckten Arm in Richtung Start- und Zielgerade
etwas zu vermitteln.

Der Gast deutete auf den Kommandostand und
schien eine weitere Frage zu stellen. Allegra sah hinab
zu uns. Als sie mich bemerkte, schwand ihr Lächeln.
Ich winkte ihr fröhlich zu, woraufhin sie ihre süßen
Lippen aufeinanderpresste und frostig die Hand zum
Gruß hob.

Sie war sauer.

Das war unschwer zu erkennen.

Sie focht einen Kampf mit sich aus, den ich ihr nicht
abnehmen konnte. Sie würde entscheiden müssen, ob
sie sich mir hingab, ob sie den Wünschen ihres Körpers,
der ganz offensichtlich auf mich reagierte, nachgab,
oder ob sie mich weiterhin von sich stieß.

Was mich betraf: Ich wollte diese Frau, Mitarbeiterin hin oder her.

Allegra machte ihren Job verdammt gut. Ich hatte
daran nichts auszusetzen und würde es auch in
Zukunft nicht haben. Sie war erfahren, zuverlässig und
kompetent.

Obwohl ich ihr Boss war, musste ich so gut wie nie
in ihrem Aufgabenfeld aktiv werden. Sie erledigte ihre
Arbeit gewissenhaft, zielorientiert und zeitig. Die
Zusammenarbeit mit ihr bereitete mir Spaß. Der
gegenseitige Austausch beflügelte mich.

Daran würde sich nichts ändern. Ob wir nun
miteinander schliefen oder nicht: In meiner Chefposi-
tion behandelte ich alle Mitarbeiter gleich.

In meinem Bett jedoch bevorzugte ich Allegra.

Der Sex mit ihr auf Capri hatte eine berauschende, überaus befriedigende Wirkung auf mich gehabt. Ich hätte nichts dagegen, diese unverbindliche Affäre weiterzuführen. Ohne Verpflichtungen. Ohne Versprechungen. Einfach nur Sex.

Wie sie dazu stand, blieb abzuwarten. Aus ihren widersprüchlichen Signalen wurde ich nicht schlau, was mich gleichermaßen erregte und frustrierte.

»Du kommst zu dem Event der *Masahi Corporation* heute Abend, Byron? Allegra und ihr Team haben es tatsächlich geschafft, alles rechtzeitig auf die Beine zu stellen«, informierte mich Toni, nachdem wir das Interview beendet hatten und durch die Garage zurück zum Motorhome gingen, um mit den Fahrern und den Ingenieuren die Stärken und Schwächen der Qualifikation zu besprechen.

»Ich komme, ja. Mister Masahi hat mich um ein persönliches Gespräch gebeten. Vermutlich will er mir ein paar seiner Geschäftspartner vorstellen.«

Allegra hatte sich selbst übertroffen. Das Event wirkte so gut organisiert, als wäre es von langer Hand geplant worden. Niemand hätte vermutet, dass man ihr für die Planung und Umsetzung lediglich sechsunddreißig Stunden Vorlaufzeit gegeben hatte. Noch dazu während sie parallel an der Rennstrecke weit über einhundert Gäste betreute und die Hälfte ihrer Mannschaft krank im Bett lag.

Mister Masahi und seine Geschäftsfreunde wirkten begeistert. Der Abend wurde zu einem vollen Erfolg.

Als ich ihn und seine Gefolgschaft verabschiedet hatte, und zu Toni zurückschlenderte, um mit ihm über das morgige Rennen zu sprechen, legte ich einen Zwischenstopp bei Allegra ein, die sichtlich erleichtert mit einer weiteren Frau, die ich vom Catering an der Rennstrecke kannte, zusammenstand und plauderte.

»Guten Abend, die Damen«, begrüßte ich sie. »Wir kennen uns noch nicht persönlich. Ich bin Byron King«, sagte ich an die blonde Frau mit den blauen Augen gerichtet, die Barbie durchaus Konkurrenz machen konnte.

»Guten Abend Mister King. Ich bin Skye«, erwiderte sie schüchtern. »Ich arbeite im Catering an der Rennstrecke und habe heute Abend Allegras Team unterstützt.«

»Das ist ausgesprochen nett von Ihnen, Skye. Vielen Dank für Ihre Hilfe. Bitte fühlen Sie sich nicht verpflichtet, mich zu siezen.«

»Gern geschehen, Mister King, ähm, Byron. Ich hole Allegra und mir noch etwas zu trinken. Möchten Sie … möchtest du ebenfalls ein Glas Wein?«

Ich verneinte höflich und wartete, bis sie sich ein paar Meter entfernt hatte. Flüchtig beugte ich mich zu Allegra hinab und flüsterte so leise, dass nur sie es hören konnte, »Gute Arbeit. Mister Masahi war sehr angetan. Du hast dir eine Belohnung verdient. Zimmer 1024, falls du sie dir später abholen willst.«

So wie ich Allegra mein Angebot unterbreitet hatte, kehrte Skye mit zwei gefüllten Gläsern zurück und ich verabschiedete mich mit einem freundlichen Gruß von ihr und der Frau, deren Duft nach Nachthyazinthe meine Sinne flutete.

17
ALLEGRA

Die Härchen auf meinem Unterarm standen senkrecht in die Höhe und meine Kehle fühlte sich an wie Schmirgelpapier.

Du hast dir eine Belohnung verdient, hatte er in mein Ohr geflüstert, während sein Atem meine Ohrmuschel streichelte.

Mit zitternden Händen spähte ich Hunter hinterher und verfolgte, wie er sich lässig Toni gegenüber niederließ.

Plötzlich sah er auf. Geradewegs in meine Augen. So, als hätte er gespürt, dass ich ihn beobachte.

Mist.

»Alles in Ordnung, Süße? Hat Mister King, also Byron, das Event nicht zugesagt?«, fragte mich Skye besorgt.

»Doch, doch«, beeilte ich mich zu sagen. »Es war alles zu seiner Zufriedenheit.«

So sehr, dass er mich auf sein Zimmer eingeladen hatte und mich dort für meine Arbeit belohnen wollte.

Dass diese *Belohnung* sich nicht auf die Schokoriegel in der Minibar bezog, verstand sich von selbst.

»Das freut mich für dich. Wenn du nichts dagegen hast, verabschiede ich mich gleich. Ich bin hundemüde und das Catering Team fährt bereits um sechs Uhr zurück an die Strecke, um das Frühstück für alle Teammitglieder vorzubereiten.«

»Natürlich. Geh du nur. Pippa und ich erledigen den Rest«, versicherte ich Skye. »Und tausend Dank für deine rettende Hilfe. Ich weiß es zu schätzen. Du hast was gut bei mir.«

Als Skye kurz darauf verschwand, beseitigten Pippa und ich Seite an Seite die Spuren der Veranstaltung.

Aus den Augenwinkeln erkannte ich, dass Toni und Hunter sich erhoben, und zum Fahrstuhl gingen.

Schnell drehte ich mich in die entgegengesetzte Richtung, um mich nicht noch einmal von Hunter beim Starren erwischen zu lassen.

»Schlaf gut«, winkte Pippa als sie in ihrem Zimmer verschwand, das ein paar Räume entfernt im selben Korridor lag.

»Du ebenfalls«, rief ich und hoffte, dass meine aufgeregte Stimme mich nicht verriet.

Mit leicht zitternden Händen öffnete ich die Tür zu

meinem bescheidenen Reich und atmete, mit dem Rücken gegen die Tür gelehnt, tief durch.

Es gab keinen Grund, nervös zu sein. Ich *musste* nicht zu Hunter gehen. Ich *konnte,* wenn ich wollte, ja. Aber ich konnte es auch genauso gut bleiben lassen. Und exakt das würde ich tun: Vernünftig sein und es bleiben lassen.

Seufzend schälte ich mich aus den verschwitzten Kleidern und stellte mich unter die Dusche, um meine verspannten Schultern unter dem warmen Wasserstrahl zu lockern.

Der schlimmste Teil des Wochenendes war überstanden. Wegen der Gästebetreuung während des morgigen Rennens machte ich mir keine Sorgen. Das bekamen wir hin. Außerdem würden meine Mädels dann endlich wieder vollzählig sein.

Ich hatte also allen Grund, mich gut und relaxed zu fühlen.

Doch die Anspannung der letzten Tage fiel nicht von mir ab.

Weder unter der Dusche noch als ich mich mit der nach Orangen duftenden Creme von der Amalfiküste eincremte. Und auch nicht, als ich in den flauschigen Bademantel schlüpfte, den das Hotel seinen Gästen zur Verfügung stellte.

Ich war hibbelig. Rastlos. Nervös.

Tja, auch wenn ich es nicht zugeben wollte: Hunters angepriesene Belohnung beschäftigte mich. Seine geflüsterten Worte ließen mich nicht los. Sie beherrschten mein Unterbewusstsein und drängten sich immer wieder an die Oberfläche.

Selbstverständlich würde ich *nicht* zu ihm gehen und meine Belohnung einfordern.

Denn wie die aussah, konnte ich mir denken.

Andererseits ...

Pippa hatte nicht unrecht mit ihrer Behauptung, dass guter Sex so manche Blockade löste und maßgeblich zur Entspannung beitrug.

Und so durch den Wind, wie ich es jetzt war, würde ich sowieso nicht schlafen können.

Ich fuhr mir durch die Haare und rang mit mir.

Sex mit Hunter. Ich wusste, wie phänomenal er war. Niemals würde ich vergessen, wie er mich ausfüllte und mich mit seinen gezielten Stößen explodieren ließ.

Bei dem Gedanken an unser Abenteuer auf Capri griffen meine Hände wie fremdgesteuert nach dem erstbesten, was sie fanden: Meinem Team-Uniform-Rock, den ich mir bereits für das morgige Rennen rausgelegt hatte.

Das Höschen, das dabei achtlos zu Boden fiel, überging ich im Eifer des Gefechts. Ich würde es nicht brauchen.

Achtlos streifte ich ein dünnes Langarmshirt über und ließ auch den BH weg.

Das sparte bei dem, was wir vorhatten, Zeit, was mir sehr gelegen kam.

Denn Zeit wollte ich so wenig wie möglich mit Hunter verbringen.

Ich wollte, dass er mir Erlösung verschaffte. Nicht mehr und nicht weniger.

Die Sache würde folgendermaßen ablaufen: Ich

würde zu Zimmer 1024 gehen, anklopfen, meine Belohnung einfordern und wieder gehen. Dann würde ich in einen tiefen, erholsamen Schlaf fallen und morgen in Topform an der Strecke aufkreuzen.

Ja. Das klang nach einem perfekten Plan.

Nicht *er* spielte mit *mir*, sondern *ich* mit *ihm*. Ich benutzte ihn, so wie er versucht hatte, mich zu benutzen. Keine Gefühle. Nur Sex. Und weil Hunter so ein arroganter, überheblicher und selbstgefälliger Arsch war, würde mir das auch mühelos gelingen.

Entschlossen schnappte ich mir eine Basecap, die ich mir tief ins Gesicht zog und begab mich zum Aufzug.

Hunter öffnete nach dem ersten Klopfen. Mit vor der Brust überkreuzten Armen stand er in der Tür. Das braune, glänzende Haar hing ihm in die Stirn. Seine Anzughose hatte er gegen eine ausgewaschene, zerrissene Jeans getauscht. Ein weißes T-Shirt umspielte die Muskeln seines Oberkörpers und komplettierte sein lässiges Outfit.

Selbst im Schlabberlook sah dieser Mann verboten heiß aus. Wie gelang ihm das nur?

Das Leben war nicht gerecht.

»Hi«, sagte ich mit fester Stimme.

»Hi«, echote Hunter und machte keine Anstalten, mich reinzulassen. Er betrachtete mich träge und wartete darauf, dass ich weitersprach, was ich jedoch nicht tat.

Nach einer Weile gab er nach und ergriff selbst das Wort. »Wie kann ich dir helfen, Allegra?«

Ich straffte meine Schultern und versuchte, so gleichgültig wie möglich zu klingen. »Ich bin hier, um mir meine Belohnung abzuholen.«

Hunter zog die Augenbrauen in die Höhe und seine Mundwinkel zuckten dabei verräterisch. Einmal mehr hatte ich das Gefühl, dass er sich über mich lustig machte, was meine Entschlossenheit, ihn für meine Bedürfnisse zu benutzen, weiter festigte. »Na wenn das so ist, komm rein.«

Er trat zur Seite und ich schob mich an ihm vorbei in das weitläufige, luxuriös eingerichtete Zimmer.

Hunter schloss die Tür hinter mir und ging zu seinem Schreibtisch, auf dem ein aufgeklappter Laptop und zig Papiere neben einer teuer aussehenden Flasche lagen. Er nahm die Flasche und goss mir ein Glas von der bronzefarbenen Flüssigkeit ein.

»Hier bitte. Der beste Scotch in ganz Schottland. Ich gönne ihn mir nur sehr selten.«

Fassungslos sah ich ihn an.

Meine Belohnung war ein Glas *Scotch*?

Ernsthaft?

Und ich dachte schon ... Himmel! Keine Ahnung, was ich dachte. Keine Ahnung, was ich mir überhaupt dabei gedacht habe, hier mitten in der Nacht aufzukreuzen.

Es war ein bescheuerter Plan gewesen. Ein peinlicher noch dazu.

Höchste Zeit, das Weite zu suchen, damit Hunter weder meine Scham, noch meine Enttäuschung bemerkte.

»Du siehst aus, als hättest du etwas anderes erwartet«, stellte er fragend fest, als er mir das Glas reichte und seine Finger dabei scheinbar zufällig über meinen Handrücken strichen.

Ich leerte das Glas in einem Zug und schüttelte mich, als die brennende Flüssigkeit auf meine Kehle traf.

»Ich habe gar nichts erwartet. Ich war bloß neugierig. Schließlich habe ich lediglich meinen Job gemacht. Und dafür werde ich bezahlt. Also dann. Danke für den Scotch und … gute Nacht, Hunter.« Geräuschvoll stellte ich das Glas ab und wandte mich zum Gehen, als mich Hunters Stimme innehalten ließ.

»Du hast hervorragende Arbeit geleistet, Allegra. Das sollte gewürdigt und gesagt werden. Und das tue ich hiermit. Ich teile diesen Scotch sonst mit niemandem. Dafür ist er mir zu schade. Aber du hast ihn dir heute verdient.«

»Danke«, entgegnete ich kurz angebunden.

Ich wusste, dass ich meinen Job beherrschte. Schließlich gab ich immer zweihundert Prozent und war nicht umsonst die Chefin des Event und Hospitality Teams. Natürlich war es nett, die Bestätigung meiner Fähigkeiten auch von Hunter zu erhalten, aber gerade interessierte mich das reichlich wenig.

»Was den Rest der Belohnung betrifft …«

Er senkte vielsagend die Stimme und trat hinter

mich. Augenblicklich begann mein Herz laut und schnell in meiner Brust zu pochen.

Den ... Rest der Belohnung? Welcher *Rest*? Was hatte er vor?

Wollte er womöglich doch ...

Er schob mein Haar beiseite, um sich direkten Zugang zu meinem Hals zu verschaffen und ließ keinen Zweifel an seiner Vorstellung von einer angemessenen Belohnung, als er an meinem Nacken zu knabbern begann. »Ich könnte mich um dein Wohlbefinden kümmern. Dafür sorgen, dass du nach diesem anstrengenden Tag erholsam schlafen kannst.«

Er massierte meine verspannten Schultern und mir entfuhr ein gequältes Stöhnen.

»Das fühlt sich gut an, Baby, nicht wahr?«, flüsterte er lockend an meinem Ohr.

»Ja«, keuchte ich atemlos. »Das tut es.«

»Hmm. Das glaube ich gern. Weißt du, Allegra, du bist schrecklich verspannt. Wir müssen dafür sorgen, dass du loslässt.«

Er dirigierte mich zu der Wand zu unserer Rechten und zwang mich, meine Hände auf die kalte Tapete zu legen, um mich daran abzustützen. Das Geräusch des sich öffnenden Reißverschlusses seiner Jeans und das Knistern der Kondomverpackung entlockten mir ein tiefes Seufzen.

Ich brauchte das hier. Und ... ich *wollte* das hier.

Nur heute. Nur jetzt. Nur hier.

»Ich fürchte, mit einem Mal werden wir dein Problem nicht in den Griff bekommen. Was für ein Glück, dass ich heute Nacht nichts anderes vorhabe, als mich vollumfänglich um dich zu kümmern. Du bekommst also den Rundumservice«, raunte er an meinem Ohr, während seine Hand unter meinen Rock fuhr und er zischend die Luft ausstieß, als er realisierte, dass ich keinen Slip trug.

»Läufst du immer ohne Höschen durch die Gegend?«, wisperte er, während seine Finger meine Schamlippen teilten und sie aufreizend massierten.

»Nein«, krächzte ich und wand mich unter seinen kreisenden Fingern. »Nie.«

»Und wieso bist du dann ohne einen Slip zu mir gekommen?«

Ich blieb stumm und schluckte schwer.

»Sag es mir«, forderte er drohend. »Ich will es wissen.«

Noch immer war ich unfähig, ihm zu antworten. Zu gut fühlten sich seine Berührungen an. Zu sehr vernebelte seine raue Stimme meine Sinne.

»Wolltest du, dass ich es dir besorge, Baby? Wolltest du, dass ich tief in dich eindringe und dich so lange ficke, bis du nicht mehr stehen kannst?«

Ich nickte.

»Allegra, ich will es hören. Sag mir, dass du es willst.«

»Ich will, dass du es mir besorgst«, verlangte ich erstickt.

Hunter stieß ein erregtes Knurren aus und drängte mich der Länge nach an die kalte Wand, die im krassen Kontrast zu meinem erhitzten Körper stand. Mit der anderen Hand schob er meinen Rock nach oben und spreizte auffordernd meine Beine. Dann positionierte er seinen Schwanz an meiner Mitte und drang mit drei kraftvollen, gezielten Stößen in mich ein.

Unter der Intensität der Penetration ließ ich den Kopf in den Nacken fallen und schrie lustvoll auf.

»Darauf steht mein böses Mädchen, ich weiß. Du liebst schmutzigen, schnellen Sex. Ich kann es hören. Und es fühlen. Dein dreckiges Stöhnen. Deine krampfende Pussy. Deine harten Nippel. Ja, mein Schwanz gefällt dir. Und da das hier deine Belohnung ist, sag mir doch: Wie willst du es? Hart oder sanft? Wie soll ich dich ficken, Süße?«

Er beugte sich an mein Ohr und flüsterte: »Wollen wir es zärtlich machen? So vielleicht?«

Er zog sich quälend langsam aus mir zurück.

»Sieh mich an. Schau mir in die Augen, Allegra. Ich will sehen, wie es sich für dich anfühlt«, verlangte Hunter und küsste hauchzart meine Lippen, bevor er sich wieder vorsichtig in mich schob.

Es war so intim, dass mir die Tränen in die Augen schossen und ich sie schnell schloss, um mich nicht zu verraten.

Das hier war doch bloß Sex, verflucht. Wieso wurde ich so sentimental?

»Magst du das, oder willst du lieber richtig hart durchgenommen werden, hm? In etwa so.«

Er umfasste meine Hüften und stieß mich so fest, sodass mein Becken gegen die Wand prallte und mir für einen Moment die Luft wegblieb.

»Sag es mir, Allegra. Sag mir, wie ich dich belohnen soll.«

Hunter vögelte mich abwechselnd hart und sanft,

während er gleichzeitig mit mir sprach und mich aufforderte, auszusprechen, was ich von ihm wollte.

Das Wechselbad aus heiß und kalt raubte mir jegliche Kraft, klar zu denken, oder auch nur einen einzigen, zusammenhängenden Satz zu formulieren.

Ich war erregt. Vielleicht so erregt wie noch nie zuvor. Denn mir war alles egal. Selbst wenn ein Erdbeben dieses Hotel erfasste, würde ich Hunter nicht erlauben, aufzuhören, meinen Körper in Besitz zu nehmen. Denn Hunter tat etwas mit mir, dass vor ihm noch kein Mann geschafft hatte.

Er befriedigte meinen Körper, meinen Geist und meine Seele.

Unter seinen Stößen und seinem schmutzigen Dirty Talk fiel alle Anspannung von mir ab. Ich vergaß meine Sorgen. Meine Zweifel. Meine Ängste. Ich fühlte mich einfach nur ... lebendig.

Und verdammt, wer hätte gedacht, dass es so großartig ist, am Leben zu sein?

Ich lauschte Hunters angestrengtem Atem. Genoss das Geräusch seiner Lenden, die gegen meinen Po klatschten. Und verlor mich in seinen heiseren Komplimenten, die mir verrieten, wie sehr er mich begehrte.

Mit jedem Stoß wuchs meine Lust weiter an, bis ich es nicht mehr aushielt und losließ.

Ich wollte durchhalten. Wollte, dass es niemals aufhörte. Doch ich wollte auch Erlösung finden, weil mein aufgestautes Verlangen mich um den Verstand brachte. Die Vorfreude auf das, von dem ich bereits wusste, wie gigantisch es sich anfühlte, tat den Rest.

Ich kam wie eine Rakete, während ich atemlos den

Namen des Mannes stöhnte, der mir diesen phänomenalen Orgasmus verschafft hatte.

Doch die himmlische Ekstase währte nur kurz. Denn kaum, dass ich wieder zu mir kam, spürte ich Hunters eisernen Griff in meinem Haar. Er zog meinen Kopf zurück und legte seine Lippen direkt an mein Ohr.

»Wer hat dir erlaubt zu kommen?«, zischte er und packte mich fester. »Ich war noch lange nicht fertig mit dir.«

»Tut mir leid.« Entschuldigend hob ich den Blick und sah ihm über meine Schulter hinweg direkt in seine funkelnden Augen, in denen ein Feuer der Leidenschaft loderte. Bei dem Wissen, dass ich für dieses Feuer verantwortlich war, bekam ich eine Gänsehaut am ganzen Körper und die Lust in mir erwachte von neuem.

»Zur Strafe für dein selbstsüchtiges Verhalten, werde *ich* jetzt bestimmen, wie ich es dir besorge. Hände an die Wand und Beine auseinander«, befahl er schroff. »Wir machen da weiter, wo wir eben aufgehört haben. Und dieses Mal kommst du erst, wenn *ich* es dir erlaube.«

Ich schnappte erschrocken nach Luft und warf Hunter einen flehenden Blick zu.

»Bitte ... ich brauche eine Pause, Hunter. Ich kann kaum noch stehen«, wisperte ich, doch Hunter erhörte mich nicht, sondern bedachte mich lediglich mit einem müden Lächeln.

»Das hättest du dir vorher überlegen müssen. Jetzt ist es zu spät dafür.«

Er streichelte viel zu zärtlich für seine schonungslosen Worte meine Spalte und drang dabei behutsam in mich ein, weil er wusste, wie sensibel ich nach meinem eben erst abgeebbten Höhepunkt war.

Es war erschreckend, dass Hunter im Bett stets wusste, was ich brauchte und wie gut er die erogenen Stellen und Bedürfnisse meines Körpers kannte.

Jeden Tag musste ich von morgens bis abends die Chefin mimen, teils schwierige Entscheidungen treffen, unter Zeit- und Erfolgsdruck Höchstleistungen erbringen, Menschen managen und ausbilden. Von mir wurde erwartet, dass ich stets bestimmte, wo es lang ging. Dass ich die Kontrolle im Schlafzimmer abgeben, und mich zur Abwechslung führen und fallen lassen konnte, erregte mich ungemein.

So primitiv und billig es auch klingen mochte: Manchmal war alles, was eine Frau brauchte um zu entspannen, von einem Mann ausdauernd und sorgfältig durchgevögelt zu werden.

Und Hunter machte diesbezüglich einen vortrefflichen Job.

Er dominierte mich, weil er wusste, dass ich es mir wünschte. Dass ich es brauchte, um Erlösung zu finden.

Er kannte meinen Körper fast besser, als ich es selbst tat. Damals schon, auf Capri. Und heute wieder.

Als er spürte, wie die neu entfachte Lust mich durchflutete und mein Verlangen zu brennen begann, wanderten seine Hände zu meinen Brüsten wo seine Zeigefinger begannen, meine harten Nippel sanft zu umkreisen.

Ich wandte den Kopf und suchte seine Lippen.

Musste ihn küssen. Ihn auf alle erdenklichen Arten spüren. Als seine Zunge um Einlass bat und ich ihn ihr gewährte, verlor ich mich in einem Tanz der Leidenschaft und bemerkte den nahenden Orgasmus erst, als er mich überrollte.

Ich erschauderte, weil Hunter mir verboten hatte, ohne seine Erlaubnis zu kommen. Doch als er in meinem Mund aufstöhnte und sein Körper erbebte, wusste ich, dass auch er gerade über die Klippe sprang und wir beide gleichzeitig daran zerschellen würden, während wir einander weiter küssten, als würden unsere Münder uns die Luft zum Atmen schenken, statt sie uns zu rauben.

Keine Ahnung, wie lange wir uns ineinander verloren. Stunden? Minuten? Sekunden?

Doch irgendwann gaben meine Beine nach und ich rutschte an der Wand hinab in Richtung Boden. Hunter packte mich in einer rettenden Bewegung, hob mich scheinbar mühelos auf seine Arme und trug mich zu seinem übergroßen Hotelbett.

»Fühlst du dich schon ein bisschen entspannter?«, fragte er unschuldig, so als hätte er mir gerade eben lediglich die Schultern massiert und entledigte sich seines prallgefüllten Kondoms.

»Ein bisschen, ja«, antwortete ich um ihn zu ärgern und presste in dem verzweifelten Versuch, nicht zu kichern, die Lippen fest aufeinander. *Ein bisschen* war so ziemlich die Untertreibung des Jahrhunderts. Aber Hunters Ego war auch schon so gigantisch genug und brauchte von mir nicht noch zusätzlich gestreichelt zu werden.

»Nur ein bisschen? Das ist inakzeptabel«, knurrte er und verschränkte missbilligend seine muskulösen Arme vor der Brust.

»Dann musst du dich eben besser um mich kümmern«, stichelte ich und befreite mich von meinem Rock und meinem Shirt.

Bewundernd ließ Hunter seinen Blick über meinen Körper schweifen und überbrückte lauernd die wenigen Schritte bis zum Bett.

Er beugte sich über mich und fuhr mit seiner Nase die Konturen meiner Brüste nach. Dann umschloss er eine meiner Knospen mit seinen Zähnen und biss zu, nur um den prickelnden Schmerz im nächsten Moment mit seiner geschickten Zunge in flüssige Lust umzuwandeln.

»Ich soll mich also besser um dich kümmern, ja? Wenn das so ist, fange ich am besten gleich damit an«, murmelte er an meinen Brüsten und stieg zu mir ins Bett, direkt zwischen meine für ihn gespreizten Schenkel.

18

HUNTER

Allegra lag in all ihrer Schönheit neben mir und schlief. Die Anstrengung und der Stress in ihrem Gesicht und ihrer Körperhaltung waren einem Ausdruck von Befriedigung und tiefer Entspannung gewichen.

Ich hatte mich in dieser Nacht ausgiebig um sie und ihre Bedürfnisse gekümmert.

Dabei war die Belohnung, die ich ihr in Aussicht gestellt hatte, ganz und gar nicht uneigennützig gewesen.

Allegra forderte mich. Verlangte immerzu nach mehr. Trieb mich an meine Grenzen. Sie war ausgehungert. Wild. Gierig. Allegra war noch genauso unersättlich, wie während unserer kurzweiligen Affäre auf Capri.

Sie brannte förmlich vor Lust. Vor Leidenschaft.

Und sie verbarg zu keiner Zeit den Genuss, den ich ihr bereiten konnte. Sie ließ es raus. Schrie es raus. Stöhnte es raus.

Worte reichten nicht aus, um zu beschreiben, wie sehr mir ihre Hemmungslosigkeit gefiel. Wie sehr sie mich antörnte. Wie sehr es mich um den Verstand brachte, wenn sie heiser meinen Namen rief.

Bei dem Gedanken an ihren letzten Orgasmus wurde ich schon wieder steif.

Wenn das so weiterging, würde ich diese Nacht kein Auge zu tun.

Ich widerstand dem Drang, sie zu wecken und erneut in sie zu tauchen. Sie hatte sich ihren Schlaf redlich verdient.

Stattdessen ließ ich meine Hand an meinem Schwanz auf und ab gleiten und verschaffte mir Abhilfe, während ich dabei unablässig den Anblick der betörend sinnlichen Frau, die neben mir lag, in mich aufsog.

Ich wollte nicht, dass diese eine Nacht alles war, was ich von ihr haben konnte. Im Gegenteil. Das hier sollte erst der Anfang sein. Die erste Nacht von vielen.

Morgen würde ich mit ihr darüber reden und versuchen, einen Deal auszuhandeln.

Als mein Wecker wenige Stunden später klingelte und ich mich zu Allegra umdrehte, war sie verschwunden.

Fast glaubte ich, so etwas wie Enttäuschung zu verspüren, aber das konnte unmöglich der Fall sein. Ich war nie enttäuscht, wenn eine Frau nach dem Sex ging. Im Gegenteil. Ich war in der Regel froh. Denn es ersparte mir den gezwungenen Post-Sex Smalltalk, in dem ich nicht sonderlich gut war. Genauso wenig wie im Kuscheln.

Wieso sollte es sich in diesem Falle anders verhalten?

Dazu gab es keinen Anlass.

Ich war seit Jahren Single. Aus gutem Grund. Das würden weder Allegra, noch sonst eine Frau auf diesem Planeten ändern.

Allegra war eine extrem attraktive, intelligente und wilde Frau, die mein sexuelles Interesse geweckt hatte.

Ich wollte mit ihr schlafen.

So oft wie möglich.

Mehr nicht.

Entschieden würgte ich die hartnäckige Stimme in mir, die das Gegenteil behaupten wollte, ab und erklärte die Diskussion für beendet.

Dann streckte ich mich ausgiebig und sprang aus dem Bett, um mich für den bevorstehenden Tag vorzubereiten.

Heute war *Raceday*!

Im Gegensatz zu Melbourne barg das Rennen in Fuji dieses Jahr wenig Überraschungen. Juan gelang es nahezu mühelos, einen Start-Ziel-Sieg einzufahren, während sich Tom immerhin bis auf den dritten Platz vorkämpfte.

Den ersten Platz der Teamweltmeisterschaft teilten wir uns momentan punktgleich mit *Racing Rosso*. Das war eigentlich ein Grund zur Freude, aber dass die roten Boliden uns in dieser Saison so dicht auf den Fersen waren, gab mir zu denken. Wir würden auf der Hut sein müssen, um am Ende des Jahres als Sieger aus diesem Kopf-an-Kopf Rennen hervorzugehen.

Unter dem Siegerbalkon mit dem Podest für die ersten drei Fahrer entdeckte ich Allegra, die einige Gäste um sich herumgeschart hatte.

Sie alle warteten mit glänzenden Augen darauf, dass die Fahrer jubelnd auf das Treppchen sprangen, die übergroßen Pokale in Empfang nahmen und nach der Nationalhymne des Siegers und des Siegerteams mit Champagner um sich spritzten.

Ich bahnte mir einen Weg durch die Menge und machte mich bemerkbar, indem ich sanft meine Hand auf Allegras unteren Rücken legte.

Ein Zittern ging durch ihren Körper und für den Bruchteil einer Sekunde schloss sie die Augen.

Ich genoss, wie sehr und wie offensichtlich sie mich wollte.

»Hi«, flüsterte ich unmerklich. »Du hast dich nicht verabschiedet.«

Sie warf mir einen raschen Seitenblick zu und widmete sich wieder der Siegerehrung, die soeben begonnen hatte. »Ich musste arbeiten. Schließlich bin ich nicht zum Vergnügen hier.«

»Das hat sich letzte Nacht definitiv anders angehört.«

Allegra errötete bei der Erinnerung an ihr ungezügeltes Verhalten und verzog das Gesicht zu einer Grimasse. »Bitte verpetz mich nicht bei meinem Boss.«

»Das kommt ganz darauf an«, neckte ich sie.

»Und worauf?«

Beiläufig stellte ich mich in der drängelnden Menge dichter hinter sie, sodass ihr graziler Körper den meinen berührte.

»Ich erkläre mich dazu bereit, Stillschweigen zu wahren, wenn wir das, was wir letzte Nacht getrieben haben, auch in Zukunft wiederholen.«

»Du willst es weiterlaufen lassen?« Sie kniff überrascht ihre rehbraunen Augen zusammen.

»Oh ja, Baby. Das will ich. Du und ich. Keine Verpflichtungen. Keine Versprechen. Keine Rechenschaft. Einfach nur jede Menge Spaß. So wie gestern Nacht«, knurrte ich und ballte meine Hände zu Fäusten, um mir Allegra nicht vor allen Gästen und zig internationalen TV-Kameras wie ein Höhlenmensch über die Schulter zu werfen und auf der Stelle mit dem *Spaß* anzufangen.

»Wir helfen uns gegenseitig dabei zu entspannen? Komplett unverbindlich? Ohne Erwartungen?«, vergewisserte sie sich zögernd.

»Komplett unverbindlich. Ohne Erwartungen. Du schuldest mir keine Erklärungen über das, was du tust.

Umgekehrt gilt dasselbe. Ich will dir nichts von deiner Freiheit nehmen.«

Allegra schürzte die Lippen und dachte nach. Ich befürchtete schon, sie würde ablehnen, doch als der Champagnerstrahl von Juan sie traf und sie sich quietschend in meine Arme flüchtete, gab sie ihre Zustimmung.

19
ALLEGRA

Seit dem Rennen in Fuji waren zwei Monate verstrichen. Die Zeit verflog in diesem Jahr noch schneller, als in den Jahren zuvor. Tagsüber hielten mich die Gäste auf Trab. Abends betreute ich Events. Und nachts verlangte Hunter meine volle Aufmerksamkeit. Ich konnte mich nicht erinnern, wann ich jemals in meinem Leben so wenig geschlafen hatte und gleichzeitig so energiegeladen war.

Der Deal mit Hunter besagte, dass niemand von unserer Abmachung erfuhr. Wir trafen uns heimlich. Und nie außerhalb unserer Zimmer. An der Strecke verhielten wir uns distanziert und professionell. Zwar war es mir nicht entgangen, dass er mir ab und an mehr als eindeutige Blicke zuwarf, aber ich ignorierte sie. Das fiel mir von Rennen zu Rennen schwerer. Dennoch hatte ich es bisher geschafft, standhaft zu bleiben.

In den fünf Rennen, die seit Fuji stattgefunden hatten, war der Druck auf *Titan Racing* stetig gewachsen. Zwar rangierten wir noch immer auf dem ersten Platz der Teamwertung, doch *Racing Rosso* und die *Roaring Bulls* ließen nicht locker. Machten wir einen Fehler, waren sie sofort da, bereit anzugreifen.

Dieser Umstand sorgte für eine angespannte Atmosphäre in dem erfolgsverwöhnten Team, das es nicht mehr gewohnt war, zu verlieren.

Am heutigen Mittwochvormittag war das Team im kanadischen Montreal gelandet, wo am Wochenende das achte Rennen der Saison ausgetragen wurde.

»Machst du dir Sorgen, dass die *Roaring Bulls* ihren Siegeslauf an diesem Wochenende fortsetzen?«, fragte ich, den Kopf an Hunters nackte Brust gelehnt, während er sich ein Kondom überstreifte.

»Im Gegenteil. Ich freue mich auf das Duell.«

»Denkst du, wir werden die Weltmeisterschaft in diesem Jahr gewinnen?«

Hunter lachte laut auf und zog mich auf sich. »Das fragst du mich bei jedem Rennen.«

Ich schürzte nachdenklich die Lippen und zwinkerte ihm zu. »Ob das wohl bedeutet, dass wir uns zu oft sehen? Vielleicht sollten wir den Kontakt reduzieren.«

»Auf gar keinen Fall. Du kannst mich alles fragen,

was du willst und so oft du willst, so lange du dabei nur nackt bist.« Hunter begann, sich unter mir zu bewegen. Seine Augen verdunkelten sich und mein Körper prickelte voller Vorfreude auf den bevorstehenden Ausflug in unser Paralleluniversum.

»Dann frage ich dich, ob Juan den Vertrag für das kommende Jahr bereits unterschrieben hat.«

»Netter Versuch, Allegra.«

»Hey«, protestierte ich. »Du hast gesagt, dass ich dich alles fragen kann, was ich will, wenn ich nur nackt bin. Also?«

Er hob mein Becken an und glitt in mich hinein, was mir ein überraschtes Keuchen entlockte.

»Du kannst mich alles fragen, was du willst, das ist wahr. Aber ich habe nie behauptet, dass ich auf deine Fragen auch antworten werde«, zog mich Hunter auf, während er sich langsam in mir bewegte.

»Du Schuft! Du hast mich reingelegt«, rief ich empört und kicherte.

»Ich bin kein Schuft, sondern Geschäftsmann.«

»Wo liegt da der Unterschied?«, witzelte ich und beugte mich nach vorn, um seinen Mund mit einem Kuss zu bedecken, den er gierig erwiderte.

20

HUNTER

Ich schloss die Augen, um Allegras süßen Kuss in mich aufzusaugen. Bei den Frauen vor ihr hatte ich nie das Bedürfnis einer solch intimen Berührung verspürt. Doch Allegras Lippen schmeckten wie das Paradies. Wenn ich in ihr war und sie mich hungrig küsste, hatte ich Mühe, nicht im selben Augenblick zu explodieren, wie ein blutiger Anfänger.

»Lass uns morgen Abend zusammen essen gehen«, flüsterte ich, bevor ich realisierte, was ich da überhaupt sagte. Und bevor ich realisierte, dass ich damit gegen meine eigenen Regeln verstieß.

Sie ritt mich langsam und bedächtig, genoss wie mein Schwanz sie vollends ausfüllte.

»Ich kann nicht«, hauchte sie. »Ich bin schon verabredet.«

Bei dieser Abfuhr zuckte ein Stich durch meine Brust.

Sie war schon verabredet? Mit wem?

Unsere Abmachung, deren Regeln ich selbst aufgestellt hatte, verbot es mir, sie danach zu fragen. Sie schuldete mir keinerlei Rechenschaft über das, was sie tat, wenn sie nicht mit mir zusammen war. Und auch nicht mit wem sie es tat.

Zum ersten Mal in meinem Leben verfluchte ich meine Regeln.

»Kommst du im Anschluss daran zu mir?« Ich umfasste ihr Becken und bewegte sie im Takt zu meinen Stößen.

Genussvoll warf sie den Kopf in den Nacken und reckte sich mir keuchend entgegen. »Ich denke, es wird spät werden. Deshalb eher nicht, nein.«

»Wenn das so ist, nutze ich besser die Zeit, die mir mit dir bleibt«, brummte ich verstimmt.

Ich war wütend.

Wütend auf sie. Wütend, dass sie sich anscheinend anderweitig vergnügte.

Und ich war wütend auf mich. Wütend, dass es mich störte, wenn sie mich versetzte. Wütend, dass ich mich dazu hinreißen ließ, meine eigenen Regeln zu brechen.

Schwungvoll warf ich sie auf den Rücken und legte mich auf sie, um sie zumindest für diesen vergänglichen Moment ganz und gar zu besitzen.

Als ich am Donnerstagabend mit Carl, Juans Renningenieur, zum Hotel zurückfuhr, lud er mich spontan zu dem informellen Dinner ein, das er am heutigen Abend in Downtown Montreal zu Ehren seines bevorstehenden Geburtstags veranstaltete.

»Es ist nichts Großes. Lediglich ein Abend unter Kollegen und Freunden. Wir feiern ganz unspektakulär in meinen Geburtstag rein. Wenn du nichts Besseres vorhast, komm vorbei.«

Ich nahm die Einladung dankend an. Da Allegra heute andere Pläne hatte und ich mir seit gestern viel zu intensiv den Kopf darüber zerbrochen hatte, mit wem sie sich wohl den Abend und die Nacht um die Ohren schlug, konnte ich etwas Abwechslung durchaus gebrauchen. Zudem würde es mir die Gelegenheit geben, einige der Jungs in einem lockeren Umfeld näher kennenzulernen und so das Geschäftliche mit dem Nützlichen zu verbinden.

Um kurz nach einundzwanzig Uhr betrat ich die urige *Magic Montreal Bar*, wo bereits an die zwanzig Personen des Teams um eine lange Tafel am Ende der Bar saßen und lautstark Witze rissen. Carl winkte mich zu sich und als ich näherkam, entdeckte ich auch Riley, Dakota, Skye, Kenzie und Allegra, die unbeschwert mit Juans Mechanikern plauderten.

Das war also ihre Verabredung: Carls Geburtstagsfeier.

Ich runzelte die Stirn über das Gefühl der Erleichterung, das mich bei dieser Erkenntnis durchflutete. Bevor ich noch weiter über meinen irritierenden Gemützustand nachdenken konnte, zog mich einer der Reifeningenieure auf den freien Platz neben sich und verwickelte mich in ein Gespräch.

Während des Abends schielte ich immer wieder zu Allegra hinüber, die mich jedoch nicht im Geringsten zu beachten schien. Sie schäkerte mit den angeheiterten Mechanikern und Ingenieuren, lachte mit ihren Freundinnen und amüsierte sich prächtig. Mir schenkte sie kaum Beachtung, was mich mehr störte, als ich zugeben wollte.

Sam, der Mechaniker, der zu meiner Rechten saß, ließ sich schnaubend auf seinen Stuhl fallen. »Erklär mir einer die Frauen«, murrte er und nahm einen großzügigen Schluck aus seinem Bierkrug.

»Hängt der Haussegen schief?«, witzelte Carl.

Sam winkte ab. »Sie hat mir nicht geglaubt, dass ich auf einer harmlosen Geburtstagsfeier bin und mir unterstellt, ich würde mich rumtreiben.«

Nic, ein rothaariger Mechaniker mit Sommersprossen, klopfte ihm aufmunternd auf die Schulter. »Sei froh. Meine Frau interessiert es nicht, ob ich mich in einer harmlosen Bar oder in einem Stripclub aufhalte. Sie ist froh, wenn sie Ruhe vor mir hat.«

»Ich kann deine Frau total verstehen. Du bist eine echte Nervensäge«, frotzelte Carl und kassierte für seine freche Bemerkung einen Check mit dem Ellenbogen.

»Wie siehts mit dir aus, Byron? Hast du eine Braut, die daheim auf dich wartet?«, wollte Sam wissen.

»Nope, habe ich nicht«, antwortete ich achselzuckend. »Und wenn man euch so reden hört, sollte ich hinzufügen: Zum Glück.«

Carl grinste jungenhaft. »Das kommt ganz auf die Frau an. Wenn du die Richtige findest, so wie ich, fühlst du dich jeden Tag deines Lebens wie ein gefeierter Rockstar.«

Die Jungs grölten ausgelassen und klopften Machosprüche über den armen Carl, der im letzten Jahr geheiratet hatte und allem Anschein nach schwer verliebt war.

»Tja, sieht so aus, als wäre ich der Richtigen noch nicht begegnet«, entgegnete ich unverbindlich, um das Gespräch nicht weiter zu vertiefen.

»Was nicht ist, kann ja noch werden. Du solltest mal mit den Mädels reden. Hey Riley, Allegra, ihr kennt doch jede Menge heiße Ladies, die auf der Suche nach der großen Liebe sind. Wieso gebt ihr Byron nicht deren Telefonnummern, damit er sich einen Überblick vom Heiratsmarkt verschaffen kann?«, rief einer der Ingenieure.

Riley warf eine Serviette nach ihm und streckte ihm die Zunge raus. »So wie du über die Frauen redest, ist es kein Wunder, dass du nie eine abbekommst, Shawn.«

»Was denn? Ich will Byron doch lediglich helfen. Er hat gesagt, er sei der Braut fürs Leben noch nicht begegnet. Also helfen wir ihm bei der Suche nach der Richtigen. Wie du siehst, bin ich voll der hilfsbereite Typ. Und auf so was stehen die Frauen doch, oder?«, verteidigte sich Shawn, was Riley mit einem genervten Augenrollen quittierte.

»Ich dachte, du datest diese Maddie von der du uns erzählt hast, Byron?« Riley musterte mich fragend.

Allegra hatte den Blick abgewandt und zupfte desinteressiert an ihrer Serviette.

Ich stöhnte innerlich auf. Maddie war ein Thema, über das ich nicht reden wollte. Mit niemandem. Wieso musste Riley es immer wieder aufgreifen?

»Nein, Maddie und ich daten nicht«, wiegelte ich ab und hoffte, das Thema sei damit beendet. Dabei sollte ich die vorwitzige Pressesprecherin, die kein Blatt vor den Mund nahm, mittlerweile wirklich besser kennen.

»Also schlaft ihr nur miteinander?«

»Riley«, zischte Dakota und machte ein warnendes Gesicht.

»Was denn? Wir befinden uns außerhalb der Arbeitszeit. Außerdem ist Byron nicht mein Boss. Im Gegensatz zu dir und Allegra darf ich also solche Fragen stellen. Wir sind doch hier unter Freunden.«

»Ich schlafe nicht mit Maddie, nein«, seufzte ich.

»Aber mit anderen Frauen? Oder lebst du abstinent?« Riley ließ wahrhaftig nicht locker.

»Ja, ich habe Sex mit anderen Frauen, Riley. Ich bin kein Mönch. Kein Gebet der Welt kann so befriedigend sein, wie guter Sex mit heißen Frauen.«

Die Männer am Tisch grölten zustimmend und hoben das Glas. »Darauf trinken wir«, riefen sie und gackerten angeheitert.

»Also bist du mehr der Typ für wechselnde Frauenbekanntschaften, als für eine feste Beziehung?«

»Wird das ein Verhör?«, konterte ich und lehnte mich unbehaglich in meinem Stuhl zurück.

»Ganz und gar nicht.« Riley machte ein unschul-

diges Gesicht. »Ich versuche nur, dich besser kennenzulernen, um zu verstehen, welche meiner
Freundinnen am besten zu dir passen würde.«

»Ich danke dir für deine Großherzigkeit, aber ich
bin nicht auf der Suche nach einer festen Freundin.«

»Also bist du mehr der Typ: Warum einen einzigen
Apfel essen, wenn man vom ganzen Obstmarkt
naschen und überall mal reinbeißen kann?«

Ich verzog das Gesicht zu einem Grinsen. »In
gewisser Weise könnte man das so ausdrücken, ja.«

Riley kaute auf ihrer Lippe und schien nachzudenken. »Alles klar. Ich kenne da ein paar Frauen, die
deine Kriterien erfüllen. Soll ich sie dir vorstellen?«

»Das Angebot würde ich ohne zu Zögern annehmen«, raunte mir Shawn zu. »Riley kennt richtig heiße
Feger. Und mir hat sie noch nie angeboten, mich ihnen
vorzustellen.«

So langsam wünschte ich, ich hätte die Einladung
zu dieser Geburtstagsfeier ausgeschlagen. Denn wenn
ich jetzt sagte, dass ich Rileys Freundinnen nicht
kennenlernen wollte, würde sie weiter bohren und
wissen wollen, warum ich ihr Angebot ablehnte. Damit
würde ich mich der Gefahr aussetzen, dass sie ihre
Nase in meine Angelegenheiten steckte und sie Allegra
und mir womöglich auf die Schliche kam.

Wenn ich ihr Angebot annahm, würde Riley zwar
endlich Ruhe geben, aber Allegra könnte einen
falschen Eindruck von mir bekommen.

Zwar waren wir uns einig, dass wir einander
keinerlei Rechenschaft schuldeten, doch seitdem ich
mich mit ihr traf, hatte ich immer weniger Lust, die

Nächte zwischen den Rennwochenenden, in denen ich mich in der Regel in New York City aufhielt, mit anderen Frauen zu verbringen.

Das Ganze war also eine *Lose-Lose* Situation. Egal welche Antwort ich wählte, sie würde falsch sein.

Um Allegra zu schützen, ließ ich also so ungezwungen wie möglich verlauten: »Hört sich gut an. Stell sie mir vor, Riley.«

21

ALLEGRA

Hört sich gut an. Stell sie mir vor, Riley.«
» In meinen Ohren rauschte es unangenehm, als ich Hunters Antwort vernahm,
die so selbstverständlich klang, dass es weh tat. Seine
Bemerkung glich einem Schlag ins Gesicht. Deutlicher
konnte er mir nicht zu verstehen geben, dass ich ihm
nicht ausreichte. Dass ich seinen Hunger nicht stillen
konnte.

Diese Erkenntnis verletzte mich mehr, als ich mir
eingestehen wollte. Und mehr, als es gut für mich war.

Dass sich Hunter in New York mit anderen Frauen
traf, überraschte mich nicht. Diesbezüglich machte ich
mir keine Illusionen.

Aber dass er nun auch während der Wochenenden,
an denen er mit dem Team reiste, Zeit mit anderen
Frauen verbringen wollte, trieb mir die Tränen in die
Augen.

Ich entschuldigte mich kurz angebunden und suchte die Toiletten auf, um mich zu beruhigen.

Wieso ging es mir so verdammt nah, dass ich nicht die einzige Frau für Hunter zu sein schien? Die Definition einer unverbindlichen Affäre war mir durchaus bekannt und ich hatte mich bewusst darauf eingelassen. Wo also lag das Problem?

Als die Tür zu den Toiletten sich öffnete, drehte ich mich eilig zur Wand.

»Alles in Ordnung?«

Ich zuckte ertappt zusammen.

Verflixt! Was in aller Welt tat Hunter hier?

»Das ist die Damen Toilette«, presste ich mühsam hervor und versuchte, die Tränen hinunterzuschlucken.

»Ich weiß. Aber das beantwortet nicht meine Frage.«

Ich atmete tief durch und verschränkte meine zitternden Finger miteinander. »Alles bestens«, log ich, nach wie vor von ihm abgewandt.

»Wenn das so ist, macht es dir sicher nichts aus, mir in die Augen zu sehen und es noch einmal zu wiederholen. Und dann kannst du mir auch gleich verraten, wieso du mich den ganzen Abend über wie Luft behandelst.«

Ich schloss die Augen und biss mir auf die bebende Unterlippe.

»Allegra?«

Ich reagierte nicht.

»Es ist alles in bester Ordnung, Hunter. Und ich behandele dich in der Öffentlichkeit so, wie ich jeden behandeln würde, den ich nur flüchtig kenne. Genauso will es unsere Abmachung, wenn ich mich recht erinnere. Geh jetzt bitte«, zischte ich schärfer, als beabsichtigt.

Bevor Hunter etwas erwidern konnte, ertönte die überraschte Stimme von Dakota.

»Entschuldigt. Ich wollte nicht stören.«

»Tust du nicht«, beeilte sich Hunter zu sagen. »Ich wollte Allegra lediglich an unser Meeting erinnern.«

»Ist hiermit geschehen«, versicherte ich so sachlich, wie es mir meine brüchige Stimme erlaubte.

Das Klingeln von Hunters Telefon durchbrach die unbehagliche Stille.

»Maddie«, stellte Dakota nüchtern fest.

»Ihr entschuldigt mich? Ich muss da ran«, murmelte Hunter und schritt eilig davon, bevor er das Gespräch entgegennahm.

Dakota schaute ihm hinterher, bis er aus unserem Sichtfeld verschwunden war. Zaghaft betrat sie den Vorraum der Toilette und lehnte sich gegen die geschlossene Tür.

»Was ist hier los?«

»Was meinst du?« Ich setzte ein unschuldiges Lächeln auf, das mir kläglich misslang.

»Was läuft da zwischen *The King* und dir? Und wage es bloß nicht, ‚*nichts*‘ zu antworten. Die Spannung zwischen euch war nicht zu übersehen und ich bezweifle, dass es etwas mit der Arbeit zu tun hat. Wohl vielmehr mit Rileys Verkupplungsversuch, oder?«

Ich seufzte.

Mist.

Dakota war seit Jahren meine Freundin. Ich hatte sie noch nie angelogen und jetzt war nicht der Moment, in dem ich damit anfangen wollte.

»Können wir das woanders besprechen, als auf der Toilette der *Magic Montreal Bar*?«, flüsterte ich und ermahnte Dakota, leiser zu reden.

»Gut. Lass uns auf Carls Geburtstag anstoßen und um halb eins unbemerkt verschwinden.«

Als wir zur Feier zurückkehrten, war es fünf Minuten nach Mitternacht und ich sah gerade noch, wie Hunter eilig die Bar verließ.

Allein.

Das Telefon ans Ohr gepresst und mit unergründlicher Miene.

»Musste unser Chef schon los?«, erkundigte sich Dakota scheinbar beiläufig bei Carl, dem sie soeben herzlich zu seinem Geburtstag gratuliert hatte.

»Ja. Eine dringende Angelegenheit, meinte er.« Carl zuckte entschuldigend mit den Schultern.

»Umso besser. Wenn die Katze aus dem Haus ist, tanzen die Mäuse für bekanntlich auf dem Tisch«, zwinkerte Dakota und drückte Carl ein weiteres Mal an sich.

Eine halbe Stunde später verließen Dakota und ich die kleine Privatparty, die so an Fahrt aufgenommen hatte, dass man unseren Abgang kaum bemerken würde. Ich schrieb eine kurze Nachricht in unseren Gruppenchat, sodass Riley, Skye und Kenzie sich keine Sorgen machten. Dann widmete ich mich Dakota, die mich neugierig musterte.

»Lass uns zu Fuß zum Hotel zurückgehen«, bat ich sie.

Das Teamhotel befand sich unweit des Stadtzentrums von Montreal, einer meiner Lieblingsstädte, die mich mit ihrem Charme jedes Jahr von Neuem um den Finger wickelte.

Im Juni roch die Luft hier bereits nach Sommer. Ich genoss es, bei Nacht durch die *Ile de Montreal* zu schlendern, vorbei am *Sankt-Lorenz-Strom*, hin zu der Altstadt, dem *Vieux-Montreal*, mit der Basilika und den verträumten historischen Gebäuden, die sich von den modernen Wolkenkratzern im Hintergrund abhoben. Vom *Tour de l'Horloge*, dem unter Denkmalschutz stehenden Uhrenturm am Ufer des *Sankt-Lorenz-Stroms*, bot sich ein wunderbarer Ausblick auf den Quai und den alten Hafen. Ich hatte es im letzten Jahr geschafft, die 192 Stufen zu erklimmen und die Aussicht, wenn auch nur für wenige Minuten, in Ruhe zu genießen. Jetzt, zu später Stunde, war der Aufstieg leider geschlossen. Dabei würden die vielen Lichter der

Stadt, die man von dort oben sehen konnte, bestimmt ein tolles Bild abgeben.

»Du und Byron, läuft da was?«, riss mich Dakota aus meinen Gedanken.

Ich rieb mir müde über das Gesicht und nickte. »Wir hatten eine kurzzeitige Affäre miteinander.« Neben uns floss der *Sankt-Lorenz-Strom*, der durch die Lichter der Nacht einen gespenstischen orange-bronze Ton angenommen hatte und dessen monotones Plätschern mich zum Weiterreden ermutigte. »Auf der Hochzeit meiner Schwester.«

»Was?« Ich konnte förmlich hören, wie Dakotas Kinnlade zu Boden fiel. »Wieso hast du uns nichts davon erzählt?«

»Weil es nichts zu bedeuten hatte. Das, was zwischen uns gelaufen ist, war in dem Moment vorbei, als wir Capri verlassen haben. Außerdem hätte ich nicht gedacht, dass ich ihm jemals wieder begegne.«

»Aber als Toni ihn als neuen Teammanager angekündigt hat, muss dir doch klar gewesen sein, dass das Gegenteil der Fall ist«, wandte Dakota ein.

»Auf der Hochzeit hat er sich mir als Hunter vorgestellt. Den Namen haben ihm seine Kumpels wegen seiner Frauengeschichten verpasst. Ich kannte weder seinen richtigen Vornamen, noch seinen Nachnamen. Also nein: Bis zu dem Moment, als er in Australien plötzlich vor mir stand, hatte ich keine Ahnung, wer er wirklich ist.«

»Und dann habt ihr dort weitergemacht, wo ihr auf Capri aufgehört habt?«

»Nicht sofort, nein. Aber irgendwann schon.«
Ertappt schlang ich meine Arme um den Körper.

»Und was ist das zwischen euch? Sex? Liebe?
Freundschaft mit Vorzügen?«

»Wir haben einen Deal.«

»Einen Deal?« Dakota zog die Worte argwöhnisch
in die Länge. »Was denn für einen Deal?«

»Während der Rennwochenenden schlafen wir
miteinander. Ohne Verpflichtungen. Ohne Fragen zu
stellen. Einfach nur Sex.«

»Nach *einfach nur Sex* sah mir das vorhin auf der
Toilette nicht aus, Allegra«, bemerkte Dakota zweifelnd. »Du sahst aus wie ein Häufchen Elend, Süße. So
verhält sich keine Frau, die *einfach nur Sex* mit einem
Mann hat.«

»Was willst du damit sagen?« Ich hob den Blick
und begegnete Dakotas funkelnden Augen, die mich
abschätzend betrachteten.

»Dass dir *The King* den Kopf verdreht hat.«

»Quatsch!«

»Kein Quatsch! Du hättest mal dein Gesicht sehen
sollen, als Riley angeboten hat, ihm ihre Single-Freun-
dinnen vorzustellen. Gleichgültigkeit sieht anders
aus.«

»Der Gedanke, dass ich ihn während der Rennwochenenden mit anderen Frauen teilen muss, gefällt mir
nicht. Das ist alles.«

»Und der Gedanke, ihn außerhalb der Rennwochenenden mit anderen Frauen teilen zu müssen?
Ehrliche Antwort?«

Ich malte mit der Schuhspitze kleine Kreise auf den Fußboden und bekannte mich schuldig. »Auch das gefällt mir mit jeder Woche weniger. Aber was soll ich machen, Dakota? Ich habe in diesen Deal eingewilligt. Ich genieße es, mit Hunter zusammen zu sein. Wenn ich zu ihm gehe und ihm gestehe, dass ich ihn für mich allein haben will, beendet er womöglich das Ganze und dann sehe ich ihn überhaupt nicht mehr. Das kann ich nicht riskieren.«

»Also teilst du ihn lieber mit anderen Frauen?«

Ich zuckte mutlos mit den Schultern.

»Süße, tu das nicht. Du stürzt dich mit dieser Einstellung kopfüber ins Unglück. Rede mit ihm. Sag ihm, dass du ihn nicht teilen willst. Möglicherweise empfindet er genauso.«

»Und wenn nicht? Du hast doch selbst gehört, dass er reichlich Umgang mit Frauen hat. Und dann ist da diese geheimnisvolle Maddie, die ihn andauernd mitten in der Nacht anruft. Welche Rolle spielt sie in seinem Leben?«

»Frag ihn, Allegra. Diese Fragen kann allein er dir beantworten.«

»Was, wenn er nicht so empfindet, wie ich?«

»In dem Fall ist es besser, das Pflaster sofort abzureißen. Das tut zwar weh, aber der Schmerz geht vorüber. Die hässliche Fleischwunde, die du dir zuziehen wirst, wenn du jeden Abend, an dem du nicht bei ihm bist, daran denkst, dass er es möglicherweise gerade mit einer anderen Frau treibt, frisst sich jedoch bis zu deinem Herzen durch.«

»Vermutlich hast du recht.«

Wir gingen eine Weile schweigend nebeneinander her.

»Verurteilst du mich dafür, dass ich mit unserem Chef ins Bett gehe?«, flüsterte ich.

Dakota blieb stehen und legte mir den Arm um die Schulter. »Wo die Liebe hinfällt, entscheidest nicht du, sondern die Liebe. Wieso also sollte ich dich für etwas verurteilen, über das du keinerlei Kontrolle hast?«

»Wieso Liebe? Jetzt übertreib mal nicht«, protestierte ich.

»Zumindest bist du total verknallt in ihn. In der Hinsicht solltest du dich nicht länger selbst belügen.«

»Hmmm«, murmelte ich zustimmend. »Ja, vielleicht. Dabei wollte ich lediglich ein unverbindliches Abenteuer.«

»Tja, wenn du dir öfter *Indiana Jones* Filme mit mir angeschaut hättest, wüsstest du, dass Abenteuer dazu neigen, sich zu verselbstständigen. Deshalb nennt man sie auch Abenteuer. Mal sehen, ob du den Schatz am Ende bergen kannst.«

22

HUNTER

Seitdem mich der Anruf von Maddie am Donnerstagabend dazu gezwungen hatte, die Bar überstürzt zu verlassen, hatte sich nicht mehr die Gelegenheit ergeben, ein klärendes Gespräch mit Allegra zu führen. Die Vertragsverhandlungen mit Juan, der Toni und mir während des Grand Prix in Österreich vor ein paar Wochen eröffnet hatte, er wolle seinen Fahrervertrag um ein weiteres Jahr verlängern, liefen auf Hochtouren. Je früher wir den Vertrag unterzeichneten, desto eher konnten wir unsere gesamte Aufmerksamkeit und Energie auf die aktuelle Saison lenken, die an unser aller Nerven zehrte.

Freitag und Samstag waren an mir vorbeigezogen, ohne dass ich Notiz davon genommen hatte. Stundenlange Gespräche mit unseren Anwälten und Juans Management hielten mich dermaßen auf Trab, dass ich von der Außenwelt nichts mitbekam. Ich verschanzte mich in meinem Büro, um diesen Deal ohne Verzögerung und zu den bestmöglichen Konditionen über die Bühne zu bringen. Heute Nacht um zwei Uhr hatten die Anwälte mir die finale Version zur Durchsicht geschickt, die ich bis um vier Uhr geprüft und anschließend sofort weitergeleitet hatte. Die Freigabe von Juans Management erfolgte wenige Stunden später, sodass wir nach dem heutigen Rennen, das in wenigen Minuten startete, endlich den Vertrag unterzeichnen würden.

Mittlerweile standen die meisten Top-Fahrer für die nächste Saison und darüber hinaus unter Vertrag, sodass ich erst durchatmen konnte, wenn Juan seine Unterschrift unter das Schriftstück gesetzt hatte. Würde er es sich im letzten Moment anders überlegen, ständen wir mit einem riesengroßen Problem da. Aber es gab keinen Grund, weshalb Juan einen Rückzieher machen sollte. Der Vertrag ging auf fast all seine Wünsche restlos ein. Deswegen gab es eigentlich nichts zu befürchten.

Eigentlich.

Denn dass der Motorsport unberechenbar war, das wusste ich nur zu gut.

Auf dem Weg zur Boxenmauer begrüßte ich Juans Frau Laura, die mit ihrer winzigen, wenige Monate alten

Tochter Matilda angereist war, um Juan zu unterstützen.

Es war das erste Mal seit Matildas Geburt im
Dezember, dass sie ein Rennen besuchte.

»Okay Jungs. Lasst uns das Ding nach Hause
fahren«, hörte ich Toni durch die Kopfhörer. »Es sind
stolze siebzig Runden Renndistanz. Jede Menge Zeit,
um sich an die Spitze zu kämpfen.«

Der Adrenalinschub, der mich vor jedem Start
packte, durchflutete auch dieses Mal meinen Körper,
als ich meinen Platz am Kommandostand einnahm
und das Röhren der Motoren vernahm, die wenige
Meter von mir auf der Start- und Zielgeraden auf
grünes Licht warteten.

Während Tom sich in der Qualifikation den
zweiten Startplatz gesichert hatte, musste Juan
aufgrund eines Getriebeschadens, und der durch den
Teilewechsel verbundenen Strafversetzung, von Platz
zwölf starten. Der Druck auf Juan, sich so schnell wie
möglich durch das Feld in Richtung Spitze zu kämpfen,
um nicht den Anschluss und somit seine Sieges-
chancen zu verlieren, war enorm hoch. Aber Juan war
ein Profi. Er würde damit umgehen können.

Das Dröhnen der Motoren verflüchtigte sich, als
die 1000 PS starken Boliden zur Einführungsrunde
aufbrachen. Die letzte Chance, noch einmal durchzuatmen und die Reifen auf Temperatur zu bringen.

Als die Rennwagen sich keine zwei Minuten später
wieder auf ihren Startpositionen einreihten, und das
Licht der Ampeln erlosch, hielt ich die Luft an.

Die Startphase war in jedem Rennen kritisch. Dramatische Kollisionen konnten bereits in der ersten Runde das Aus bedeuten und Schäden in Millionenhöhe verursachen. Vor allem im Mittelfeld, in dem Juan sich an diesem Sonntag befand, kam es oft zu Rangeleien.

Doch glücklicherweise manövrierte Juan das Auto geschickt durch die erste und die unmittelbar darauffolgende Kurve. Binnen Sekunden hatte er zwei Startplätze gut gemacht. Im zweiten Streckensektor schnappte er sich einen weiteren Kontrahenten. Im dritten und letzten Sektor der ersten Runde, kassierte er nochmals zwei Gegner.

Wenn es so weiterging, würde er in wenigen Runden an die Spitzengruppe anknüpfen.

Gebannt verfolgte ich das Geschehen und lauschte dem routinierten Austausch von Juan und Carl, seinem Renningenieur, über das Teamradio. Carl spornte Juan an, lotste ihn durch den Verkehr, vorbei an einem Auto nach dem anderen.

»Okay Juan. Dich trennen nur noch 0,435 Sekunden von Luca Taborelli. Auf der Start- und Zielgeraden bist du im DRS-Fenster und kannst ihn attackieren«, bereitete Carl Juan auf die nächste Attacke vor.

Auf den Monitoren vor mir verfolgte ich aufmerksam, wie Luca und Juan dicht hintereinander durch Kurve dreizehn und vierzehn fuhren, bevor sie auf über dreihundert Stundenkilometer beschleunigten und die Gerade hinunterjagten. Juan scherte aus und setzte zum Angriff an. Nur noch wenige Meter trennten die beiden Gegner vom Bremspunkt zur ersten Kurve. Das

Herz schlug mir bis zum Hals als die beiden nebeneinander her bretterten. Doch dann zog Taborelli völlig unverhofft nach links, touchierte Juans rechten Vorderreifen und drängte ihn so, wenngleich unabsichtlich, von der Strecke ab.

Obwohl alles innerhalb weniger Sekunden passierte, erlebte ich es in Zeitlupe, als ob mein Gehirn nicht verstand, was hier gerade geschah. Vielleicht war es auch ein Schutzmechanismus, um die grausamen Bilder, die sich mir boten, in gebührendem Abstand zu verarbeiten. Der Effekt war jedoch gleich null. Denn mir gefror das Blut in den Adern, als der Tod seine kalten Finger nach Juan ausstreckte.

An der schnellsten Stelle der Strecke krachte Juans Auto ungebremst mit dreihundertzwanzig Stundenkilometern in die Streckenbegrenzung, prallte ab, flog mehrere Meter durch die Luft, überschlug sich und kam kopfüber auf der Strecke in seinen Einzelteilen zum Stehen. Ein Raunen ging durch die Menge, gefolgt von roten Flaggen, die den sofortigen Rennabbruch einleiteten und nachfolgende Autos zum Bremsen animierten, um nicht frontal mit Juans zerstörtem Boliden zu kollidieren.

»Juan? Juan? Bist du okay? Bitte melde dich. Juan? Juan! Sag was Juan!« Carls immerzu ruhige Stimme wirkte panisch, als er Juan vergeblich anfunkte.

»Juan! Kannst du uns hören?«, schaltete sich Toni ein.

Am anderen Ende der Leitung folgte ein schmerzhaftes Stöhnen. »Ja, aber ich sitze fest. Ich komme hier nicht raus.«

»Du bist kopfüber gelandet, Juan. Die Strecken-posten sind unterwegs und holen dich gleich raus«, beruhigte ihn Carl.

»Carl?«

»Ja?«

»Ich rieche Rauch.«

Scheiße!

Mein Blick schnellte von Carl zurück auf den Monitor und da sah ich es: Das austretende Benzin an Juans Wagen hatte sich entzündet. Flammen loderten am Heck, fraßen sich in Windeseile in Richtung des Cockpits, in dem Juan wie ein Tiger im stählernen Käfig gefangen saß, unfähig sich zu befreien.

»Verdammte Scheiße, wo bleiben die Marshalls? Wo bleibt die Feuerwehr?«, funkte Toni außer sich an die Rennleitung. »Er verbrennt bei lebendigem Leibe.«

Carl sprach währenddessen so besonnen mit Juan, als würde er sich im Restaurant einen Salat bestellen. Vermutlich wollte er damit erreichen, dass Juan Ruhe bewahrte. »Du hast recht. Dein Wagen hat Feuer gefangen. Ich will ehrlich sein: Dir bleibt kaum Zeit, bis es dich erreicht. Du musst da sofort raus, Juan.«

»Scheiße ich kann nicht sterben, Carl! Meine Tochter ist nicht mal ein Jahr alt! Ich habe sie doch gerade erst kennengelernt!«

»Ich weiß. Deshalb machen wir das hier zusam-men. Schnall dich ab. Schaffst du das?«

»Ja«, keuchte Juan, dem die Todesangst anzuhören war.

»Kannst du das Lenkrad entfernen?«

»Es klemmt! Verdammt es klemmt!«

»Juan. Du musst ruhig bleiben. Versuch es nochmal.«

Mittlerweile hatten sich die Flammen bis zum Cockpit gefressen. Ich konnte Juan unter den Rauchschwaden nicht mehr erkennen.

Während Carl versuchte, Juan dabei zu helfen, aus der Flammenhölle zu entkommen, funkte Toni unablässig mit der Rennleitung. Mittlerweile waren Löschwagen, Krankenwagen und Marshalls an der Unfallstelle eingetroffen.

»Es ist ab«, hustete Juan erstickt. »Scheiße Carl, ich kann die Flammen spüren. Sie brennen sich durch den Anzug.«

»Wirf das Lenkrad zur Seite raus. Das zeigt den Marshalls wo du bist. Dann streck den Arm zur gleichen Seite raus«, wies Carl ihn an.

Ich verfolgte die dramatischen Szenen am Bildschirm. Sah, wie das knapp 100.000 Dollar teure Hightech Lenkrad aus den dichten Rauchschwaden flog und ein Handschuh sich aus den Flammen schob.

Ein Feuerwehrmann in voller Montur hastete auf den Handschuh zu und packte ihn.

Ein zweiter Mann hielt einen monströsen Schlauch auf dieselbe Stelle und versuchte, die Flammen wenigstens für einen Moment zurückzudrängen.

Es erschien mir wie eine Ewigkeit, doch in Wahrheit vergingen nur Sekunden. Dann war Juan frei. Der Feuerwehrmann zog ihn aus den lodernden Flammen auf den Asphalt, wo ein dritter Mann seinen anderen Arm packte und sie ihn hektisch von dem Höllenfeuer wegschleiften.

Kraftlos sank Juan in sicherer Entfernung zu Boden.

»Müssen die beschissenen TV-Kameras der ganzen Welt das filmen oder können wir dem armen Kerl eine Verschnaufpause gönnen?«, funkte Toni wütend an die Rennleitung.

Keine zehn Sekunden später schwenkten die Kameras weg vom Unfallort und hin zur prallgefüllten Boxengasse, in der die übrigen Rennautos parkten. Fahrer, Mechaniker und Ingenieure wuselten wild durcheinander und versuchten zu verstehen, was gerade passiert war.

»Byron, kannst du mit Juans Frau ins Medical Center gehen und sicherstellen, dass Juan die nötige Versorgung bekommt? Ich nehme an, sie werden ihn ins Krankenhaus bringen. Kannst du das regeln?«, fragte mich Toni gefasst. »Ich muss für den Re-Start hierbleiben. Sobald die Trümmerteile weggeräumt sind, geht es weiter. *The show must go on*, so falsch es sich anfühlt.«

»Kein Problem. Ich erledige das«, versicherte ich ihm und machte mich auf den Weg zum Motorhome, wo Skye die kleine Matilda im Arm hielt, während Laura wie eine Verrückte vor den TV-Monitoren hin- und herlief und Kenzie beruhigend auf sie einredete.

»Laura«, versuchte ich ihre Aufmerksamkeit zu erlangen.

Sie wirbelte herum und rannte auf mich zu. »Wie geht es ihm? Wo bringen sie ihn hin?«

»Sie fahren ihn zunächst ins Medical Center. Wenn du willst, begleite ich dich dorthin.«

Laura nickte energisch und schüttelte ihre zitternden Hände aus, bevor Skye ihr vorsichtig Matilda in den Arm legte. Tröstend drückte Laura ihre kleine Tochter an sich und atmete ihren unschuldigen Babyduft ein. »Lass uns mal nach deinem Papa sehen, Matilda.«

23
ALLEGRA

In all den Jahren, in denen ich für das Team arbeitete, hatte ich noch nie einen traurigeren Sieg gefeiert. Aus Respekt vor Juan, der mit schweren Verbrennungen im Krankenhaus lag, fand die Siegerehrung ohne Champagnerdusche und Jubel statt. Als die letzten Gäste sich verabschiedet hatten, packten wir schweigend die Kisten in der Suite, die zu dem nächsten Rennen in Silverstone geflogen wurden, das bereits in einer Woche stattfand.

Hunter hatte ich nicht mehr gesehen, seitdem er die Pitwall kurz nach Juans Unfall verlassen hatte und die TV-Kameras ihn einblendeten, als er mit Laura das Medical Center betrat. Kurz darauf verließ einer der Rettungsheli-kopter die Rennstrecke in Richtung Krankenhaus. Ich vermutete, dass Hunter ebenfalls in dem Helikopter saß.

Als ein Großteil des Teams sich nach der Siegerehrung und dem Abbau zum Flughafen verabschiedete, um von Montreal nach London zu reisen, war er noch nicht wieder zurückgekehrt.

Ich verspürte das Bedürfnis, mich nach seinem Wohlbefinden zu erkundigen. So eine brutale Nahtoderfahrung hinterließ Spuren in der zerbrechlichen Seele eines jeden Menschen.

Während ich am Flughafen meinen Koffer aufgab und durch die Sicherheitskontrollen ging, rang ich mit mir. Schließlich entschied ich mich während des Boarding Prozederes, Hunter eine Nachricht zu schicken. Die konnte er abrufen, wenn er Zeit dazu fand.

»Ich denke an Juan und dich. Ruf mich an, falls du reden willst. Egal wann. Mein Flug nach London geht in 30 Minuten. In sechs Stunden lande ich.«

Seine Antwort folgte postwendend.

»Das ist lieb von dir. Er wird wieder, doch es wird dauern. Ich muss mich jetzt um Plan B kümmern. Guten Flug. Hunter x«

Dass Juan bis zu dem nächsten Rennen der Saison wieder fit sein würde, stand außer Frage. Zwar wusste ich nicht genau, wie gravierend seine Verletzungen waren, aber definitiv zu gravierend, um in fünf Tagen wieder in ein Rennauto zu steigen.

Deshalb griff jetzt der *Plan B*, von dem Hunter gesprochen hatte: Unser Ersatzfahrer kam zum Zug. Jedes Team besaß einen Ersatzfahrer, der für einen der beiden Stammfahrer einsprang, wenn diese sich unwohl fühlten oder sich schwer verletzten. Das kam so selten vor, dass ich mich nicht einmal erinnern konnte, wann dieser Fall bei *Titan Racing* das letzte Mal eingetreten war. Unser Ersatzfahrer, Ben Collins, war ein netter Kerl und ein guter Rennfahrer. Doch er hatte seit zwei Jahren kein Rennen in der *Serie del Rey* mehr gefahren. Seitdem er zuletzt einen der Boliden gesteuert hatte, waren die technische Entwicklung und die Ansprüche der Autos rasant fortgeschritten.

Ob er das Zeug dazu hatte, auf Augenhöhe mit unseren schärfsten Gegnern um den Sieg zu fahren und unsere Position in der Wertung der Teams zu festigen, nachdem wir heute durch den Unfall von Juan wertvolle Punkte verloren hatten?

Wir würden es bereits in wenigen Tagen erfahren.

Die Anschnallzeichen im Flugzeug blinkten auf und das Bordpersonal bat uns, alle elektronischen Geräte auszuschalten.

Seufzend lehnte ich mich in meinem Sitz zurück und versuchte etwas Schlaf zu finden, was unter den gegebenen Umständen alles andere als einfach war.

Das Rennwochenende in Silverstone kam rasend schnell und bevor ich mich versah, stand der englische Grand Prix unmittelbar vor der Tür. Der Medienrummel, der in Silverstone herrschte, war fast schon unmenschlich. Die Reporter schlichen wie Geier auf der Suche nach Opfern um das Team herum, als gäbe es nichts Wichtigeres auf der Welt, außer der enormen Schwächung von *Titan Racing* durch den Ausfall von Juan Sanchez. Die arme Riley kam keine Sekunde zur Ruhe, so sehr war sie damit beschäftigt, die wilde Meute an Reportern, die rund um das Motorhome und vor unserem Teamhotel lungerten, im Zaum zu halten.

Alle Außenstehenden gingen davon aus, dass Ben Collins dem Druck nicht gewachsen war, der auf ihm lastete. Und zu meiner Schande musste ich gestehen, dass ich den Journalisten und den Experten nicht widersprechen konnte. Dennoch hoffte ich, dass Ben mich und den Rest der Welt während der beiden Trainingssessions am heutigen Freitag vom Gegenteil überzeugen konnte.

Das hoffte anscheinend auch Hunter, denn so angespannt wie heute hatte ich ihn noch nie erlebt. Seine Kiefer mahlten angestrengt und er hatte den Blick fest auf das aus der Garage fahrende Auto von Ben Collins geheftet, als die TV-Kameras ihn einblendeten.

24

HUNTER

»Byron, Carl? Auf ein Wort in mein Büro.«

Die zweite und letzte Trainingssession des heutigen Freitags hatte vor wenigen Minuten geendet. Das Ergebnis konnte man bestenfalls als ernüchternd bezeichnen. Bens Performance war nicht schlecht. Aber eben auch nicht gut. Seine Zeiten bewegten sich im Mittelfeld und somit nicht in Schlagdistanz zu den Fahrern von *Racing Rosso*, den *Roaring Bulls* und Tom Clark. Dass sich dieses Szenario in der morgigen Trainingssession und der darauffolgenden Qualifikation änderte, schien unwahrscheinlich.

Carl und ich folgten Toni in sein Büro, das sich ebenfalls im Motorhome befand. Die Presse belagerte den Eingang der Garage sowie den Außenbereich des Motorhomes. Alle wollten die Ersten sein, die eine Stellungnahme vom Teamchef bekamen. Doch Toni winkte ab und bahnte sich seinen Weg durch die drängelnde Menge.

»Sind wir uns einig, dass das, was wir heute gesehen haben, ausreicht, um *Plan C* zu aktivieren?«, kam Toni sofort zum Punkt, als er die Tür seines Büros hinter sich schloss. »Oder wollen wir den morgigen Tag abwarten?«

»Es wird nichts ändern. Vielleicht kann er sich noch um ein oder zwei Zehntel pro Runde steigern, aber das hievt ihn in der Qualifikation höchstens von Platz zwölf auf Platz acht oder neun«, sagte Carl mit einem prüfenden Blick auf den Datensatz in seinen Händen.

»Und das Rennen ist lang. Ihm fehlt die notwendige Routine, um in die *Top 5* zu fahren. Womöglich kann er sich nicht einmal in den Punkterängen halten«, gab ich zu bedenken.

Toni nickte. »Ich sehe das genauso. Also lasst uns zu *Plan C* übergehen und hoffen, dass der Plan aufgeht. Byron, kannst du heute noch abreisen und dich darum kümmern? Diskret?«

»Natürlich«, versprach ich ihm.

Seit dem Unfall von Juan vor fünf Tagen hatte ich keine Sekunde mehr durchgeatmet und so wie es aussah, würde ich das auch in absehbarer Zeit nicht tun.

Was sich Stand heute unter dem Mantel absoluter Verschwiegenheit verbarg, war, dass Juan für mindestens zwei Monate ausfallen würde. Im besten Fall würde er nach der Sommerpause Anfang September wieder zum Einsatz kommen. Mit Ben als Ersatzfahrer hätten wir die Weltmeisterschaft bis dahin so gut wie verloren.

Ein anderer Fahrer musste her.

Ein Siegfahrer.

Ein Fahrer wie Juan: Hungrig, erfahren und routiniert.

Auf der ganzen Welt gab es momentan genau einen Fahrer, auf den all das zutraf. Nun lag es an mir, genau diesen Fahrer zu überreden, ab dem kommenden Rennen in Deutschland für *Titan Racing* an den Start zu gehen und fleißig Weltmeisterschaftspunkte für das Team zu sammeln.

Für diese Mission, die manch einer als unmöglich und völlig verrückt bezeichnen würde, blieben mir weniger als zwei Wochen.

Zwei Wochen, um das Unmögliche möglich zu machen.

Zwei Wochen, um tausend Dinge unter äußerster Geheimhaltung in die Wege zu leiten.

Zwei Wochen, um dem Team zumindest eine realistische Chance auf die Weltmeisterschaft zu verschaffen.

Auf dem Weg nach draußen begegnete ich Allegra, die am Tresen der Motorhome Hospitality lehnte und mit Skye sprach.

»Du bist für heute weg? So schnell?«, verwundert ließ sie den Blick von meiner Aktentasche zu mir schweifen.

»Nicht nur für heute. Ich muss ein paar Dinge erledigen, werde also nicht mehr zurückkommen.«

»Was? Für immer?« Der Schock stand ihr ins Gesicht geschrieben.

Unauffällig zog ich sie mit mir in eine ruhige Ecke und neigte meinen Mund an ihr Ohr, sodass lediglich sie mich verstehen konnte.

»Ich muss nach Südamerika. Und ich kann dir jetzt nicht im Detail erklären wieso. Wenn alles gut läuft, bin ich bis zum Deutschland Grand Prix in zwei Wochen wieder zurück. Können wir dann reden? Nur du und ich? Ganz in Ruhe?«

Ich strich ihr sehnsuchtsvoll eine Haarsträhne hinters Ohr, die sich aus ihrem Zopf gelöst hatte und berührte dabei scheinbar beiläufig die zarte Haut ihrer Wange.

»Südamerika? Du fliegst ans andere Ende der Welt? Jetzt gleich? Einfach so?« Sie starrte mich ungläubig an.

»Du darfst es niemandem verraten, hast du verstanden? Ich habe meine Gründe und ich werde es dir erklären. Bald.«

»Okay.« Sie drückte zustimmend meinen Arm. »Ich vertraue dir.«

Ihre Worte klangen so ehrlich und zuversichtlich, dass mir ein Lächeln über das Gesicht huschte.

»Das bedeutet mir viel. Ich werde dich vermissen, Baby«, flüsterte ich und verließ mit einem unangenehmen Ziehen in der Brust das Motorhome.

25
ALLEGRA

Nach dem Rennen in Silverstone hatte ich wie geplant den Kurz-Urlaub bei meiner Familie an der italienischen Amalfiküste angetreten. In dem kleinen Bergdorf Ravello lebten meine Großeltern. Sie betrieben dort ein heimeliges Restaurant von dessen Tischen unter den knorrigen Olivenbäumen im Garten man einen atemberaubenden Blick auf das weite, azurblaue Meer genießen konnte.

Unweit von Ravello, auf der Zitroneninsel Capri, lebte meine Schwester Carlotta. Nach ihrer Hochzeit mit dem Nachfolger des mächtigen Leone Clans, Matteo Leone, im vergangenen Jahr, war sie mittlerweile im sechsten Monat schwanger. Meine Cousine Giorgia hatte vor wenigen Monaten ihr eigenes Restaurant auf Capri eröffnet. Somit boten sich mir eine Vielzahl von Gründen, an die Amalfiküste zu reisen und mir eine Verschnaufpause zu gönnen.

Dass das die richtige Entscheidung gewesen war, bewies mir jeder der sieben Tage, die ich bereits hier verweilte, von Neuem.

»Kannst du die Bestellung von Tisch Fünf aufnehmen und an Tisch Drei kassieren?«, bat mich Giorgia, die ein beladenes Tablett mit benutztem Geschirr in das Restaurant trug.

»Erledige ich sofort.«

In den letzten Tagen hatte ich Giorgia in ihrem Restaurant, dem *Il Sorrentino di Capri,* unter die Arme gegriffen. Obwohl sie die Zweigstelle unseres Familienrestaurants, dem *Il Sorrentino* in Ravello erst vor knapp drei Monaten eröffnet hatte, war das kleine Restaurant mit den authentischen italienischen Gerichten aus regionalem Anbau jeden Tag restlos ausgebucht. Demnach konnte sie alle helfenden Hände gebrauchen, vor allem in den Sommermonaten.

Nachdem auch die letzten Gäste gesättigt und glücklich das Restaurant verlassen hatten, fuhren wir auf Giorgias sonnengelber Vespa zur Villa Leone, die wie eine Festung auf den Felsen hoch über Capri thronte. Die Sonne strahlte am wolkenlosen Juli Himmel und unsere leichten Sommerkleider wehten im lauen Fahrtwind der Vespa, während Giorgia die kurvige Straße entlang fegte. Links von uns lag das türkis glitzernde Meer, auf dem sich bunte Farbtupfer in Form von Segelbooten tummelten. Steile Felsen ragten aus dem Wasser und verliehen so der Küste Capris ihren einzigartigen Charakter.

Als wir durch das massive Tor in die Einfahrt der pompösen italienischen Villa bogen, kam Carlotta uns entgegen. Ihr Ehemann Matteo und Leonardo, Matteos Cousin und gleichzeitig Giorgias Freund, folgten ihr winkend.

»Hast du mir die *Spaghetti aglio olio* mitgebracht?«, begrüßte uns Carlotta ungeduldig. »Ich würde dafür morden. Diese Heißhungerattacken sind nicht zum Aushalten!«

»Ich habe sie dabei. Geht ihr doch schon mal zum Pool. Ich mache sie warm und bringe sie dir.« Behutsam strich ich über ihren gewölbten Bauch.

»Du bist meine Lieblingsschwester«, giggelte sie und gab mir einen Kuss auf die Wange.

»Das ist keine Kunst. Du hast ja nur die Eine«, zwinkerte ich und scheuchte die Gruppe in Richtung Pool.

Die ersten vier Tage meines Urlaubs hatte ich bei meinen Großeltern in Ravello verbracht. Seitdem ich auf Capri weilte, wohnte ich bei Carlotta und Matteo in der lächerlich luxuriösen Villa, die genug Platz für einen halben Kontinent bot. Deshalb und natürlich auch wegen der Hochzeitsfeier, die hier vor neun Monaten stattgefunden hatte, kannte ich mich auf dem Anwesen aus.

Es war unmöglich bei der Erinnerung an die Hochzeitsfeier nicht an Hunter zu denken.

Was er wohl gerade tat?

Ich summte nachdenklich vor mich hin, während ich die Pasta in eine Pfanne gab und umrührte, als die unverkennbare Stimme von Matteo mich zusammenfahren ließ.

»Verdammt! Um ein Haar hätte ich die Pasta deiner

Frau auf dem Boden verteilt. Willst du, dass sie dich umbringt? Und mich gleich mit?«

Matteo lachte dunkel und näherte sich mir so geschmeidig wie ein Leopard auf Streifzug in der Steppe.

»Wie läuft es mit Hunter?«

»Hunter?«

»Ja, du weißt schon: Der Mann, von dem du auf der Hochzeit von meiner Frau und mir nicht die Finger lassen konntest.«

»Ach der«, stellte ich mich dumm. »Das ist eine Ewigkeit her, Matteo.«

»Allegra, man sollte meinen, du wüsstest mittlerweile, mit wem deine Schwester verheiratet ist. Wollen wir dieses Spiel tatsächlich spielen?«

Ich schluckte. Mein Hals fühlte sich plötzlich furchtbar trocken an. Matteo Leones Stahlblick hielt höchstens meine Schwester stand. Sie war der einzige Mensch auf diesem Planeten, der diesen gebieterischen Mann zähmen konnte.

»Na schön. Wo wir gerade von *Wissen* sprechen: Was weißt du über Hunter und mich?«

»Alles.«

»Dann weißt du weit mehr als ich«, entgegnete ich mit einem ironischen Unterton. »Er ist in Südamerika. Warum? Keine Ahnung. Er ist nicht gerade der redselige Typ, der viel von sich preisgibt.«

»Er ist nicht ohne Grund so«, verteidigte ihn sein Freund.

»Möchtest du mir diesen Grund vielleicht nennen?«

»Nein.«

Ich schnaubte verächtlich. »Das dachte ich mir.«

»Ich kann seine Geheimnisse nicht preisgeben. Das musst du verstehen. Wenn er dir etwas bedeutet, solltest du alles daransetzen, es selbst herauszufinden.«

»Angenommen, er bedeutet mir etwas: Woher soll ich wissen, dass auch ich ihm etwas bedeute? Soweit ich weiß, bin ich nur eine von vielen Frauen in seinem Bett.«

Matteo schüttelte den Kopf. »Eventuell warst du das am Anfang. Aber als ich ihn vor dem kanadischen Grand Prix in New York getroffen habe, hat er unablässig von dir gesprochen.«

»Er hat dir von uns erzählt?«

»Ich kenne Hunter seit fünfzehn Jahren. Wir haben zusammen studiert. Zusammen gewohnt. Was denkst du denn?«

»Und was genau hat er dir erzählt?«

»Du versuchst schon wieder, mir Geheimnisse zu entlocken. Fast so gewieft wie deine Schwester.«

»Komm schon, Matteo. Du kannst mir nicht offenbaren, dass er von mir gesprochen hat und dann kein Wort über den Inhalt dieses Gespräches verlieren. Ich sorge dafür, dass dich meine Schwester auf Sexentzug setzt«, drohte ich und versuchte vergeblich ernst zu bleiben.

»Dafür ist deine Schwester viel zu gierig«, gluckste er. »Aber ich will es natürlich nicht darauf ankommen lassen. Euch Sorrentino Frauen traue ich alles zu. Deshalb sollst du wissen, dass Hunter außer dir seit geraumer Zeit keine anderen Frauen mehr trifft. Das ist gewissermaßen eine Premiere für ihn. Muss ich noch mehr dazu sagen?«

»Ich ...«

»Ich wusste nicht, dass du die Pasta erst vom Festland importieren lassen musst«, meckerte Carlotta, die in diesem Moment die Küche betrat.

»Dein Mann hat mich abgelenkt. Es ist allein seine Schuld«, kicherte ich.

Carlotta beäugte Matteo kritisch. »Wenn das so ist, muss ich dich wohl für dein törichtes Verhalten bestrafen.«

Mein Kichern artete in ein herzhaftes Lachen aus. »*Du* bestrafst *ihn*? Lass das nicht die Menschen außerhalb dieser vier Wände hören, sonst regiert die gefürchtete Leone Familie nicht mehr lange Süditalien.«

Matteo zog Carlotta zu einem innigen Kuss an sich. »Ich liebe es, wenn du mich bestrafst«, murmelte er an ihren Lippen.

»Nudeln sind fertig«, unterbrach ich die Turteltauben und hielt Carlotta den Teller hin. »Und jetzt lasst uns zum Pool gehen, faul rumliegen und Sonne tanken. Oder müsst ihr beiden zuerst noch einen Zwischenstopp im Schlafzimmer einlegen?«

Carlotta und Matteo sahen sich an und nickten. Obwohl keiner der beiden ein Wort gesagt hatte, waren sie zu einer stillen Übereinkunft gelangt, die nur sie verstanden.

»Geh doch schon mal vor, Allegra. Wir kommen gleich nach«, lächelte Carlotta verschmitzt und schob

ihre Hände unter Matteos Shirt, der genüsslich die
Augen schloss und den Kopf in den Nacken legte.

»Dein Mann hat recht: Du *bist* gierig.«

Carlotta zuckte entschuldigend mit den Schultern.
»Das sind die Hormone.«

26

HUNTER

»Wie könnt ihr mir das antun? Ihr seid von allen guten Geistern verlassen! Nein, ich korrigiere: Ihr seid irre. Komplett irre! Und wenn ihr mich jetzt aufgrund dieser respektlosen Bemerkung feuern wollt: Nur zu. Ihr tätet mir damit einen enormen Gefallen.«

»Keiner feuert dich, Riley«, beschwichtigte sie Toni.

»Aber wieso denn nicht? Ich flehe euch an!«

»Ausgeschlossen. Wir brauchen dich jetzt mehr denn je.« Toni wies ihre Forderung entschieden zurück.

»Dann will ich eine Gehaltserhöhung. Minimum fünfundzwanzig Prozent!«

»Netter Versuch, Riley.«

»Ich werde wegen diesem Kerl binnen Wochen um Jahre altern und muss auch noch das Kindermädchen für ihn spielen. Da ist eine Gehaltserhöhung das Mindeste. Die grauen Haare zu färben, die mir wegen ihm wachsen werden, kostet schließlich Geld. Viel Geld!«

»Wir finden bestimmt einen Kompromiss. Und so schlimm wie du es darstellst, wird es schon nicht werden.«

»Byron, ich schätze dich sehr, aber im Gegensatz zu dir *kenne* ich Dante Di Santo alias *Il Diavolo*. Und wenn ich dir eines mit meinem Leben versichern kann, dann dass es niemanden auf der Welt gibt, der einen unpassenderen Nachnamen trägt, als dieser Kerl.«

Ich presste die Lippen fest aufeinander, um nicht zu schmunzeln. Riley hatte recht. Dantes Nachname betitelte ihn als Heiligen. Dabei war er das krasse Gegenteil davon. Der Kerl wurde seinem Spitznamen *Il Diavolo*, zu Deutsch, der Teufel, in jeglicher Hinsicht gerecht.

»Dante ist ein teuflisch guter Fahrer, Riley. Mit ihm können wir das Ruder rumreißen und im Rennen um die Weltmeisterschaft ein Wörtchen mitreden bis Juan zurückkehrt«, erklärte Toni das Offensichtliche.

»Dante ist zudem der einzig *verfügbare* Fahrer mit dem nötigen Talent, um das Ruder herumzureißen. Willst du gewinnen oder nicht, Riley?«

»Natürlich will ich gewinnen, aber zu welchem Preis? Ja, okay, der Kerl hat es drauf. Er weiß, wie man Auto fährt. Aber alles an ihm ist ein totales PR-Desaster. Ich gebe ihm keine vierundzwanzig Stunden, bis er in irgendeinem Bordell eine Schlägerei anzettelt, sich besoffen hinters Steuer setzt oder nackt aus seinem Fenster auf Passanten pinkelt.«

»Wenn das die schlimmsten Geschichten sind, die du über mich gehört hast, Süße, bist du eine noch viel schlechtere PR-Tante, als ich dachte.«

Toni, Riley und ich wandten uns zu der Person um, zu der diese höhnisch glucksende Stimme gehörte. Dante hatte unbemerkt mein Büro betreten und lehnte lässig an der Tür.

»Das sind die einzigen Geschichten von dir, die ich laut ausspreche. Denn deine anderen Eskapaden unterliegen selbst der Altersfreigabe für Erwachsene und der von Rentnern mit einem schwachen Herzen erst recht.«

Riley ließ sich von Dante, der sie abschätzig betrachtete, nicht aus der Fassung bringen. Im Gegenteil. Sie redete sich gerade erst warm.

Zusammen in einem Raum waren die beiden eine explosive Kombination, so viel stand fest.

»Oh Verzeihung, ich wollte nicht in euer Meeting platzen.« Allegra blickte von ihren Dokumenten auf und erstarrte, als sie Dante in der Tür lehnen sah. »Dante Di Santo. Es stimmt also tatsächlich, was geredet wird.«

»Was denn, Süße? Dass ich in echt noch viel schärfer bin, als im Fernsehen?«

»Siehst du! Das meine ich«, zeterte Riley. »Er hat keinen Respekt. Keinen Anstand. Keine Ahnung, wann es besser ist, die Klappe zu halten. Der Kerl ist eine tickende Bombe und ich will nicht im Raum sein, wenn sie hochgeht. Verdammt, ich will nicht mal im selben Land sein, wenn es passiert.«

»Schluss jetzt.« Es war an der Zeit, ein Machtwort zu sprechen. Dafür, dass wir hier nicht im Zirkus waren, befanden sich eindeutig zu viele Clowns im Raum.

»Riley, du findest dich besser damit ab, dass Dante Juan ersetzt, bis der wieder genesen ist und Dante, du solltest versuchen, dich nicht direkt am ersten Tag von unserer Pressechefin abstechen zu lassen, weil du sonst nichts mehr von dem beachtlichen Batzen Geld haben wirst, den wir dir zahlen. Nun, da wir das geklärt haben, solltet ihr beiden euch zusammen-raufen und an der PR-Strategie feilen. Pressekonferenz ist in zwei Stunden. Dann weiß die ganze Welt, dass Dante unser neuer Ersatzfahrer ist. Also stellt sicher, dass ihr bis dahin wisst, was ihr den Menschen da draußen Nettes erzählen wollt und lächelt vor allen Dingen in die Kameras, als hättet ihr euch ganz doll lieb.«

Riley und Dante besahen sich, als wären sie giftige Schlangen in einem Kampf, den nur einer von beiden überleben konnte.

»Falls noch Fragen bestehen, stellt sie mir und Toni jetzt. Ansonsten raus hier, damit ich mich in Ruhe mit meiner Event Chefin über das morgige CEO Event unterhalten kann.«

27
ALLEGRA

»**D**u bist nach Südamerika geflogen, um einen Fahrervertrag mit Dante Di Santo einzugehen?«

Dante Di Santo war das *Enfant Terrible* der *Serie del Rey*. Der Kerl besaß wahrscheinlich mehr Talent, als der Rest des Fahrerfeldes zusammen, aber ihm mangelte es an Disziplin. Der zweiunddreißig Jährige halb Italiener, halb Argentinier hätte sich während seiner *Serie del Rey* Karriere zigmal den Weltmeistertitel sichern können. Geschafft hatte er es nie. Denn in jeder Saison baute er irgendeinen katastrophalen Mist, der ihn Kopf und Kragen und damit gleichermaßen den Titel kostete.

Als ihn Ende der letzten Saison auch sein viertes Team vor die Tür setzte, wollte ihn niemand mehr unter Vertrag nehmen. Di Santo schied aus der Serie aus und genoss sein Rentnerdasein in vollen Zügen an der *Copacabana*. Mit den Millionen auf seinem Bankkonto ließ es sich dort bequem leben.

Immer wieder waren Fotos von ihm in der Boulevardpresse aufgetaucht, die wenig schmeichelhaft, vor allem in Bezug auf Frauen waren.

Dass er nun für uns fahren sollte, schockierte mich zutiefst. Es gab seit Tagen Gerüchte im Fahrerlager und in der Presse, die sich hartnäckig hielten. Geglaubt hatte ich sie nicht, bis ich vorhin Di Santos Manager an der Theke bei Skye hatte stehen sehen.

»Di Santo ist unsere einzige Chance«, erwiderte Hunter und schloss die Tür. »Der achte Platz von Ben beim England Grand Prix reicht nicht aus, um mit *Racing Rosso* und den *Roaring Bulls* mitzuhalten. Das hat Ben selbst eingesehen und ohne mit der Wimper zu zucken eingewilligt, als wir vorgeschlagen haben, jemand anderen ins Cockpit zu setzen.«

»Das ist sehr gewagt, Hunter.«

»Wer nicht wagt, der nicht gewinnt. Und wo wir schon beim Thema sind: Ich möchte noch etwas wagen. Du bist vor dem Grand Prix in Texas für zwei Tage in New York City, um das Event mit Tom und dem Profibasketballer am *Times Square* zu managen, nicht wahr?«

»Ja, ich fliege Montagmorgen. Das Event ist am Dienstag. Am Mittwoch reise ich weiter nach Texas.«

»Gehst du nach dem Event am Dienstagabend mit mir aus?«

Seine unverhoffte Einladung brachte mein schmerzendes Herz dazu, hoffnungsvoll auf und ab zu hüpfen. »Du wirst auch in New York sein?«

Hunter schenkte mir ein entwaffnendes Lächeln. »Wie du weißt, wohne ich rein zufällig in New York. Also ja.«

»Wenn das so ist, setze ich hohe Erwartungen in dich. Schließlich will ich meine kostbare Zeit in der Stadt, die niemals schläft, nicht verschwenden.«

»Du sagst also zu?«

»Ja, das tue ich.«

Hunter zog mich entgegen seiner eigenen Regeln an sich und suchte ungestüm die Berührung meiner Lippen. »Ich freue mich auf die Zeit mit dir«, flüsterte er, bevor er mich mit einem verheißungsvollen Kuss bedachte, unter dem sich meine Knie in Pudding verwandelten.

»Wie war es auf Capri? Matteo hat mir erzählt, dass du die letzten Tage dort verbracht hast«, erkundigte sich Hunter, als er mich nach zwei weiteren innigen Küssen in die Freiheit entließ.

»Es war schön. Allerdings gab es gegen Ende einen Zwischenfall, der mich sehr aufgewühlt hat. Ein gutgehütetes Geheimnis, das ans Licht kam ...«

Hunter nickte mitfühlend. »Ich weiß. Matteo hat es erwähnt. Geheimnisse können extrem belastend sein. Es ist deiner Cousine Giorgia sicher nicht leichtgefallen, ihr Geheimnis so lange für sich zu behalten.«

»Das hört sich so an, als sprichst du aus Erfahrung?«, wagte ich einen zarten Vorstoß.

Hunters Augen verschleierten sich, als hätte man einen Vorhang hinabgelassen. »Kann sein, ja.« Aufgewühlt fuhr er sich durch sein Haar. »Aber lass uns über erfreulichere Themen sprechen. Sehen wir uns heute Abend? Es kommt mir wie eine Ewigkeit vor, seit wir das letzte Mal ungestört Zeit miteinander verbracht haben. Außerdem gibt es da eine Sache, die ich seit Wochen mit dir klären wollte.«

»Ich kann nicht, tut mir leid. Die Veranstaltung von *Chasseur & Cie* heute Abend findet fünfzig Kilometer entfernt statt. Da das Event erst nach Mitternacht endet, werde ich dort mit Dakota übernachten. Aber morgen hätte ich Zeit.«

»Morgen Abend kann ich leider nicht, da ich mit Toni und ein paar der anderen Teamchefs über die Regeländerungen der nächsten fünf Jahre beratschlagen muss und am Sonntagabend fliege ich zurück nach New York. Wie wäre es mit Samstag?«, schlug Hunter optimistisch vor.

»Am Samstag treffe ich mich mit meinen Eltern, die extra für das Rennwochenende anreisen. Das heißt dann wohl, dass wir erst wieder in New York Zeit füreinander finden werden«, stellte ich ernüchtert fest.

Hunter verzog gequält das Gesicht. »Das werden sechs verdammt lange Tage.«

Der Deutschland Grand Prix war eine der beliebtesten Veranstaltungen der Saison, weswegen wir jeden Tag mehr als zweihundert Gäste in der Hospitality Suite beherbergten und zusätzliches Personal beschäftigten.

Seit das Team offiziell die Verpflichtung von Dante Di Santo bekanntgegeben hatte, stand die Welt Kopf. Die Medien stürzten sich wie die Aasgeier auf die Story und die Einschaltquoten waren nach oben geschossen. Fast schien es so, als wolle die ganze Welt mitansehen, ob *Il Diavolo* sein Comeback in der *Serie del Rey* misslang.

Die arme Riley hatte demnach aktuell keine ruhige Minute. Denn als Chefin der PR- und Kommunikationsabteilung musste sie sich mit den ganzen Presseanfragen herumschlagen und für *Titan Racing* Stellung beziehen. Dass sie Dante hasste und er sie, erschwerte das Ganze erheblich. Denn nach außen hin durfte sie ihre Abneigung ihm gegenüber nicht zeigen. Nach außen hin vertrat sie die Interessen und die Ansicht des Teams, welches in Dante als Fahrer eine riesige Chance und einen überaus talentierten Fahrer sah. Normalerweise fiel es Riley nicht schwer, ein Pokerface aufzusetzen und sich nicht in die Karten schauen zu lassen. Doch bei Dante Di Santo war das anders. Er ging ihr unter die Haut. Er reizte sie bis aufs Blut. Und er trieb sie in den Wahnsinn.

Als wir an diesem Tag gemeinsam zu Mittag aßen, standen ihr der Stress und die Wut ins Gesicht geschrieben.

»So schlimm?«, fragte ich vorsichtig und mit gesenkter Stimme, um nicht die Aufmerksamkeit der anwesenden Gäste und Mitarbeiter, die sich ebenfalls im Motorhome aufhielten, auf uns zu lenken.

»Schlimmer«, zischte sie zwischen zusammengebissenen Zähnen und ich sah ihr an, dass sie kurz davor stand, zu explodieren. »Dante ist ... er ist ...«

Ich wartete darauf, dass sie den Satz zu Ende sprach, doch sie presste die Zähne so fest aufeinander, dass ich es knirschen hörte und sich mir von dem Geräusch die Haare auf den Armen aufstellten.

»Wieso lässt du dich von ihm derart aus dem Konzept bringen? Du bist doch ein Profi in dem, was du tust.«

»Kann schon sein«, murmelte sie, was mich die Augenbrauen hochziehen ließ. Riley Valera war vieles. Aber Bescheidenheit gehörte definitiv nicht zu den Eigenschaften, die ich ihr zuschreiben würde. Sie strotzte für gewöhnlich nur so vor Selbstbewusstsein und kannte ihren Marktwert. Dass sie jetzt auf ihrer Unterlippe kaute und gedankenverloren in ihrem Essen herumstocherte, passte so gar nicht zu ihr.

Was ging hier vor sich? Ich hatte das Gefühl, dass ich irgendetwas Essentielles nicht mitbekam und über das Leben meiner Freundin längst nicht so gut Bescheid wusste, wie ich es eigentlich tun sollte. Vielleicht, weil ich in den letzten Wochen so sehr mit mir selbst beschäftigt war?

Mich überkam das schlechte Gewissen und das Bedürfnis, Riley das Selbstvertrauen zu geben, das ihr momentan offenbar fehlte.

»Im Ernst, Süße. Du bist cool. Du bist erfahren. Du

bist brillant. Ich meine ... hey, du bist Riley Valera. Hörst du? Du. Bist. Riley Valera.«

Rileys Mundwinkel zuckten belustigt bei meiner Ansage und so etwas wie ein Lächeln zeichnete sich auf ihrem Gesicht ab. Na also. Ging doch.

Sie ballte ihre linke Hand auf dem Tisch zur Faust und nickte entschlossen. »Weißt du was? Du hast recht. Ich bin Riley fucking Valera und ich lasse mir von niemandem ans Bein pinkeln. Ich bin der Hund und nicht der beschissene Baum. Ich pinkele anderen ans Bein, aber die ganz sicher nicht mir.«

Nun war ich diejenige, die grinsen musste, weil ich Riley dafür liebte, dass sie in unserer Freundschaft geradeheraus sagte, was sie dachte und nie ein Blatt vor den Mund nahm. Und weil sie Dakota, Kenzie, Skye und mich mühelos in den Schatten stellte, was Flüche und trockene Sprüche anging. Riley war eben ein echtes Unikat. Und ein extrem wertvoller Mensch, den man unbedingt auf seiner Seite haben wollte. Das würde auch Dante noch erkennen. Davon war ich überzeugt. Denn er mochte zwar eine Nervensäge und ein Chaot sein, aber eines war er gewiss nicht: dumm. Er und Riley hatten vielleicht weit mehr gemeinsam, als sie beide zu glauben vermochten.

Während der Qualifikation am Samstag vergaß ich glatt, dass ich zum Personal gehörte. Stattdessen suchte ich mir ein freies Plätzchen auf der eigens für Hospitality Gäste reservierten Tribüne. Gebannt beobachtete ich inmitten der Gäste das Geschehen auf der Rennstrecke.

Tom und Dante hatten es beide bis in die *Top 10* geschafft und somit eine wichtige Hürde gemeistert. Im letzten Teil der Qualifikation ging es nun darum, sich die Pole Position zu erkämpfen.

Mit angehaltenem Atem verfolgte ich die Autos, die auf der Jagd nach der schnellsten Rundenzeit an uns vorbeibrausten. Ein Blick auf die Zeittafel verriet mir, dass keiner der Fahrer von *Racing Rosso* und den *Roaring Bulls* seine Zeit in der finalen schnellen Runde verbessern konnte. Tom und Dante hatten als Einzige noch nicht die Ziellinie überquert. Bisher befanden sie sich mit ihren Rundenzeiten auf Platz drei und vier. Würden sie ihre bisherige Rundenzeit unterbieten können?

Tom schoss in diesem Augenblick mit einer neuen Bestzeit an der schwarz-weiß karierten Zielflagge vorbei.

Pole Position!

Ich sprang auf und jubelte, doch dann passierte das Unmögliche: Dante hatte einen schlechten zweiten Sektor erwischt. Seine Chance auf die Pole Position schien dahin. Davon waren auch die TV-Sender überzeugt, denn die Kameras wechselten auf Tom, der in langsamem Tempo seine Auslaufrunde fuhr.

Ich war bereits dabei, mir einen Weg durch die Menge zurück in die Suite zu bahnen, als mich die aufgeregte Stimme des Kommentators durch die Laut-sprecher innehalten ließ.

»Dante Di Santo sichert sich mit einem neuen Stre-ckenrekord die Pole Position. Was für ein spektakulärer Einstand! Il Diavolo ist zurück und es scheint fast so, als wäre er nie fort gewesen!«

Ein Raunen ging durch die Menge.

Dante Di Santo auf Pole?

Unmöglich!

Die Kameras blendeten die Wiederholung seines Verbremsers im zweiten Sektor ein, den ich zuvor schon auf dem Bildschirm gegenüber verfolgt hatte. Doch was keiner gesehen hatte war das, was danach passierte. Im dritten und finalen Streckensektor zauberte *Il Diavolo* und ließ das Auto nahezu über die Strecke fliegen. Schnell genug, um sich mit einem Zehntel Vorsprung den besten Platz in der ersten Start-reihe für das Rennen am kommenden Tag zu schnappen.

»Dante, hier ist Carl. Du hast dir die Pole geschnappt«, ertönte die euphorische Stimme von Carl durch die Lautsprecher. Es folgte lauter Jubel aus dem Cockpit von Dante, begleitet von einer befreienden Siegerfaust, die die Kameras in Kurve sechs einfingen. Da die TV-Sender Zugriff auf Ausschnitte des Funkver-kehrs aller Teams hatten, konnten sie solch emotionale und intime Szenen mit den Zuschauern teilen.

Wenn ich nicht träumte, hatten wir uns soeben die erste Startreihe ergattert und Hunters Plan war viel-leicht gar nicht so verrückt und abwegig, wie ich ange-nommen hatte.

28

HUNTER

Guter Dinge stieg ich am Sonntagabend in den Jet, der mich von Deutschland zurück nach New York City bringen würde. Zum ersten Mal seit Wochen erlaubte ich mir, durchzuatmen. Tom hatte sich heute souverän den Sieg geholt und Dante, der auf Position zwei liegend die Ziellinie überquerte, vervollständigte den Doppelsieg. Obwohl Dante seit acht Monaten in keinem der Rennwagen der *Serie del Rey* mehr gesessen hatte und nicht die Fitness besaß, die sich die anderen Fahrer durch ihr ausgeklügeltes und diszipliniertes Training über Monate aneigneten, war ihm heute dennoch ein grandioser Einstand gelungen.

Hoffentlich würde er diesen Biss und diesen Willen auch in den kommenden Rennen beibehalten. Solange, bis Juan wieder auf den Beinen war und in das Cockpit seines Boliden zurückkehren konnte.

Als der Jet abhob, lehnte ich mich in meinem bequemen Sitz zurück und goss mir ein Glas von meinem Scotch ein. Den hatte ich mir nach den Strapazen der vergangenen Wochen redlich verdient. Jetzt, da die Konkurrenzfähigkeit und somit die Rentabilität des Teams gesichert schien, konnte ich mich endlich wieder dem zuwenden, was ich in den letzten Wochen öfter vermisst hatte, als mir lieb war: Allegra.

Wenn ich abends nach einem langen Arbeitstag in mein leeres Apartment zurückkehrte, verspürte ich das Bedürfnis, mit ihr über meinen Tag zu reden. Ich wollte mit ihr bei einem Glas Rotwein auf der Couch liegen, auf die Lichter der New Yorker Skyline blicken und ihren sinnlichen Duft einatmen, während sich ihr warmer Köper in meine Arme schmiegte.

Seit beinahe zwei Monaten hatte ich mich mit keiner anderen Frau mehr getroffen. Und das, obwohl meine letzte Nacht mit Allegra schon Wochen zurücklag. Ich konnte mich nicht erinnern, wann ich das letzte Mal so lange abstinent gelebt hatte, seitdem ich die wundersame Welt des weiblichen Geschlechts entdeckt hatte.

Aber wenn ich abends allein auf der Terrasse saß und den Tag Revue passieren ließ, empfand ich nicht mehr den Drang, mich mit Frauen, die ich kaum kannte, in den Laken zu wälzen. Die Anonymität und Oberflächlichkeit, die mir in all den Jahren Genugtuung und Befriedigung verschafft hatte, stieß mich regelrecht ab. Ich wollte keine leere Hülle mehr vögeln, auch wenn sie noch so schön war. Was ich wollte, war von Allegras Körper Besitz zu nehmen. Bis in ihre Seele zu schauen, wenn ich tief und fest in sie eindrang.

Ich wollte Allegra nicht mehr teilen. Mit niemandem.

Dass sie sich womöglich mit anderen Männern traf, beschäftigte mich mehr, als es sollte.

Es lenkte mich ab.

Sie lenkte mich ab.

Sie lenkte mich ab, wenn sie neben mir stand und wenn sie sich tausende Kilometer weit entfernt aufhielt.

Dieser schleichende Prozess war eine weitere Kuriosität, die mich verunsicherte. Denn außer Allegra gab es nur Maddie in meinem Leben, die diese Wirkung auf mich ausübte, wenngleich auf eine völlig andere Art und Weise.

Die Aussicht darauf, dass ich Allegra in achtundvierzig Stunden für mich allein haben würde, sandte ein wohliges Prickeln über meine Haut. Ein Gentleman würde sie in das beeindruckendste Restaurant von ganz New York ausführen, ihr die Faszination dieser Stadt näherbringen. Doch ich war kein Gentleman. Nach so vielen Wochen, in denen ich sie nicht berührt hatte, wollte ich sie für mich allein haben und all die verlorene Zeit aufarbeiten.

Deshalb würde ich selbst für sie kochen. Bei mir zuhause. In meinem Penthouse an der *Upper East Side*, in dem vor ihr, außer Maddie, noch keine Frau gewesen war.

Auch wenn ich den Grund dafür nicht genau benennen konnte, so erschien es mir nicht richtig,

Allegra zu meiner Zweitwohnung nach Tribeca zu bringen, in der ich mich normalerweise mit meinen Frauenbekanntschaften traf.

Den Montag verbrachte ich zum größten Teil mit meinen Geschäftspartnern in Meetings, in denen wir die Ergebnisse und Erträge unserer Investments des ersten Halbjahres durchgingen. Mein Job hatte für mich oberste Priorität. Wenn ich arbeitete, blendete ich für gewöhnlich alles um mich herum aus. Ich konzentrierte mich voll und ganz auf das Geschäft.

Doch als wir die Hospitality-Einnahmen unserer Sportteams analysierten und *Titan Racing* einen beachtlichen Profit vorweisen konnte, musste ich bei dem Gedanken an die Frau, der wir das zu verdanken hatten, lächeln. Allegra war nicht nur attraktiv, leidenschaftlich und wild. Sie überzeugte außerdem mit Intelligenz, Scharfsinn und Fleiß.

Die Vorfreude darauf, sie morgen endlich wieder zu treffen und ein paar Stunden für mich allein zu haben, ließ mich um zweiundzwanzig Uhr beschwingt aus dem Büro spazieren.

29
ALLEGRA

Müde rollte ich meinen Kopf im Nacken und massierte mir die pochenden Schläfen. Ich hasste Chaosveranstaltungen, bei denen schlampig gearbeitet und alles in letzter Sekunde erledigt wurde. Das Event in New York reihte sich zu meinem Leidwesen in genau diese Kategorie ein. Wenn ich gehofft hatte, am Montagabend zu einer kleinen Sightseeingtour aufzubrechen, so wurde ich bitter enttäuscht. Denn erst in den frühen Morgenstunden verließ ich die Location am *Times Square*, um mir in meinem Hotel ein paar Stunden Schlaf zu gönnen.

Der heutige Dienstag war nicht minder stressig verlaufen, sodass sich wenige Minuten, nachdem die Veranstaltung geendet hatte, unangenehme Kopfschmerzen bemerkbar machten. Doch damit nicht genug. Mein grummelnder Magen schickte meinen

Blutzuckerspiegel auf Talfahrt und führte mir vor Augen, dass ich seit heute Morgen um sechs Uhr, als ich mir auf dem Weg zum *Times Square* im Vorbeigehen einen Eiweiß Smoothie gekauft hatte, nichts mehr gegessen hatte.

Von hinten legten sich warme, starke Hände auf meine schmerzenden Schultern und drückten fest zu.

»Hmmmm.« Ich schloss die Augen und genoss die Berührung der talentierten Hände, die meine Schultern kneteten.

»Du bist total verspannt, Baby.«

Hunters Stimme rollte so sanft über meinen Körper, wie die Sommerwellen der Ostsee über den feinen Sandstrand.

»Ich würde für ein heißes Entspannungsbad Morde begehen«, stöhnte ich resigniert.

»Harter Tag?«

»Frag besser nicht«, winkte ich ab. »Erzähl mir lieber, wie mein Tag jetzt weitergeht.«

Hunter griff nach meiner Hand und führte sie an seinen Mund. »Wie wäre es, wenn wir zu mir gehen, ich dir ein Entspannungsbad einlasse und uns etwas koche?«

»Wirklich?« Ich strahlte Hunter an.

»Wirklich. Es sei denn, du ziehst eine Stadtführung durch das nächtliche New York vor?«

Ich seufzte verdrießlich. »Ich hatte tatsächlich vor, mir die Stadt anzusehen. Aber ich glaube, meine Beine würden mich heute Abend bereits nach zweihundert Metern im Stich lassen. Du hast keine Ahnung, wie viele Meilen ich im Laufe des Tages zurückgelegt habe, um alle auf ihre Posten zu scheuchen.«

Hunter hob mein Kinn an und fesselte mich mit seinen blauen Augen. »Was hältst du von einer kleinen Sightseeingtour im Auto?«

»Das klingt durchaus interessant. Müsste ich mich zwischen der Tour und dem Schaumbad entscheiden?« Misstrauisch schob ich die Augenbrauen zusammen und Hunter lachte belustigt auf.

»Wir können natürlich beides tun. Das hier ist das Land der unbegrenzten Möglichkeiten, schon vergessen?«

»Dann nichts wie los«, jubelte ich und folgte Hunter nach draußen.

Auf dem *Times Square* herrschte reges Treiben. Der Tag hatte sich zur Nacht gewandelt und die bunten Lichter der großflächigen Leuchtreklamen flackerten an den Wänden der Hochhäuser. Die zahlreichen Theater warben mit blinkenden Schildern für ihre anstehenden Shows und machten dem weltbekannten Namen *Broadway* alle Ehre.

Staunend blieb ich stehen und drehte mich um die eigene Achse.

An diesem Ort herrschte komplette Reizüberflutung. So viele Eindrücke an einem Ort, begleitet von dem wilden Hupen der gelben New Yorker Taxis, die verzweifelt versuchten, sich einen Weg durch die Menschenmenge zu bahnen.

Hunters Limousine parkte um die Ecke in einer ruhigeren Seitenstraße. Er hielt die hintere Tür für mich auf und ich ließ mich dankbar auf den Rücksitz gleiten. Hunter nahm auf der anderen Seite Platz.

»Morton, bevor wir zu meinem Apartment fahren, möchte ich Miss Sorrentino gern etwas mehr von der Stadt zeigen. Lassen Sie uns die *West Side* hinunter bis nach Brooklyn fahren und anschließend die *East Side* hinauf zu meinem Penthouse.«

»Sehr wohl«, antwortete Hunters Chauffeur und fuhr diskret die Trennwand hoch.

Hunter beugte sich zu mir und fuhr mit der Nasenspitze an meinem Hals entlang. »Weißt du, wie gern ich dich jetzt küssen würde, Baby?« Er konnte die Erregung in seiner Stimme nicht verbergen.

»Warum tust du es dann nicht einfach?«, hauchte ich und fuhr mit meinem Daumen über seine Lippen.

»Weil ich befürchte, dass es recht schnell ausarten wird und wenn ich es auf dem Rücksitz meiner Limousine mit dir treibe, wirst du von deiner Sightseeingtour nichts mitbekommen.«

»Das ist mir egal«, flüsterte ich und versuchte, meine Lippen auf die seinen zu legen, doch er wich mir aus.

»Allegra, ich will dich so sehr«, krächzte er heiser. »Ich kann es kaum erwarten, in dir zu sein. Fest und tief. Schnell und hart. Wild und roh.« Hunter knabberte an meinem Ohr und zog mich zu sich auf den Schoß. »Aber zuvor sollst du die Sightseeingtour bekommen, die du dir gewünscht hast.«

Ich kuschelte mich an seine muskulöse Brust und genoss die Berührung seiner Finger, die er unter meine Bluse geschoben hatte und die träge über meinen

Rücken strichen. Fasziniert blickte ich hinter den getönten Scheiben der Limousine auf die Skyline der majestätischen Stadt, die sich mir offenbarte.

»Das Empire State Building«, entfuhr es mir begeistert, als sich der berühmte Wolkenkratzer, dessen schwindelerregend hohe Spitze zu dieser nächtlichen Stunde abwechselnd in Rot, Grün, Lila und Blau aufleuchtete, in mein Sichtfeld schob.

Hunter hatte sein Kinn auf meine Schulter gestützt und erläuterte mir die Besonderheiten der Stadtteile *Chelsea, Greenwich Village, Soho, Lower Manhattan, Tribeca* und des daran angrenzenden *Financial Districts* mit Hunters Bürogebäude, während seine Finger weiter über meine Wirbelsäule glitten.

An einer ruhigen Ecke des *Battery Parks* kam der Wagen zum Stehen.

»Glaubst du, dass dich deine Beine bis zur Brüstung dort vorn tragen?« Hunter deutete auf einen Aussichtspunkt im Park.

»Nein. Ich glaube nicht.« Das entsprach zwar nicht der Wahrheit, aber ich fühlte mich so unglaublich wohl auf seinem Schoß und in seinen Armen, dass ich mich nicht von ihm lösen wollte.

»Dann trage ich dich.«

Als Hunter die Tür öffnete und mit mir auf dem Arm ausstieg, wurde mir bewusst, dass er das tatsächlich ernst meinte.

»Ich bin viel zu schwer. Lass mich runter. Nicht, dass du dir noch weh tust«, rief ich protestierend und zappelte hilflos in seinen Armen.

Doch Hunter schüttelte den Kopf, presste mich an sich und ging unbeirrt weiter.

An der Brüstung setzte er mich ab, drehte mich dem *Hudson River* zu und stellte sich dicht hinter mich. Er schloss mich zwischen seinen Armen ein, die rechts und links neben mir am Geländer lehnten.

»Schau«, raunte er an meinem Ohr und deutete auf eine kleine Insel vor uns.

»Die Freiheitsstatue«, quiekte ich aufgeregt. Es war das erste Mal, dass ich das berühmte Symbol der Freiheit in Echt bewundern konnte. »Unbeschreiblich schön!«

Auch wenn sich *Liberty Island*, die Insel auf der die Statue thronte, in einiger Entfernung befand, so bot der *Battery Park* doch eine beeindruckende Sicht auf dieses famose Konstrukt. Vor allem jetzt, zu später Stunde, sorgte die Beleuchtung der Statue dafür, dass sie besonders gut zur Geltung kam. Fasziniert ließ ich den Anblick auf mich wirken.

Ein verlockender Geruch stieg mir in die Nase und wie auf Knopfdruck begann mein leerer Magen, den ich während der vergangenen halben Stunde völlig vergessen hatte, von Neuem laut zu Knurren. Hungrig sah ich mich um und entdeckte Hunter, der mit zwei Hot Dogs in der Hand auf mich zukam.

»Original New Yorker Hot Dog. Wir müssen sicher gehen, dass du bei Kräften bleibst für das, was ich heute Nacht alles mit dir vorhabe.« Meine Finger streiften die seinen, als ich den köstlich duftenden Hot Dog entgegennahm und brannten bei dem Gedanken daran, wie gut sie sich auf meiner Haut und in meiner pulsierenden Mitte anfühlten.

»Lass uns fahren«, bat ich mit geröteten Wangen.

Hand in Hand ging ich mit Hunter zurück zum Wagen, während ich in der anderen Hand den Hot Dog hielt, der genauso vorzüglich schmeckte, wie er roch.

»Die Messlatte für deine Kochkünste liegt nach diesem kulinarischen Highlight hoch«, witzelte ich, als er mir die Tür öffnete und hinter mir in den Wagen glitt.

Wir überquerten die *Brooklyn Bridge* und Hunter schlug vor, im *Brooklyn Bridge Park* zu halten, von wo man einen phänomenalen Ausblick auf die Skyline von Manhattan und dessen *Financial District* hatte. Zu meiner eigenen Überraschung lehnte ich dankend ab. So sehr ich die Stadtrundfahrt auch genoss, ich wurde mit jeder Minute hibbeliger und ungeduldiger, wollte Hunter endlich spüren. Alles von ihm. Seine Hände, seinen Mund, seinen Schwanz.

»Ich möchte zu dir fahren. So schnell es geht«, flüsterte ich und warf ihm einen vielsagenden Blick zu, den er mit einem ungeduldigen Knurren quittierte.

»Morton, bitte bringen Sie uns zu meinem Apartment an der *Upper East Side*«, wies Hunter den Fahrer über einen versteckten Knopf in der Tür an.

Der Wagen überquerte erneut die *Brooklyn Bridge*. Dieses Mal in entgegengesetzter Richtung. Das Hochhäusermeer Manhattans rückte näher und ich sog gierig jedes Licht der dicht aneinander gereihten Wolkenkratzer in mich auf. Wir fuhren entlang der Ostseite in Richtung *Central Park*, vorbei am imposanten *Chrysler Building* und entlang des *Rockefeller Center*, vor dem sich um diese Jahreszeit leider kein imposanter Weihnachtsbaum befand. Der *Central Park* kam in Sicht und ich reckte meinen Hals, um in der Dunkelheit der Nacht etwas erkennen zu können. Schließlich blieb der Wagen stehen und Hunter stieg aus.

»Kommst du oder hast du es dir anders überlegt?« Er steckte seinen Kopf zur Tür hinein und sah mich fragend an.

Ob ich es mir anders überlegt hatte? Wie könnte ich! Aber im Gegensatz zu Hunter war ich mir der Tragweite dieses Moments durchaus bewusst. Bisher hatten wir uns immer nur zum Sex in unseren Hotelzimmern getroffen. Dies hier war das erste Mal, dass wir etwas zusammen unternommen hatten, was über das rein Körperliche hinausging. Und nun stand ich kurz davor, Hunters Zuhause zu betreten. Kurz davor, in seine Welt einzutauchen. Kurz davor, den Mann, mit dem ich seit Monaten heißen Sex hatte, kennenzulernen.

Bei diesem Gedanken rumorte es in meinem Magen. Realisierte nur ich, dass wir die Regeln, die Hunter so kompromisslos aufgestellt hatte, allesamt brachen, oder war auch er sich darüber im Klaren?

Ging mit diesem Abend, mit dieser Nacht, womöglich vielmehr einher, als ich noch vor wenigen Tagen zu hoffen gewagt hatte?

Ich atmete tief durch und rang mir ein Lächeln ab. »Ich komme schon.«

Dann stieg ich aus und ließ zu, dass er mir seine

Hand auf den unteren Rücken legte, während er mich am Portier vorbei zum Aufzug dirigierte.

Als die Türen des Aufzugs sich schlossen, drehte er sich zu mir, drängte mich an die Wand und verlangte nach einem ausgiebigen Kuss, von dessen Intensität es mir in den Ohren klingelte.

»Entschuldige«, flüsterte er atemlos, als er von mir abließ. »Aber das konnte nicht länger warten.«

30
HUNTER

Als sich die Türen des Aufzugs in meinem Penthouse öffneten und sich die gedimmten Lichter automatisch einschalteten, blieb Allegra eingeschüchtert stehen.

»Man sollte meinen, ich hätte mich nach all den Jahren inmitten lächerlich reicher Menschen an das gewöhnt, was man mit Geld alles kaufen kann«, murmelte sie und trat ein.

»Es ist nur eine Wohnung«, entgegnete ich beschwichtigend.

»Wenn das hier *nur eine Wohnung* ist, wohne ich in einer Schuhschachtel für Säuglinge«, gab sie trocken zurück.

Ich lachte herzhaft über ihren trockenen Humor und schob sie in meine Küche, wo ich den Kühlschrank öffnete und eine Flasche Weißwein entnahm.

»Lass uns darauf anstoßen, dass du hier bist. Das ist so ziemlich das Einzige, was mich momentan interessiert.«

Allegra stieß ihr gefülltes Glas gegen meines und ich beobachtete gebannt, wie sich ihr filigraner Hals unter den Schlückchen, die sie nahm, bewegte. Es war nicht zum Aushalten, wie sehr ich diese Frau wollte. Aber ich hatte mir fest vorgenommen, mich ausnahmsweise mal nicht wie ein rücksichtsloses Arschloch zu verhalten und zumindest für einen Abend den Gentleman zu mimen.

Warum ich das Bedürfnis verspürte, Allegra zu verwöhnen, war mir schleierhaft. Es wäre so einfach, sie jetzt gleich auf der Kücheninsel, auf der Couch, auf dem verdammten Fußboden oder in meinem Bett zu vögeln. Im Anschluss könnte ich uns etwas zu Essen bestellen und sie dann wieder vögeln. Und wieder. Und wieder. Aber die dunklen Ringe unter ihren Augen weckten meinen Beschützerinstinkt.

Sie sollte diesen Abend und die körperliche Nähe genauso ausgiebig genießen wie ich. Deshalb würde ich mich gedulden und zurückhalten müssen, so schwer es mir auch fiel.

»Ich koche uns *Spaghetti Alfredo*. Die magst du, oder?«

»Woher weißt du das?« Verwundert musterte sie mich über die Kücheninsel hinweg.

»Ein guter Geschäftsmann verrät seine Geheimnisse nicht.«

»Da du aber heute Abend kein Geschäftsmann,

sondern mein auserwählter Liebhaber bist, könntest du mir deine Geheimnisse schon offenbaren.«

»Du kannst ja versuchen, sie mir zu entlocken.« Ich zwinkerte ihr zu und nahm mit geübten Griffen die Zutaten aus den Schränken.

»Ich helfe dir«, sagte sie und kam um die Insel, doch ich verneinte und bedeutete ihr, sich wieder hinzusetzen.

»Für dich habe ich andere Pläne.«

»Ach ja?« Sie zog die Augenbrauen in die Höhe und grinste. »Soll ich mich etwa ausziehen und nackt für dich tanzen, während du für uns kochst?«

»Ist das eine Option?«

»Nein.« Sie grinste noch eine Spur breiter. »Außer du verrätst mir deine Geheimnisse.«

»Netter Versuch, Baby«, gluckste ich. »Aber ich passe. Komm mal mit.«

Ich zog sie hinter mir in das weitläufige Badezimmer aus weißem Marmor mit bodentiefen Fenstern und einem direkten Blick auf den Central Park, sowie die dahinter liegenden Wolkenkratzer.

Vor der Badewanne, die gleichzeitig als Jacuzzi diente, kam ich zum Stehen.

»Oh. Mein. Gott«, staunte Allegra und eilte zum Fenster. »Ich träume. Ganz eindeutig. Das hier ist doch unmöglich real.«

Ihre ungläubigen Ausrufe über das, was für mich längst zur Normalität geworden war, ließen mich schmunzeln. Schon seltsam, wie schnell man sich an Luxus gewöhnte und ihn als selbstverständlich ansah.

Ich drehte das Wasser auf und ging zu Allegra ans Fenster, um sie auszuziehen. Behutsam öffnete ich ihre Bluse und ließ sie über ihre Schultern gleiten, die ich mit kleinen, neckenden Küssen bedeckte. Anschließend widmete ich mich den Häkchen ihres BHs und biss sachte in ihren Hals, als ich die Träger langsam über ihre Arme schob. Dabei zwang ich mich mit aller Kraft, ihre prallen Brüste nicht anzufassen. Denn würde ich das tun, wäre es ein für alle Mal vorbei mit den guten Vorsätzen für den Abend.

Meine Arme umschlangen Allegras Taille und widmeten sich ihrer engen Businesshose, die ihren runden Po und ihre schlanken Beine betonte.

Ich öffnete den Knopf und zog sie an ihren Beinen hinab zu ihren Knöcheln, während ich mich hinter sie kniete und mit meinen Fingern an ihrem Po entlang bis hin zu ihren Fesseln glitt.

Meine Berührungen waren unschuldig und doch erregten sie die wunderschöne Frau in meinem Badezimmer. Das verrieten mir ihr flacher Atem und ihr leises, kaum hörbares Stöhnen.

Sie kickte ihre Heels achtlos in die Ecke und stieg hastig aus ihrer Hose.

»Ziehst du mir auch mein Höschen aus oder muss ich das selbst erledigen?« Sie spähte mit lustverschleiertem Blick hoffnungsvoll über ihre Schulter.

Es sah ganz danach aus, als wäre mein Mädchen scharf auf mich. Scharf und gierig darauf, dass ich es ihr besorge.

»Dreh dich um«, forderte ich barsch, weil ich

wusste, wie sehr es ihr gefiel, wenn sie die Kontrolle bisweilen in gewissen Stunden abgeben und sich einfach fallenlassen konnte.

Mit geröteten Wangen schaute sie aus gesenkten Lidern zu mir hinab und tat, was ich ihr befahl.

»Ich brauche dich«, keuchte sie flehend, als meine Finger in ihren Slip glitten und ich ihn ihr auszog.

»Und du wirst mich bekommen«, versprach ich mit rauer Stimme und versuchte, meine stetig wachsende Lust zu zügeln. »Später.«

Zähneknirschend stand ich auf und drehte, um mich abzulenken, das Wasser ab.

»Es ist ...«

Ich wandte mich Allegra zu, um ihr mitzuteilen, dass sie in die Badewanne steigen konnte. Doch die Worte blieben mir im Halse stecken, als ich sie mit weit gespreizten Beinen auf der Ablage des Waschbeckens sitzen sah.

»Nicht später. *Jetzt*«, verlangte sie, wobei ihr Ton keinerlei Widerstand gelten ließ.

Es machte mich an, sie so dominant und fordernd zu erleben, wenngleich sie mich auch demütig regelmäßig um den Verstand brachte.

»*Sofort*, Hunter. Knie dich hin und leck mich. Worauf wartest du?«

Mein Schwanz drückte bei ihren strengen Worten lustvoll gegen meinen Reißverschluss und ich hätte jetzt nichts lieber getan, als ihn rauszuholen, um ihn Allegra mit einem Ruck reinzuschieben und sie für ihr ungezogenes Verhalten zu züchtigen.

Doch ich wusste, dass ich, wenn ich einmal damit angefangen hatte, nicht mehr aufhören konnte. Ich würde Allegra in allen Stellungen des Kamasutras nehmen und erst von ihr ablassen, wenn ihre Mitte von meinen Stößen so geschwollen war, dass ich selbst mit Gleitgel nicht mehr in sie eindringen konnte.

Ich hatte sie vermisst. Mich nach ihr verzehrt. Und jetzt, wo ich sie endlich wieder für mich allein hatte, würde ich sie so schnell nicht wieder gehen lassen.

Nicht, bevor ich mir nicht das genommen hatte, nach dem ich mich so sehr sehnte.

Ich schloss die Lücke zwischen uns und ließ mich vor ihr auf die Knie sinken, wobei ich ihr fest in die Augen sah und jede ihrer Regungen verfolgte.

Sie stöhnte auf, obwohl ich sie nicht einmal berührte.

»So ungeduldig«, flüsterte ich zwischen ihren Beinen und senkte meinen Mund auf ihre feuchte Mitte.

Allegra krallte die Hände in meine Haare und drückte mich gierig an sich.

Da konnte es jemand nicht erwarten, endlich wieder berührt und befriedigt zu werden. Diese wilde, ausgehungerte und ungehemmte Seite liebte ich an ihr. Es gab nichts Schöneres als eine Frau, die ihre Lust offen zur Schau stellte und sich nahm, was sie brauchte, um sie zu stillen.

Sanft leckte ich mit meiner Zunge über ihre Klit und kostete von dem Saft des Verlangens, der sich darauf ausbreitete und meine Sinne wie ein verführerisches Parfüm der Leidenschaft umhüllte.

»Du schmeckst wie das Paradies«, murmelte ich genießerisch und vergrub mein Gesicht tiefer in ihrer Mitte. Ich wollte mehr. Wollte alles. Wollte, dass sie nur noch an mich dachte. Nur noch mich fühlte. Dass ich sie beherrschte, so wie sie mich beherrschte.

Allegra wurde mit jeder Sekunde, die meine Zunge über ihre Perle glitt, heißer und ungezügelter. Sie wand sich, krallte ihre Fingernägel in meine Haare und schloss meinen Kopf zwischen ihren Schenkeln ein.

Das hier würde eine extrem schnelle Nummer werden, so sexuell ausgehungert wie sie war. Anscheinend hatte sie sich seit unserer letzten gemeinsamen Nacht nicht mehr ausgetobt.

Diese Erkenntnis erfüllte mich mit Genugtuung und Erleichterung zugleich. Morgen früh, wenn unser beider Verlangen gestillt war, würde ich dafür sorgen, dass ich sie auch in Zukunft in dieser Hinsicht für mich allein hatte. Ich wollte sie nicht mehr teilen. Ich wollte nicht, dass ein anderer Mann das fühlen, sehen, schmecken und riechen durfte, was mir gehörte. Und genau diesen Besitzanspruch würde ich morgen geltend machen.

Doch jetzt ... jetzt musste ich mein Mädchen zum Kommen bringen. Musste dafür sorgen, dass sie meinen Namen schrie und meine Zunge auf den Weg zu den Sternen ritt.

Ich ließ einen Finger in sie gleiten und spürte die Kontraktion ihrer Beckenmuskeln, die ihren unmittelbar bevorstehenden Orgasmus ankündigten, während mein Mund sie weiter stimulierte.

Es dauerte keine zehn Sekunden bis sie laut, ungestüm und hemmungslos kam. Genauso, wie ich es liebte.

Mein Schwanz pulsierte bei ihren Schreien so heftig, dass es weh tat.

Unter normalen Umständen hätte ich jetzt meine Hose geöffnet und mir nicht einmal die Mühe gemacht, sie abzulegen, bevor ich mit meinem steinharten Schwanz in sie eingedrungen wäre. Aber zum wiederholten Male an diesem Abend rief ich mir ins Gedächtnis, dass ich meine Bedürfnisse heute ausnahmsweise mal hintenanstellen musste, weil ich die Frau, die jetzt heftig nach Atem rang, nach allen Regeln der Kunst verwöhnen wollte.

Ich löste mich von Allegras pochender Mitte und hob sie vorsichtig auf meine Arme. Während ich sie zur Wanne trug, schmiegte sie sich zufrieden an mich und schnurrte wie ein kleines Kätzchen. Am liebsten hätte ich sie nicht mehr losgelassen, weil ihr Duft nach frischem Sex und süßer Befriedigung mich abhängig machte, wie es ein einziger Schuss Heroin tat.

Mit stoischer Miene setzte ich sie ab und beobachtete, wie ihr betörender Körper Zentimeter für Zentimeter unter dem blubbernden Wasser verschwand.

Fuck!

Es war weiß Gott nicht leicht, ein Gentleman zu sein. Wahrscheinlich gab es deshalb so viele Arschlöcher auf der Welt.

Ich reichte Allegra ihr mittlerweile leicht beschlagenes Glas Weißwein und wandte mich mit einem letzten Kuss auf ihren nackten Hals von ihr ab.

»Wohin gehst du?«, erkundigte sie sich schläfrig und legte den Kopf in den Nacken.

»Ich mache diese verdammten Spaghetti, bevor ich nicht mehr den Willen dazu aufbringen kann«, sagte ich und verließ fast schon fluchtartig den Raum.

31
ALLEGRA

Das Aroma von Spaghetti in Butter-Käse Soße ließ mich aus meinem Halbschlaf erwachen. Nach dem erlösenden Orgasmus, den Hunters geschickter Mund mir geschenkt hatte, dem warmen Wasser, das meine verspannten Muskeln lockerte und dem leichten Schwips durch den Alkohol auf nahezu nüchternen Magen, war ich weggedöst.

Hunter reichte mir einen Teller mit dampfenden Nudeln, ließ warmes Wasser nachlaufen und stieg mir gegenüber in die Wanne.

Fragend sah ich von dem Teller, bei dessen Anblick mir das Wasser im Mund zusammenlief zu dem nackten Hunter, bei dessen Anblick das Wasser in meinem Mund überzulaufen drohte.

»Du möchtest dich sicher nicht von der Wanne trennen. Deshalb dachte ich, wir essen heute einfach in der Wanne.«

»Im Ernst?«

»Mein Ernst. Außer natürlich du ziehst es vor aus dem Wasser zu steigen, dich abzutrocknen und dich an den Küchentresen zu setzen?«

Ich schüttelte den Kopf. »Auf keinen Fall.«

»Das dachte ich mir.« Hunter lächelte zufrieden. »Guten Appetit.«

Nachdem wir unsere überaus großzügigen und unglaublich köstlichen Portionen vertilgt hatten, stellte ich den Teller auf die Ablage hinter mir und genoss, wie Hunter meine geschundenen Füße massierte und mich mit wachsamen Augen beobachtete.

»Sieht so aus, als müssten wir nun doch aus der Wanne steigen«, stellte ich fest, als mein Fuß nach einer Weile seine beachtliche Erektion ertastete.

»Warum?«, erwiderte er mit belegter Stimme.

Ich robbte zu ihm hinüber und ließ mich lasziv auf seinem Schoß nieder. »Weil es an der Zeit ist, dass ich die Rechnung für das Essen und den Wein begleiche«, wisperte ich an seinen Lippen und rieb mich genüsslich an seinem durchtrainierten Stahlkörper. »Zeig mir, wo dein Schlafzimmer ist, Hunter.«

Er grinste anzüglich und umfasste besitzergreifend meine schweren Brüste.

»Wieso begleichst du die Rechnung nicht in der

Badewanne? Nur du und ich. Haut an Haut. Nichts zwischen uns.«

Hunter knabberte genüsslich an meiner Unterlippe, während er auf meine Antwort wartete.

»Du willst ...«

Mein Herz setzte bei seinem Vorschlag für zwei Takte aus. Er wollte ohne Kondom mit mir schlafen? Vielleicht maß ich diesem Wunsch eine zu tiefe Bedeutung zu, aber das tat man doch eigentlich nur bei den Menschen, die einem etwas bedeuteten, oder?

Also ... *bedeutete* ich Hunter etwas?

»Ich habe letzte Woche meinen *Check-up* gemacht. Ich bin gesund. Außerdem habe ich schon lange mit keiner anderen Frau mehr geschlafen und ohne Kondom erst recht nicht«, unterbrach mich Hunter in meinen aufgewühlten Gedanken.

»Und ich habe auch seit Längerem mit keinem anderen Mann geschlafen«, gab ich leise zurück.

Mir fehlte der Mut zuzugeben, dass ich seit unserem Wochenende auf Capri mit keinem anderen Mann mehr geschlafen hatte. Die offizielle Erklärung meiner Abstinenz lautete, dass mir dazu die Zeit gefehlt hatte. Inoffiziell wollte ich die Erinnerung an den phänomenalen Sex mit Hunter nicht durch einen anderen Mann verwischen. Jeder Mann, der nach Hunter kam, wäre eine Enttäuschung gewesen.

In meinem Kopf hallten Hunters Worte wider.

Außerdem habe ich schon lange mit keiner anderen Frau mehr geschlafen und ohne Kondom erst recht nicht.

Wieso hatte er schon lange mit keiner anderen

Frau mehr geschlafen? Weil er dazu keine Zeit hatte, oder weil er es nicht wollte?

Lag es an seinem Job, oder ... an mir?

Und was, wenn es an mir lag?

Mein Herzschlag beschleunigte sich und eine Million Gedanken wirbelten in meinem Kopf mit einem Mal wild durcheinander.

»Nimmst du die Pille?«, holte mich Hunter mit seiner rauen, heiseren Stimme in die Gegenwart zurück.

Ich nickte. »Seit vielen Jahren.«

»Okay. Wenn du mir vertraust, tun wir es ohne Kondom.«

Er strich mir eine Strähne aus dem Gesicht und sah mich abwartend an. Gab mir die Zeit, die ich brauchte, um über sein Angebot nachzudenken. Dabei brauchte ich nicht einmal eine Sekunde, um zu einer Entscheidung zu gelangen. Mein Herz und mein Kopf waren sich einig.

»Ich vertraue dir«, flüsterte ich. »Und jetzt lass mich nicht mehr länger warten.«

Seine Augen verdunkelten sich bei meiner leisen Zustimmung und sein Schwanz wurde unter mir noch härter. Mit einem zufriedenen Brummen umfasste er erneut meine Brüste und rieb mit seinen Daumen über meine aufgerichteten Knospen, die sich seit Wochen nach genau dieser Berührung verzehrt hatten.

Ich wölbte mich ihm lustvoll wimmernd entgegen und beobachtete aus gesenkten Lidern, wie er meine Brüste abwechselnd grob knetete und sie dann wieder zärtlich liebkoste. Dieses heiß-kalte Wechselbad der

Gefühle löste ein ungeduldiges Pochen in meiner Mitte aus, die sich gierig an Hunters Schwanz rieb.

Lange konnte ich nicht mehr an mich halten. Denn das Pochen in meinem Schoß breitete sich bis in meine Zehen, ja sogar bis in meine Fingerspitzen aus und ließ mich überempfindlich werden.

»Lass mich rein, Baby«, keuchte Hunter an meinen Lippen und glitt mit seiner Zunge in meinen Mund, den ich willig für ihn öffnete.

Wir küssten einander, als gäbe es kein Morgen.

Wild. Fordernd. Und voller Verlangen.

Meine Hände vergruben sich in seinen Haaren und hielten ihn fest. Ich brauchte seine Küsse jetzt mehr als die Luft zum Atmen und gerade fühlte es sich so an, als könnte ich allein von seinen lodernden Küssen zu einem fulminanten Orgasmus getrieben werden.

Ich hob mein Becken an, umfasste seinen erigierten Schwanz und nahm ihn quälend langsam in mich auf, wobei ich jede einzelne Sekunde und jeden einzelnen Zentimeter davon genoss.

»Du bist so verdammt eng«, zischte Hunter angestrengt. »Ich komme wie eine Rakete, wenn das so weitergeht.« Er verzog sein Gesicht und atmete abgehackt.

Mir erging es nicht anders. Ich war feucht. Sehr feucht. Aber Hunters beachtliche Größe raubte mir die Luft zum Atmen und ich hatte aufgrund meiner Abstinenz Mühe, mich an seine Größe zu gewöhnen. Dabei waren es nur ein paar Wochen gewesen, die ich ohne ihn hatte auskommen müssen. Wieso fühlte es sich dann so an, als handelte es sich um Jahre?

»Gleich bin ich drin«, zischte er durch zusammen-gebissene Zähne. »Nur noch ein ganz kleines Stück.«

Wir stöhnten beide auf, als meine Mitte sich entspannte und Hunter sich bis zum Anschlag in mich schob.

»Fuck«, fluchte er. »Ich bin mir nicht sicher, ob das hier der Himmel, oder die Hölle ist. Womöglich beides. Du bist meine Erlösung und mein Verderben, Allegra.«

Er umfasste meine Taille, suchte meinen Blick und forderte einen weiteren Kuss von mir, den ich ihm nur zu gern gewährte.

Ich schlang meine Arme um seinen Hals und neigte den Kopf, um seiner begnadeten Zunge erneut Einlass zu gewähren, während ich begann, ihn gemächlich zu reiten und meine harten Knospen sich an seiner muskulösen, erhitzten Brust rieben.

Hunters Zunge bewegte sich in meinem Mund im Takt unseres Ritts, sodass ich das Gefühl hatte, gleich doppelt von ihm penetriert zu werden.

Seine Hände wanderten an meiner Taille hinauf zu meinen Brüsten und strichen kaum merklich über meine aufgerichteten Spitzen.

Er wusste, wie sehr ich diese subtile Berührung liebte und was sie in mir auslöste. Es war, als hätten meine Brustspitzen eine direkte Verbindung zu meinem Schoß, in dem sich die Hitze staute und das Prickeln sich mit jedem Kreis, den er um meine Nippel zog, verstärkte.

»Du bist so wunderschön, Allegra«, raunte Hunter an meinem Mund und strich mit seiner Zunge über meine Lippen. »Ich bekomme einfach nicht genug von dir.«

»Gefällt es dir, wenn ich dich reite?«, wisperte ich und küsste seine Mundwinkel, während ich die Bewegung meiner Beckenmuskulatur intensivierte.

Er schnaubte und küsste sich meinen Hals hinab. »Du meinst, ob es mir gefällt, wenn du mich besteigst und fickst?«

Bei seinen Worten krampfte sich meine Mitte um seine Erektion zusammen, was ihm ein ersticktes Keuchen entlockte.

»Fuck ja, Baby. Ich liebe es, wenn mich deine enge, gierige Pussy vernascht und deine Titten vor meinem Gesicht auf und ab wippen, während du dabei dreckig meinen Namen stöhnst. Trotzdem wirst du mir nachher noch einen blasen. Denn ich will nicht nur deine Pussy mit meinem Saft markieren, sondern auch deinen Mund.«

Ich schluckte bei seinen derben, unerbittlichen Schlafzimmer-Worten, die in einem krassen Kontrast zu seinem professionellen, charmanten Auftreten in der Öffentlichkeit standen.

Warum nur machte mich das dermaßen an?

Ich spürte die Gänsehaut, die sich auf meinem Dekolleté ausbreitete und vernahm das leise Lachen von Hunter, dem das nicht entgangen war.

»Du bist unersättlich, Allegra. Und das ist gut so. Weil ich es ebenfalls bin.«

Er umfasste mein Genick, zog mich an sich und küsste mich so hart, dass ich Blut schmeckte. Gleichzeitig massierte er mit Zeigefinger und Daumen der anderen Hand meine linke Knospe so hauchzart, dass mir von dem Wechselbad der Gefühle Hören und Sehen verging.

Hunter stieß von unten in mich, während ich die kreisenden Bewegungen meines Beckens schneller und kleiner werden ließ.

Ich war kurz davor. Ich fühlte, wie der Orgasmus sich in mir zusammenbraute und auf mich zuraste, während das Wasser der Wanne überschwappte.

»Komm für mich, meine Schöne. Press mich aus und nimm dir jeden Tropfen von mir. Es ist alles für dich. Nur für dich, Allegra.«

Seine gehauchten Worte, gepaart mit der zarten Berührung seiner Finger und den kraftvollen Stößen seines Schwanzes, brachte das Fass zum Überlaufen.

Ich stöhnte meinen Orgasmus in seinen Mund, rief seinen Namen und krallte meine Fingernägel hilfesuchend in seine Schultern. Noch während mich die Welle meines Höhepunktes überrollte, erschauderte Hunter unter mir und ergoss sich mit einem animalischen, besitzergreifenden Schrei lange und intensiv in meinen Schoß.

Er umarmte mich. Drückte mich an sich und atmete schnell und flach.

Ich genoss die Wärme und die Intimität, die uns in diesem wertvollen Augenblick umgab fast noch mehr als den Orgasmus unmittelbar bevor.

Hunters Herzschlag an meinem. Sein Gesicht an meinem Hals. Sein Atem auf meiner Haut. Seine Hände auf meiner Wirbelsäule. Das hier ... es war perfekt.

»Du kannst deine Rechnungen ab jetzt immer so

bei mir begleichen«, sagte er, nachdem sich sein Herzschlag nach einer Weile wieder beruhigt hatte und
löste sich von mir.

Seine Mundwinkel zuckten amüsiert und ich ließ
zu, dass er mich in seinen Armen drehte, sodass ich mit
dem Rücken an seiner Brust lehnte und seine Wärme
auf mich überging.

Ohne ihn in mir zu spüren, fühlte ich mich leer und
auch irgendwie etwas verloren. Doch seine nächsten
Worte überraschten mich und sorgten dafür, dass das
Gefühl der Geborgenheit und der Ruhe zurückkehrten.

»Spreiz die Beine, damit ich dich waschen kann.
Außer natürlich, du willst meinen Saft in dir behalten,
als Zeichen dafür, dass du mir gehörst. Dagegen hätte
ich nichts einzuwenden und das macht es nachher
umso leichter, erneut in dich zu gleiten.«

Ich fühlte mich beflügelt und begehrt von seinem
unverhofften Besitzanspruch. Aber ich war auch überrascht, um nicht zu sagen, überfordert mit dieser
neuen Situation. Deshalb überspielte ich meine Freude
über sein einnehmendes Verhalten mit einem Lächeln.

»Du Höhlenmensch.«

»Ich bin kein Höhlenmensch, sondern Geschäftsmann, wie ich dir bereits erklärt habe. Ein knallharter
und ausgesprochen gwiefter noch dazu.«

»Tatsächlich?«

»Tatsächlich.«

»Und was verkaufst du so?«

»Wie meinst du das?«

»Na, wenn du Geschäftsmann bist, musst du ja mit
irgendetwas dein Geld verdienen. Deshalb würde ich

gerne wissen, was du so im Angebot hast. Vielleicht interessiert mich dein Sortiment und ich kaufe etwas bei dir.«

Hunter lachte schallend. »Gibt es ein spezielles Produkt oder einen spezifischen Service, der dich interessieren könnte?«

Ich legte mir einen Finger an die Wange und tat so, als würde ich überlegen. »Mal sehen. Ich bin auf der Suche nach etwas, das mir beim Entspannen hilft.«

»Wenn das so ist, habe ich genau das Richtige für dich. Groß, dick, hart und zuverlässig. Perfekt geeignet, um fiese Verspannungen zu lösen. Warum trocknen wir uns nicht ab und gehen in mein Schlafzimmer. Dort kann ich es dir in Ruhe zeigen. Du könntest es anfassen. Es begutachten. Es kosten. Und ... es ausprobieren.«

»Das klingt nach einer sehr vernünftigen Idee. Bevor ich es kaufe, sollte ich es wirklich erst mal ausgiebig testen. Ich habe nämlich hohe Ansprüche, weißt du?«

»Oh ja, Baby. Und wie ich das weiß«, knurrte Hunter und umfasste mein Kinn, um mir einen Vorgeschmack auf das zu geben, was mich in seinem Schlafzimmer erwarten würde.

32
HUNTER

Allegra hatte mich ausgeknipst. Treffender konnte man es nicht formulieren. Sie hatte mich bis auf den letzten Tropfen gemolken und ausgequetscht, mir jegliche Energie geraubt. Ich schlief in dieser Nacht so tief, wie schon seit vielen Jahren nicht mehr.

So, als gäbe es die Dämonen in meinem Leben nicht, die immerzu durch mein Unterbewusstsein geisterten und an meinen Nerven zehrten. So, als wäre die Welt tatsächlich ein schöner Ort. So, als wäre das Leben ein Zustand, an dem man sich mühelos erfreuen konnte. So, als wäre es das Normalste auf der Welt, mit einem Lächeln auf dem Gesicht einzuschlafen.

Als mich die Sonnenstrahlen, die unbarmherzig durch das Fenster schienen, an diesem Juli Morgen weckten, lag Allegra nicht mehr neben mir.

Ich setzte mich mit einem Ruck auf und tastete das Bett nach einem Zettel ab. Sie würde doch nicht gegangen sein, ohne sich von mir zu verabschieden oder ohne mir wenigstens eine Nachricht zu hinterlassen?

Ich sprang aus dem Bett und durchquerte suchend meine Wohnung. Die Zeit, nach meinen Boxershorts zu suchen oder zumindest eine Hose überzuziehen, nahm ich mir nicht.

Erleichtert entdeckte ich Allegra in der Küche. Sie stand mit einem Handtuch um den Körper gewickelt in der Tür des Kühlschranks.

Ich pirschte mich leise an sie heran, schlang die Arme um ihre Hüften und erwischte sie dabei, wie sie sich einen Löffel Tiramisu aus dem Deli Laden um die Ecke in den Mund schob.

»Musste das sein? Du hast mich zu Tode erschreckt«, schimpfte sie, doch ein übermütiges Strahlen zierte ihr Gesicht und verriet mir, dass sie nicht wirklich böse auf mich war.

»Du hast dich aus dem Bett geschlichen. Das ist gegen die Regeln.«

Sie schnaubte und schloss den Kühlschrank hinter sich. »Haben wir nicht längst all deine Regeln gebrochen?«

»Nicht alle, nein. Aber fast alle«, lächelte ich. »Du hast geduscht?«

Allegra sah an sich hinab und zuckte entschuldigend mit den Schultern. »Ich habe nicht jeden Tag die Möglichkeit, mit Blick auf den Central Park zu duschen und ich wusste, dass ich mit dir im Bad nicht dazukommen würde, diese grandiose Aussicht zu genießen.«

»Weil du zu sehr mit der Aussicht auf meinen Körper und deinen nächsten Orgasmus beschäftigt wärst?«

»Wie konnte ich nur vergessen, über welch ein ausgeprägtes Selbstbewusstsein du verfügst«, grinste sie. »Aber ja, so ungefähr.«

»Dir ist sicher bewusst, dass das Duschen ohne mich ebenfalls gegen die Regeln verstößt?«

»Ist das so? Tja, das wusste ich nicht. Und jetzt? Was schlägst du vor?«

»Jetzt mache ich dich wieder schmutzig, damit wir dich anschließend zusammen säubern und so brav die Regeln einhalten.«

Mit einem Ruck zog ich ihr das Handtuch vom Leib und warf es achtlos zu Boden. Ungestüm hob ich sie auf die Kücheninsel und spreizte ihre Beine. Allegra lehnte sich widerstandslos zurück, bereit sich von mir in Besitz nehmen zu lassen. Ihre Demut fachte eine unbändige Leidenschaft in mir an.

Ich positionierte mich vor ihr und umgriff ihre Schenkel, um mit einem Ruck in sie einzudringen, als das Geräusch der sich öffnenden Aufzugtüren mich jäh innehalten ließ.

»Ist nicht dein Ernst, Byron, oder?«, tönte keine Sekunde später eine genervte Stimme durch den Raum.

Maddie!

Verdammter Mist!

Was zur Hölle tat sie hier?

Ich ließ wie vom Donner gerührt von Allegra ab und bückte mich, um ihr das Handtuch zu reichen, bevor ich mich mit versteinerter Miene Maddie zuwandte.

»Soviel ich weiß, solltest du in Boston sein. Was machst du hier, Maddie?«

»Das ist ja eine ausgesprochen nette Begrüßung. Wie wäre es, wenn du dir zunächst etwas anziehst?«

Abschätzend betrachtete sie Allegra, die mit irritierter Miene zwischen mir und Maddie hin und her sah, das Handtuch fest um den Körper gewickelt.

»Ich wusste nicht, dass du deine Nutten mittlerweile zu uns nach Hause bringst. Hast du dafür nicht die Wohnung in Tribeca?«

»Madison King! Es reicht! Mäßige deinen verdammten Ton, denn er gefällt mir überhaupt nicht.«

»Jetzt klingst du wie meine Mutter«, kommentierte sie höhnisch. »Ach Verzeihung: Klangst. Denn sie hat sich ja einfach verpisst und mich in dieser beschissenen Welt zurückgelassen.«

»Wage es nicht, abschätzig über Hazel zu reden, Madison.«

»Sonst was? Sonst schickst du mich auf das nächste Internat? Kein Problem. Du wirst sehen, wie schnell ich es schaffe, da rauszufliegen. Oder willst du mir den Geldhahn abdrehen? Mach doch. Ich finde andere Mittel und Wege, an Kohle zu kommen.«

Allegra sog neben mir scharf die Luft ein. Ihr missfiel diese Unterhaltung genauso wie mir. Unbehaglich zog sie ihr Handtuch enger um sich.

»Setz dich auf die Couch. Ich komme gleich und dann reden wir«, wies ich sie an und zog Allegra mit mir, ohne mir die Mühe zu machen, Maddies Antwort abzuwarten.

»Wenn du sie vorher noch vögeln musst, mach schnell. Ich hab' nicht ewig Zeit.«

Bei Maddies unangebrachten Worten zuckte Allegra unwillkürlich zusammen.

Ich schloss die Tür des Schlafzimmers hinter uns und warf Allegra einen entschuldigenden Blick zu. »Sieht so aus, als hättest du soeben Bekanntschaft mit Maddie gemacht. Tut mir leid. Das ist ziemlich blöd gelaufen.«

»Ist sie deine Tochter?«, fragte Allegra tonlos.

»Nein.« Ich atmete tief ein und hielt die Luft an. Das war genau das Gespräch, das ich niemals führen wollte. Mit niemandem. Dank Maddies filmreifen Auftritt blieb mir nun keine andere Wahl. Ich würde Allegra erzählen müssen, was es mit Maddie auf sich hatte. Die Kurzfassung. Nur das, was sie unbedingt wissen musste. Der Rest ging allein mich etwas an. Mich und meine Dämonen.

»Maddie ist die Tochter meiner Zwillingsschwester Hazel. Sie ist vor vier Jahren gestorben. Seitdem habe ich die Vormundschaft für Maddie, weil sie außer mir niemanden mehr hat. Hazel und ich sind im Heim aufgewachsen. Wir haben unsere Eltern nie kennengelernt.«

Allegra streckte den Arm nach mir aus und drückte sanft meine Hand. »Das mit deiner Schwester tut mir sehr leid, Hunter. Und dass du ohne Eltern aufwachsen musstest ebenfalls.«

»Danke. Das ist schon in Ordnung. Und Hazels Tod ist bereits eine Weile her.«

»Das mag sein. Aber der Schmerz über den Verlust bleibt ein ganzes Leben lang, nicht wahr?«

Ich nickte stumm.

»Wenn Maddie bei dir lebt, hättest du mich vorwarnen müssen, Hunter. Dass sie uns beim Sex in der Küche erwischt, hat, nett ausgedrückt, niemandem von uns gefallen.«

Ich rieb mir resigniert durch das Gesicht. »Maddie besucht ein Internat in Boston. Sie ist, wenn überhaupt, nur in den Ferien in New York und die beginnen erst in einer Woche. Ich habe keine Ahnung, wieso sie hier ist und wie sie hergekommen ist. Sie hat nämlich kein Auto.«

»Wie alt ist Maddie?«

»Sie ist vor drei Monaten achtzehn geworden. Eigentlich hätte sie in diesem Jahr ihren High School Abschluss machen sollen, aber da sie in den letzten Jahren von mehr Internaten geflogen ist, als ich zählen kann und auch sonst wenig Interesse an der Schule zeigt, obwohl sie unerhört intelligent ist, dreht sie zurzeit eine Ehrenrunde.«

»Ich verstehe. Und was willst du jetzt tun?«

»Herausfinden, ob sie es geschafft hat, auch von diesem Internat zu fliegen. Falls ja, schicke ich sie postwendend in ein Camp für schwererziehbare Kids.«

»Militärakademie«, schlug Allegra trocken vor.

»Ich habe gehört, dass es da richtig brutal zur Sache geht.«

»Gute Idee. Das werde ich mir mal anschauen.«

»Hunter?«

»Ja?«

»Das war ein Scherz.«

»Ich weiß. Trotzdem sehr verlockend«, seufzte ich. »Vielleicht würden die es schaffen, Maddie zu bändigen. Sie ist so frech und ungehobelt, dass sie die Straßengangs der Bronx wie die *Sieben Zwerge* aussehen lässt.«

Allegra setzte sich aufs Bett und klopfte neben sich.

Wortlos ließ ich mich neben ihr nieder und fixierte die Wand.

»Wie wäre es, wenn wir zusammen mit ihr sprechen? Ich habe das Gefühl, du könntest ein wenig Unterstützung gebrauchen.«

»Sie hält dich für eine Nutte, Allegra.«

»Bin ich denn eine Nutte für dich?«

Ich drehte mein Gesicht zu ihr und konnte mir ein Grinsen nicht verkneifen. »Wenn du dich mit gespreizten Beinen auf die Waschbeckenablage setzt und verlangst, dass ich dich lecke, schon. Dann bist du meine kleine, dreckige Nutte.«

»Danke für das Kompliment.« Sie boxte mich spielerisch in den Oberarm. »Nicht Jede hat das Zeug zur Nutte. Auch dieser Beruf will gelernt sein.«

»Da stimme ich dir absolut zu.«

»Wie dem auch sei, wir schweifen vom Thema ab.«

»Wenn du glaubst, dass du bei Maddie irgendetwas ausrichten kannst, was sie davon abhält, erneut für Ärger zu sorgen, nehme ich dein Angebot dankend an.«

»Also gut. Mein Flug nach Texas geht sowieso erst am frühen Nachmittag. Ziehen wir uns an und reden mit ihr.«

33
ALLEGRA

Hunter und ich gingen zurück in das Wohnzimmer, das direkt an die offene Küche angrenzte. Während Hunter sich Maddie gegenüber auf der Couch niederließ, stellte ich mich etwas abseits an die Fensterfront, damit die beiden sich erst einmal beschnuppern konnten. Und um zu verdauen, was Hunter mir soeben gebeichtet hatte.

»Also, Maddie, was tust du hier? Die Sommerferien beginnen erst in einer Woche.«

Maddie überkreuzte trotzig die Arme vor der Brust und funkelte Hunter herausfordernd an. »Bin von der Schule geflogen.«

»Das kann doch nicht wahr sein«, stöhnte Hunter und schlug die Hände über dem Kopf zusammen. »Was hast du dieses Mal angestellt?«

»Gar nichts. Ich habe nichts angestellt. Das war

bloß ein Witz. Aber danke für dein offensichtliches Vertrauen in mich«, brachte Maddie wütend hervor. »In dem alten Kasten gab es letzte Nacht einen Wasserrohrbruch, der sämtliche Schlafräume unbewohnbar gemacht hat. Deshalb haben sie uns früher nach Hause geschickt. Wie wäre es, wenn du mich das nächste Mal in eine neumodische Schule steckst, anstatt in so einen historischen Elitescheiß?«

»Es ist eine der besten Privatschulen des Landes und kein historischer Elitescheiß, Maddie.«

»Der Laden ist voll von verwöhnten Schnöseln, abgehobenen Versagern und nervigen Schwätzern.«

»Wie für dich gemacht also«, entgegnete Hunter kühl. »Und davon mal abgesehen: Wieso hat man mich nicht informiert? Du bist minderjährig, verdammt. Das wird ein Nachspiel haben.«

Maddie schnappte empört nach Luft und ich entschied, dass es an der Zeit war, einzuschreiten, bevor der Hahnenkampf zwischen den beiden Hitzköpfen eskalierte.

»Maddie, entschuldige bitte, dass du uns vorher in einem ungünstigen Moment erwischt hast«, begann ich und näherte mich der Lounge.

»Weißt du eigentlich, dass mein Onkel die Frauen von halb New York City flachgelegt hat?«, giftete sie.

Ich schenkte ihr ein zuckersüßes Lächeln. »Dass dein Onkel reichlich Praxiserfahrung besitzt, ist mir nicht entgangen. Er ist nämlich richtig gut, was das Flachlegen betrifft. Vielleicht sollte ich mich bei den Frauen von halb New York City dafür bedanken, dass sie ihm zur Perfektion seiner Fähigkeiten verholfen haben, schließlich kommt mir das jetzt zugute.«

Maddie starrte mich mit offenem Mund an. Mit der Reaktion hatte sie anscheinend nicht gerechnet.

Dachte sie etwa, nur sie könne austeilen?

Tja, falsch gedacht.

Jetzt waren die Fronten zwischen uns wenigstens geklärt.

»Ich bin Allegra und arbeite im selben Motorsport Team, wie dein Onkel. Es freut mich, dich kennenzulernen.« Auffordernd hielt ich Maddie die Hand hin, die sie zaghaft ergriff.

»Dein Onkel hat mir erzählt, dass ab heute zwei Monate Sommerferien auf dich warten, bevor dein letztes Schuljahr beginnt?«

»Kaum zu fassen, dass mein Onkel so viel über mich weiß. Dieses Interesse an meiner Person ist völlig neu«, spottete Maddie.

»Hast du denn etwas für die Ferien geplant?«, überging ich ihre Stichelei.

»Ich habe ihr einen Platz in der Sommerschule des Internats gebucht, sodass sie ihre Lerndefizite mit geschulten Tutoren aufarbeiten kann und sich gewissenhaft auf die Unibewerbungen vorbereitet.«

»Ich geh nicht auf die Uni.«

»Das Thema hatten wir schon, Maddie. Natürlich wirst du studieren. Du kannst dir sogar aussuchen, was und wo.«

»So lange es deinem Standard entspricht. Jura, Politik oder BWL. Zum Kotzen«, keifte Maddie. »Ich bin achtzehn, Byron. Ich mache, was ich will.«

»Und was willst du machen, Maddie? Was ist dein Plan? Hm? Verrat es mir!« Hunters Stimme bebte. »Du hast keinerlei Praxiserfahrung, weil du aus jedem Praktikum, jedem Ferienjob, den du in den letzten drei Jahren hattest, im hohen Bogen rausgeflogen bist.«

Maddie zog eine Schnute. »Mir wird schon was einfallen. Ich bleibe die Ferien über in New York und denke darüber nach. Kann ich deine Wohnung in Tribeca haben, wenn du deine Affären jetzt hierher bringst?«

Es war bereits das zweite Mal, dass Maddie die Zweitwohnung in Tribeca erwähnte. Was hatte es damit auf sich? Ich würde Hunter in einem ruhigen Moment danach fragen. Doch zunächst galt es diese aufgeladene Situation zu entschärfen.

»Du kannst nicht allein in New York bleiben, Maddie.« Auf die spitze Bemerkung über seine Affären ging er nicht weiter ein.

»Und warum nicht?«

»Weil ich in den nächsten Wochen kaum hier sein werde, um nach dir zu sehen.«

»Du vertraust mir kein bisschen«, stellte Maddie zornig fest.

»Wundert dich das? Nach allem, was du dir geleistet hast?«

»Okay, ihr beiden. So kommen wir nicht weiter.« Ich gab Hunter und Maddie das Zeichen zum *Time-Out* und zu meiner Überraschung verstummten sie tatsächlich. »In den kommenden Wochen stehen ein paar Rennen an, für die wir zusätzliches Personal in der Hospitality Suite benötigen. Wieso setzen wir

Maddie nicht als Servicekraft ein? Sie sieht etwas von der Welt, du hast sie die ganze Zeit über im Auge und sie sammelt Praxiserfahrung, die ihr für die Unibewerbung oder was auch immer sie nach der Schule vorhat, von Nutzen sein wird.«

»Servicekraft? Das klingt ja fürchterlich«, motzte Maddie.

»Allegra, du hast keine Ahnung, was du da vorschlägst. Sie ist unzuverlässig, respektlos und hat noch nie in ihrem Leben eine Sache beendet, die sie angefangen hat.«

»Ich kann dich hören, Byron«, knurrte Maddie.

»Ich weiß. Darum sage ich es ja. Du würdest keine Woche durchhalten. Im Gegensatz zu den zweihundert Frauen, die sich auf die beiden offenen Stellen beworben haben, von denen Allegra spricht, und die alles für diese Chance geben würden.«

»Das stimmt, Maddie«, pflichtete ich Hunter bei. »Wir haben tatsächlich über zweihundert Bewerbungen von überaus fähigen, motivierten und aufgeschlossenen jungen Frauen, die sich einen Arm für diese Stelle abhacken würden. Man hat nicht jeden Tag die Chance, mit einem der erfolgreichsten Motorsport Teams um die Welt zu reisen und berühmte Gäste zu betreuen.«

Maddie sah von Hunter zu mir. In ihrem Kopf ratterten die Rädchen. Der spontane Plan, den Hunter und ich soeben in stummer Übereinkunft ausgetüftelt hatten, schien aufzugehen.

»Ich kann hart arbeiten, wenn ich will.«

»In deinen Träumen«, gluckste Hunter.

»Was weißt du schon? Du bist nie da und außerdem bin ich dir vollkommen egal«, keifte Maddie wütend.

Ihre Anschuldigung ließ mich aufhorchen. Das, was sie sagte, wenngleich viel mehr, wie sie es sagte, rüttelte Mutterinstinkte in mir wach, von denen ich überhaupt nicht wusste, dass ich sie besaß. In ihrer Stimme lag Wut, viel Wut. Doch da war noch etwas anderes: Trauer und Kränkung. Sie mischten sich mit der blinden Wut, die Maddie gänzlich zu beherrschen schien, zu einem gefährlichen Cocktail aus brodelnden Emotionen, die nun überzukochen drohten.

Das Verhältnis zwischen Hunter und ihr war angespannt, beinahe zerrüttet. Aber wieso? Was war vorgefallen, dass die beiden so dermaßen auseinanderdriften ließ?

Ich beschloss, genau das herauszufinden und fasste einen Entschluss.

»Du denkst also, dein Onkel hat unrecht, Maddie? Du glaubst, du hast das Zeug für den Job als Servicekraft? Es ist ein Knochenjob. Lange Arbeitstage, viel Rennerei, jede Menge Stress und Hektik. Kein Zuckerschlecken.«

»Wenn ich will, bekomme ich das hin«, grummelte Maddie.

»Und willst du es denn?«, hakte ich nach.

»Ja«, nuschelte sie kaum hörbar.

»Ich habe deine Antwort nicht verstanden«, gab ich zurück.

»Ja«, verkündete Maddie in diesem zweiten Anlauf laut und deutlich.

Ich schnalzte zufrieden mit der Zunge. »Gut. Da ich die Chefin des Eventteams bin, bin ich für die Servicekräfte verantwortlich. Du würdest also für mich arbeiten. Wenn du damit kein Problem hast, packst du jetzt deinen Koffer und fliegst mit uns nach Texas. Dort findet am Wochenende das nächste Saisonrennen statt. Ich lasse dich Probearbeiten. Gefällt mir, was ich sehe, stelle ich dich als Praktikantin ein und du reist weiter mit.«

Ich konnte ein aufgeregtes Leuchten in Maddies Augen erkennen, obwohl sie versuchte, gleichgültig und desinteressiert zu wirken.

»Ist okay. Ich gehe packen.«

34
HUNTER

Ich saß mit Toni und Simon an einem Tisch in der Ecke des Motorhomes und trank meinen morgendlichen Kaffee. Aus den Augenwinkeln beobachtete ich Allegra, die mit Maddie an ihrer Seite soeben das Motorhome betreten hatte und sich nun mit ihr an einen der freien Tische setzte. Kurz darauf folgten Kenzie, Dakota, Skye, Riley und etwa zehn andere Mitglieder des Teams.

»Bevor wir mit dem Briefing des heutigen Tages beginnen, möchte ich euch Maddie vorstellen. Sie wird uns an diesem Wochenende im Service unterstützen und möglicherweise auch bei den nachfolgenden Veranstaltungen für das Team tätig sein.«

Die umstehenden Team Mitglieder begrüßten Maddie freundlich und erzählten ihr, worum sie sich im Team kümmerten und wie lange sie schon für *Titan Racing* arbeiteten.

Zum ersten Mal seit langer Zeit wirkte Maddie fröhlich und aufgeschlossen. Sie zeigte sich von einer witzigen, nahezu charmanten Art, die ich nicht an ihr kannte.

Dass sie sich im Team bisher offenbar wohlfühlte, sorgte dafür, dass mir ein Stein vom Herzen fiel. Ich hatte befürchtet, sie würde sich, wie schon so oft in der Vergangenheit, völlig danebenbenehmen. Doch seit Allegra sie nach unserer gestrigen Ankunft in Texas unter ihre Fittiche genommen hatte, schien sie regelrecht aufzublühen. Ich war gespannt zu erfahren, ob dieser Gemütszustand lange anhalten würde, oder ob sie alsbald in ihre gewohnten Verhaltensmuster zurückfiel.

»Maddie wird Skye heute zunächst im Motorhome zur Hand gehen, um sich in einer sicheren Umgebung an die Abläufe und Anforderungen des Jobs zu gewöhnen. Morgen, am Freitag, möchte ich sie dann mit in die Hospitality Suite nehmen«, informierte Allegra die Anwesenden.

Skye nickte und lächelte Maddie aufmunternd zu.

»Gut. Das wäre also geklärt. Lasst uns als nächstes den Tagesplan besprechen.«

Als ich am Abend das Hotel betrat, kamen mir Allegra und der Rest der Mädels entgegen. Überrascht stellte ich fest, dass Maddie ebenfalls Teil der eingeschworenen Gruppe war. Angeregt plauderte sie mit Riley, die mit Händen und Füßen wild gestikulierend auf sie einredete. Die beiden kicherten geheimnisvoll und knufften sich in die Seite, so als würden sie sich schon ewig kennen und nicht erst seit einem Tag.

»Hi.« Ich hob lässig die Hand zum Gruß, um mir meine Irritation nicht anmerken zu lassen, und riss meinen Blick von Maddie los.

»Wir gehen das obligatorische Steak essen, ohne das man in Texas nicht auskommt. Möchtest du mitkommen?«, fragte Kenzie gut gelaunt.

Ich überlegte ob es notwendig war, die Gruppe zu begleiten und aufzupassen, dass Maddie keinen Mist baute. Doch irgendetwas tief in mir gab mir die Zuversicht, dass ich Allegra vertrauen konnte. Dass ich Maddie bei ihr in Sicherheit wissen konnte und dass es vielleicht gar nicht so verkehrt war, Maddie ein wenig Mädelszeit zu gönnen, ohne dass sie das Gefühl hatte, ich würde sie überwachen.

»Das ist nett, aber für heute bin ich raus«, wiegelte ich dankend ab.

»Kein Problem. Dann ein anderes Mal. Du schuldest uns sowieso noch Drinks. Das haben wir nicht vergessen.« Kenzie zwinkerte mir zu und ging winkend davon.

Als die Gruppe ihr folgte, streifte ich unmerklich Allegras Arm und deutete mit dem Kinn auf eine ruhige Nische unweit des Ausgangs.

»Danke, dass du dich um Maddie kümmerst.«

»Das ist doch selbstverständlich.«

Ich schüttelte den Kopf. »Nein, das ist es nicht.«

»Sie hat sich heute gut geschlagen. Ich bin zufrieden mit ihr. Mal sehen, wie sie mit dem steigenden Druck der nächsten Tage zurechtkommt.«

Gedankenverloren strich ich mit dem Daumen über Allegras Handgelenk. »Sehen wir uns später noch?«

»Gern«, flüsterte sie und schloss ihre Finger um die meinen.

»Ich ...«

»Ja?« Erwartungsvoll musterte sie mich.

Ich wollte ihr sagen, dass ich mich sehr glücklich schätzte, sie in meinem Leben zu haben und dass ich jede gemeinsame Minute mit ihr genoss. Doch stattdessen war alles, was ich herausbrachte: »Ich sehe dich dann später.«

Ein Flackern ging durch Allegras rehbraune Augen und fast hätte ich geglaubt, so etwas wie Enttäuschung darin zu lesen. Aber das war Unsinn. Wieso sollte sie enttäuscht sein? Ich hatte meines Wissens nach nichts getan, was solch eine Reaktion nach sich ziehen könnte.

Um kurz vor dreiundzwanzig Uhr klopfte es an der Tür. Energisch erhob ich mich von meinem Stuhl am Schreibtisch und öffnete.

»Endlich«, keuchte ich und zog Allegra in eine stürmische Umarmung.

Ich hatte keine Ahnung, warum ich die vergangenen Stunden immer wieder auf die Uhr geschaut und ungeduldig auf mein Handy getippt hatte. Wenn ich es nicht besser wüsste, hätte ich behauptet, dass mir Allegras Nähe fehlte, seitdem wir gestern aus New York aufgebrochen waren.

Ich entließ Allegra aus meinen Armen und blickte zur Tür. »Am besten sehe ich noch einmal nach Maddie. Nicht, dass sie sich heimlich aus dem Hotel schleicht und allein um die Häuser zieht.«

»Um ehrlich zu sein, ist sie über dem Abendessen fast eingeschlafen. Ich bin mir ziemlich sicher, dass sie ihre restliche Energie darauf verwenden wird, sich die Zähne zu putzen und todmüde ins Bett zu fallen.«

»Meinst du?« Ich trat zweifelnd von einem Fuß auf den anderen.

»Du hast Angst, dass ihr etwas zustoßen könnte. Du machst dir Sorgen um sie«, schmunzelte Allegra amüsiert.

»Quatsch«, tat ich ihre Behauptung energisch ab. »Ich will nur nicht, dass sie wieder Unruhe stiftet. Darin ist sie nämlich ausgesprochen talentiert.«

»Warum ist das deiner Meinung nach so?«

»Wie meinst du das?« Meine Augen ruhten auf der sinnlichen Frau, die sich wie eine Kuschelkatze an mich schmiegte.

»Warum stiftet sie Unruhe? Warum fliegt sie von ihren Internaten? Aus ihren Praktika?«

Ich zuckte die Achseln. »Keine Ahnung. Ich habe sie nach dem Tod ihrer Mutter aus North Carolina zu mir nach New York City geholt. Sie war so schweigsam, hat kein Wort gesagt. Keine Träne vergossen. Keine Emotionen. Nichts. Die Firma befand sich zu dieser Zeit mitten in der Expansion. Ich war extrem viel unterwegs und wollte Maddie in ihrem Zustand nicht allein in der leeren Wohnung lassen. Schließlich war sie damals erst vierzehn. Also habe ich sie in das beste Internat geschickt, das ich finden konnte und geglaubt, dass sie dort unter gleichaltrigen Mädchen und geschultem Personal besser aufgehoben sei, als bei ihrem Onkel, der von Kindern keine Ahnung hat.«

»Und dann ist sie dort rausgeflogen?«

Ich seufzte gequält. »Nicht sofort. Die Probleme haben erst begonnen, als sie mir in den Weihnachtsferien eröffnet hat, sie wolle lieber bei mir in New York City wohnen, was aus besagten Gründen außer Frage stand. Danach ging es rapide bergab. Binnen drei Jahren ist sie aus sechs Internaten und vier Praktika geflogen. Schlägereien, Beleidigungen und ständiges Ausreißen gehören bei ihr fast schon zur Tagesordnung.«

»Wow«, kommentierte Allegra. »Die Kleine hat ordentlich Power.«

»Ich verstehe nicht, wie sie mir dermaßen entgleiten konnte. Dabei hatte sie alles, was sie brauchte, um ein gutes Leben zu führen«, murmelte ich und küsste Allegras Scheitel.

»Hmmm«, brummte sie nachdenklich. »Ich habe da so eine Ahnung. Aber ob ich damit richtig liege, werden wir heute Abend nicht mehr herausfinden können. Lass uns diese Diskussion vorerst vertagen.«

»Einverstanden. Wie wäre es, wenn wir heute

Nacht dort weitermachen, wo Maddie uns gestern unterbrochen hat?«, flüsterte ich und hinterließ eine Spur von heißen Küssen an Allegras Hals.

Sie schob ihre Hände unter mein Hemd und kratzte aufreizend mit ihren langen Fingernägeln über meinen Rücken, der unter ihrer Berührung erschauderte. »Das wäre fantastisch«, wisperte sie und ließ sich von mir zum Bett tragen.

35
ALLEGRA

Draußen war es noch dunkel, als ich mich leise anzog, um vor der Abfahrt zur Strecke in meinem Zimmer zu duschen und mich in Ruhe fertig zu machen.

Hunter saß an das Kopfende des King Size Betts gelehnt und beantwortete zu dieser unchristlichen Stunde bereits fleißig seine E-Mails. Der Mann war nicht kleinzukriegen.

»Wir sehen uns später«, verabschiedete ich mich so locker wie möglich und ging zur Tür.

Ich hasste diesen Teil unserer Abmachung.

Den Teil nach dem Sex, um genau zu sein. Den Teil, wenn ich mich am liebsten an Hunter schmiegen und in seine starken Arme gekuschelt, einschlafen würde. Der Teil, in dem ich einfach nur zärtliche, unschuldige Küsse mit ihm austauschen wollte. Der Teil, in dem ich ihm unter der Bettdecke zuflüstern wollte, dass er mich glücklich machte, wenn wir zusammen waren. Der Teil, in dem ich nichts von alledem tun durfte, weil die Regeln unserer Abmachung es mir verboten.

»Allegra, warte einen Augenblick«, rief Hunter und klappte den Laptop zu. »Ich möchte etwas mit dir besprechen.« Er kam auf mich zu und zog mich mit sich auf den Sessel, der am Fenster mit Ausblick auf das beleuchtete *Capitol* von Austin stand.

»Unsere Abmachung besagt, dass wir uns keinerlei Rechenschaft schuldig sind über das, was wir tun, wenn wir nicht zusammen sind. Im Grunde genommen geht es mich also nichts an, wenn du mit anderen Männern schläfst.«

Ich wich Hunters Blick aus, um mich nicht vor ihm mit dem Geständnis zu blamieren, dass er der einzige Mann war, der mich interessierte und der mich berühren durfte.

»Wärst du damit einverstanden, wenn wir unsere Abmachung diesbezüglich ändern?« Hunter umgriff mein Kinn und zwang mich, ihn anzusehen.

»Inwiefern willst du sie ändern?«

»Ich möchte, dass unser Deal exklusiv ist. Dass du mit keinem anderen Mann mehr schläfst und ich mit keiner anderen Frau. Wir schlafen ausschließlich miteinander.«

»Wieso?«, hauchte ich und hoffte inständig, dass mir mein heftig schlagendes Herz vor Aufregung nicht aus der Brust hüpfte.

»Weil ich den Gedanken nicht ertrage, dass dich ein anderer Mann anfassen darf.« Sein Blick bohrte sich bei diesen Worten in meine Augen, dunkel und zornig. Es kostete mich nahezu all meine Kraft, ihm standzuhalten.

»Wieso nicht?«

Hunter atmete tief durch. »Nun mach es mir doch nicht so schwer. Ich bin nicht gut in sowas.«

»Nicht gut in was?«

»Du weißt schon ...«

»Nein, weiß ich nicht. Deshalb frage ich dich ja.«

»Ich mag dich Allegra. So sehr, dass ich dich mit niemandem teilen möchte. So sehr, dass ich bereit bin, alle Regeln für dich zu ändern.«

»Du willst die Regeln ändern?«

»Zusammen mit dir, ja. Lass uns gemeinsam neue Regeln aufstellen.«

»Und was, wenn ich keine Regeln will? Wenn ich einfach nur mit dir zusammen sein will? Wenn ich von dir geliebt werden will? Nicht nur körperlich, sondern auch mit dem Herzen.« Ich wusste nicht, wer bei meinem ungeplanten Geständnis geschockter dreinschaute, Hunter oder ich.

Ich, weil ich keine Ahnung hatte, woher ich plötzlich den Mut genommen hatte, ihm meine wahren Gefühle zu gestehen.

Oder er, weil ...

Ich hielt inne. Weil was? Woher rührte Hunters schockierte Miene? War er schockiert, weil er genauso empfand? Oder weil er nicht so empfand?

»Ich glaube nicht, dass ich mich für eine Beziehung eigne, «, durchbrach er die erdrückende Stille, die zwischen uns herrschte.

»Das wissen wir erst, wenn wir es ausprobieren.«

Ich klammerte mich verzweifelt an den winzigen Grashalm der Hoffnung, der mir noch blieb.

Hunter presste die Lippen aufeinander und fixierte einen Punkt an der Tür. »Was, wenn ich darin ebenfalls versage? So wie in meiner Beziehung zu Maddie? Wenn ich es nicht einmal schaffe, eine freundschaftliche Beziehung zu einem Teenager aufzubauen, wie soll ich dich dann glücklich machen?«

Ich schob mich in Hunters Sichtfeld und ließ meine Finger über seine Wange gleiten. »Das machst du doch schon längst. Ich bin glücklich, wenn ich bei dir bin. So unglaublich glücklich.«

Schweigend strich Hunter an meinem Rücken auf und ab. »Du verdienst einen Gentleman, Allegra. Und du weißt, dass ich das Gegenteil davon bin.«

Ich sprang von seinem Schoß und stieß resigniert die Luft aus. Es fühlte sich so an, als würde mit der Luft sämtliche Energie aus meinem Körper entweichen.

Hier war sie also: Die Antwort auf die Frage, die ich mich wochenlang nicht getraut hatte zu stellen. Das, was sie in mir auslöste, war nicht so schlimm, wie ich es mir in meiner dunkelsten Vorstellung immer wieder ausgemalt hatte.

Nein.

Es war schlimmer.

Viel schlimmer.

»Was ich verdiene und was nicht, entscheide ich selbst, Hunter. Aber ich werde mich dir nicht aufzwingen. Offenbar sind meine Gefühle für dich stärker, als das, was du für mich empfindest. Falls du überhaupt etwas für mich empfindest. Das tut weh, doch wenigstens habe ich jetzt Gewissheit.« Ich blickte auf meine Armbanduhr und versuchte die Tränen wegzublinzeln, die sich in meinen Augen sammelten. Versuchte stark zu sein, mir mein letztes Körnchen Ehre zu erhalten. Aber es war so verflixt schwer.

»Ich muss los. Wir sehen uns an der Strecke«, sagte ich bemerkenswert gefasst.

Hunter erwiderte nichts. Kein Wort. Keinen Ton. Kein Widerspruch.

Es war so still im Zimmer, dass ich glaubte, mein Herz brechen zu hören, als ich die Tür öffnete und das Zimmer verließ, in dem ich noch vor einer Stunde im Glück geschwelgt hatte.

So schnell wendete sich also das Blatt im Leben.

»Du bist schweigsam heute.« Dakota stand neben mir in der Hospitality Suite und musterte mich argwöhnisch von der Seite.

»Ich habe schlecht geschlafen.«

»Weil du dich gestern Nacht mit ihm in den Laken gewälzt hast oder weil du dich nicht mit ihm in den Laken gewälzt hast?«

»Wie kommst du darauf, dass er etwas damit zu tun hat?«

Obwohl wir Hunters Namen nicht aussprachen, so wussten wir doch beide, wer mit »er« gemeint war.

Dakota zuckte mit den Schultern. »Vielleicht weil

der melancholische Gesichtsausdruck, den er heute Morgen bei unserem Sponsoren Meeting zur Schau getragen hat, deinem verblüffend ähnlich sieht.«

Ich beobachtete, wie Maddie geschickt ein Tablett mit Champagnerflöten balancierte und das perlende Getränk mit einem strahlenden Lächeln an die Gäste verteilte.

Die Verwandlung, die sie in den letzten achtundvierzig Stunden vollzogen hatte, ließ mich staunen. Maddie war wie ausgewechselt: Bemüht, wissbegierig und hilfsbereit.

Der wütende, trotzige und unglückliche Teenager aus New York hatte sich in eine hübsche, liebenswürdige und humorvolle junge Frau verwandelt.

»Was hältst du von ihr?«, fragte ich Dakota und deutete mit dem Kinn auf Maddie, um das Thema zu beenden, über das ich nicht nachdenken, geschweige denn sprechen wollte.

»Macht sich gut. Gibt sich Mühe. Kommt sympathisch bei den Gästen rüber. Ist sie eine der Sommerpraktikantinnen?«

»Ja, ist sie.«

»Aber sollten die nicht erst ab dem nächsten Rennen dabei sein?«

»Sie ist ein spezieller Fall.«

»Das bedeutet?«

»Sie ist Hunters, also Byrons Nichte.«

»Okay?«

Als ich nicht weiter darauf einging, knuffte mich Dakota in die Seite. »Willst du mich vor Neugier sterben lassen oder verrätst du mir, was es damit auf sich hat, bevor ich tot zu Boden sinke?«

»Ihre Mutter war Hunters Zwillingsschwester. Sie ist vor ein paar Jahren gestorben. Seitdem kümmert sich Hunter um Maddie. Sie besucht ein Internat, aber dort gab es einen Wasserschaden und da Hunter nicht wusste, wohin mit ihr, habe ich sie als Praktikantin auf Probe eingestellt.«

»Okay?«

»Du wiederholst dich, Dakota.«

»Wiederhole ich mich ebenfalls, wenn ich euch sage, dass ich dem Mistkerl am liebsten die Kehle durchschneiden würde? Schön langsam und blutig?« Riley war unbemerkt zu uns gestoßen und tippte energisch auf ihrem Telefon. Dante trieb sie regelmäßig zur Weißglut. So anscheinend auch heute.

»Hast du vergessen, dass du kein Blut sehen kannst, Riley?«, grinste Dakota.

»Dantes Blut schon, glaub mir«, gab diese genervt zurück.

»Was ist denn jetzt schon wieder vorgefallen?«, wollte Dakota wissen und konnte die Belustigung in ihrer Stimme nicht verbergen, was ihr einen warnenden Blick von Riley einbrachte.

»Nichts.«

»Du regst dich also über *nichts* auf?«, hakte Dakota nach und sog die Lippen ein, damit sie nicht in lautes Gelächter ausbrach.

»Nein. Nicht *nichts*. Ich rege mich über Dante auf. Ist seine bloße Existenz denn nicht Grund genug, sich aufzuregen? Ich finde schon. Der Kerl kam eindeutig auf die Welt, um die Sterberate der Menschheit in die Höhe zu treiben«, fauchte sie genervt.

»Inwiefern?«, klinkte ich mich in das Gespräch ein und bemühte mich dabei um einen solidarischen Gesichtsausdruck, auch wenn es mir extrem schwerfiel.

»Na, weil er die Leute mit seinem blöden Grinsen, seinen dummen Sprüchen und seinen noch dümmeren Aktionen dermaßen aufregt, dass sie wegen ihm einen Herzinfarkt erleiden und dabei draufgehen. Ist das nicht offensichtlich? Warum fällt das keinem außer mir auf? Habt ihr alle Tomaten auf den Augen? Das ist doch nicht zu fassen.«

Dakota reichte Riley ein Glas Wasser, das einer der Kellner auf einem Tablett an uns vorbei balancierte. Sie nahm es dankend an und leerte es in einem Zug.

»Besser?«, wollte Dakota in einem versöhnlichen Ton wissen.

»Nicht wirklich. Ich dachte, das ist Wodka. Bezahlen die Leute hier ernsthaft fünftausend Dollar für ein Ticket, damit man ihnen beschissenes Wasser serviert? Was seid ihr denn bitte für ein Abzocke Laden?«

»Riley, Schatz, wollen wir mal gemeinsam tief ein- und ausatmen, ja? Nicht, dass du sonst am Ende noch zu den Menschen gehörst, die wegen Dante einen Herzinfarkt erleiden und dabei draufgehen, hm?«, bot ich ihr an und nahm ihr behutsam das Glas aus der Hand.

So wie in den letzten Wochen, seitdem Dante Di Santo Teil von *Titan Racing* geworden war, hatte ich

Riley wirklich noch nie erlebt. Dabei kannte ich sie seit Jahren und wusste auch, dass es unter den Journalisten und Fotografen ein paar richtig miese und arrogante Arschlöcher gab, die ihr gerne mal das Leben schwer machten. Doch keiner dieser Angriffe hatte sie so sehr in Rage gebracht, wie es Dante tagtäglich zu tun vermochte.

Vielleicht sollte ich den Kerl mal genauer unter die Lupe nehmen. Jetzt, wo Hunter und ich getrennte Wege gingen, hatte ich ja genügend Zeit, mich nach Feierabend an Dantes Fersen zu heften und eine detaillierte Analyse über ihn zu erstellen. Womöglich würde mich das sogar von meinem Liebeskummer ablenken und meinen Fokus wieder mehr auf meine Freunde lenken, die ich seit dem Erscheinen von Hunter vernachlässigt hatte.

Andererseits ... würde ich Riley damit wirklich einen Gefallen tun? Immerhin war Dante jetzt Stammfahrer bei *Titan Racing* und egal, was für ein Idiot er auch sein mochte, solange er nichts Illegales tat - und so schätzte ich ihn nicht ein - mussten wir uns damit abfinden, dass er zum Team gehörte und ihn als Teil der *Titan Racing* Familie akzeptieren.

»Hey ... ähm ...«, wagte ich einen weiteren Vorstoß. »Was wäre denn, wenn Dante und du euch aussprechen und nochmal ganz von vorn beginnen würdet. Manchmal erwischt man einfach keinen guten Start und dann ist es das Beste, den Reset Knopf zu drücken und nochmal bei null anzufangen.«

Riley musterte mich, als hätte ich nicht mehr alle Tassen im Schrank. Und auch ohne, dass sie etwas dazu sagte, wusste ich, dass sie keinerlei Gefallen an meinem Vorschlag fand.

Tja, wenn das so war, fiel mir auf Anhieb kein weiterer Lösungsansatz ein. Und Dakota offenbar auch nicht. Denn sie schürzte die Lippen und warf mir einen ratlosen Blick zu.

Es folgten ein paar Sekunden des einvernehmlichen Schweigens, in denen jeder seinen Gedanken nachhing, bis sich Riley schließlich räusperte und uns versöhnlich den Arm um die Schultern legte.

»Ach Kinder. Es tut mir leid, dass ich meinen Frust an euch auslasse. Ich weiß ja, dass ihr mir nur helfen wollt. Aber mit dem Mistkerl muss ich allein fertigwerden. Entweder *er* bringt *mich* um, oder *ich ihn*. Die Frage ist nur, wer von uns beiden schneller ist. Und jetzt will ich über diesen Idioten kein weiteres Wort mehr verlieren. Er verdient es nämlich nicht, dass ich meine Gedanken an ihn verschwende. Erzählt mir also lieber den neuesten Klatsch, den ich wissen muss.«

»Maddie, unsere Praktikantin auf Probe, ist Byrons Nichte. Sie ist die Tochter seiner verstorbenen Schwester«, plapperte Dakota drauflos.

»Nein«, staunte diese.

»Doch. Er ist ihr Vormund.«

»Wow! Dieses süße, unschuldige Geschöpf lebt mit *The King* zusammen?«

»Sie besucht ein Internat«, informierte Dakota sie.

Riley verzog angewidert das Gesicht. »Warum wundert mich das nicht? Kinder abzuschieben ist einfacher, als sich mit ihnen zu beschäftigen.«

Dakota und ich entgegneten nichts auf ihre spitze

Bemerkung. Denn ähnlich wie Maddie, hatte Riley ihre Kindheit und Jugend im Internat verbracht. Eine Zeit, über die sie nur ungern sprach. Rileys Eltern waren zu sehr mit ihren Karrieren in der Politik beschäftigt gewesen, um ihrer Tochter die Liebe zu schenken, die sie damals so dringend verdient und gebraucht hätte. Bis heute verfolgte sie dieser Schmerz.

»Um ehrlich zu sein, wirkte sie weder süß noch unschuldig, als ich sie in New York kennengelernt habe. Wütend, trotzig und aggressiv trifft es eher. Ich verstehe nicht, wieso sie sich auf einmal so ins Zeug legt. Ich hätte vielmehr erwartet, dass sie Probleme macht.«

»Ich übergehe ausnahmsweise die Frage, warum du Maddie in New York getroffen und vor allem, wo du sie in New York getroffen hast, da ich die Antwort darauf sowieso schon kenne. Denn Tante Riley sieht alles. Selbst das Unsichtbare, wie du weißt. Das heißt jedoch nicht, dass das Thema vom Tisch ist, verstanden?« Sie warf mir ihren berüchtigten *Wir-Sprechen-Uns-Noch* Blick zu, der selbst gewiefte Journalisten zum Zittern brachte.

»Verstanden«, piepste ich ertappt.

»Wütend, trotzig und aggressiv, sagst du?«

»Ja, fast schien es mir, als würde sie Byron hassen, so wie sie in New York gegen ihn angekämpft hat. Und jetzt schau sie dir an: Sie legt sich dermaßen ins Zeug, als ginge es hier um ihr Leben, und nicht um ein Probearbeiten. Das ist doch völlig unlogisch.«

Riley schüttelte den Kopf. »Das ist nicht unlogisch. Kein bisschen.«

Dakota und ich zogen verwundert die Augenbrauen zusammen und beäugten Riley interessiert.

»Ist es nicht?«

»Nein, ist es nicht. Sie hasst ihn nicht, Allegra. Was sie hasst ist, dass er ihr nicht die Aufmerksamkeit schenkt, die sie sich wünscht. Und sie kämpft auch nicht gegen ihn. Sie kämpft um ihn. Sie kämpft um seine Liebe, genauer gesagt um seine Zuneigung. Deshalb gibt sie sich mit der Probearbeit so viel Mühe. Sie will den Job behalten. Denn er ist ihre einzige Chance, Byron nahe zu sein und sich seine Zuneigung zu sichern.«

Fassungslos starrte ich meine Freundin an.

»Nun schaut nicht so überrascht. Ich weiß was in Maddie vorgeht, weil ich es selbst durchlebt habe.«

Bevor ich weiter nachbohren konnte, tippte mir ein Gast auf die Schulter und bat mich darum, mich zu der wissbegierigen Gruppe an den Tisch zu setzen, um mit ihnen über die Resultate des zweiten Trainingslaufs zu fachsimpeln, der vor zehn Minuten geendet hatte.

Aus den Augenwinkeln sah ich, wie Riley einen Anruf entgegennahm und verschwand. Das Gespräch mit ihr würde also warten müssen.

36
HUNTER

»Setz dich doch, Riley.« Ich deutete auf den Stuhl mir gegenüber und wartete, bis Riley sich darauf niedergelassen hatte, bevor ich fortfuhr.

»Wie geht es dir?«

»Du fragst mich nie, wie es mir geht. Was ist los?« Argwöhnisch kniff sie die Augen zusammen.

»Ich darf mich also nicht nach deinem Wohlbefinden erkundigen, ohne dabei Hintergedanken zu hegen?« Obwohl ich mich bemühte, unbeeindruckt zu klingen, konnte ich mir ein amüsiertes Grinsen nicht verkneifen. Riley war zu scharfsinnig für diese Welt.

»Dürfen schon. Tust du aber nicht. Dafür bist du ein viel zu beschäftigter Mann. Also, was ist los?«

»Wie geht es den anderen Mädels?«, erwiderte ich ausweichend, da ich die Bombe nicht platzen lassen wollte, bevor sich Toni zu uns gesellt hatte.

»Mit *den anderen Mädels* meinst du Allegra? Oder Maddie? Oder beide?«, flötete sie unschuldig.

»Gibt es einen bestimmten Grund, aus dem du von allen Mädels ausgerechnet die beiden erwähnst, Riley?«

»Sollte es denn einen bestimmten Grund geben?«

»Sag du es mir.«

»Wenn du wissen willst, wie es Maddie geht, solltest du zu ihr gehen und sie genau das fragen, Byron. Dasselbe gilt für Allegra. Du hast als Teammanager alle Hände voll zu tun, schon klar. Aber man muss im Leben Prioritäten setzen. Du allein entscheidest, wer oder was sich als Priorität qualifiziert.«

Ich musterte sie schweigend und dachte einen Moment über ihre Worte nach. Sie war klüger als es gut für sie war. Und für mich. Denn das Pokerface, das ich mühsam zu wahren versuchte, drohte unter ihrer Inquisition zu bröckeln. Dabei durfte und *sollte* niemand wissen, wie beschissen es mir seit dem Streit mit Allegra ging.

»Nanu? Wieso ist Riley so friedlich?« Toni zwinkerte mir zu und setzte sich zu uns.

Ich war dankbar für die willkommene Unterbrechung, auch wenn das, was jetzt folgte, nicht viel angenehmer sein würde, als Rileys Standpauke gerade eben.

»Wieso sollte ich nicht friedlich sein? Ich bin die Friedlichkeit in Person«, konterte Riley und neigte den Kopf zur Seite.

»Natürlich«, spottete Toni. »Du hast es ihr also noch nicht gebeichtet, Byron?«

»Mir was gebeichtet?« Riley sprang wie von der Tarantel gestochen von ihrem Stuhl auf und ballte die Hände angespannt zu Fäusten.

»Ich dachte, die Show wolltest du dir auf keinen Fall entgehen lassen«, verkündete ich und konnte den ironischen Unterton in meiner Stimme nicht verbergen.

»Wie nett von dir«, gluckste Toni. »Ich glaube ja eher, du hast Angst, dass Riley dir den Hals umdreht und wolltest deshalb vorsichtshalber auf Verstärkung warten.«

»Wenn das der Fall wäre, hätte ich alle Mechaniker zusammentrommeln müssen, denn du allein wirst sie wohl kaum von mir losreißen können, wenn ich ihr die Neuigkeiten verkünde«, witzelte ich.

»Okay, das reicht jetzt. Ich will auf der Stelle wissen, was hier vor sich geht.«

»Juan hat uns gesagt, dass er seine Karriere beendet. Nicht zum Ende der Saison, sondern mit sofortiger Wirkung. Ihm ist während des Unfalls in Montreal bewusst geworden, dass es in seinem Leben nicht mehr länger nur um ihn selbst geht. Stirbt er, hinterlässt er eine kleine Tochter, die ihren Vater nie kennenlernen durfte. Sie würde nie erfahren, wie sehr ihr Vater sie liebt und wie stolz sie ihn macht. Mit dieser lähmenden Angst fühlt er sich nicht mehr in der Lage ins Cockpit zu steigen und sein Leben für den Sieg zu riskieren«, fasste Toni das fast zwei Stunden lange Telefongespräch mit Juan in knappen Sätzen zusammen.

»Aber ...«, Riley brach ab und schluckte. »Aber wenn Juan aufhört, dann bedeutet das ...«

»...dass Dante zum Stammfahrer vorrückt«, beendete Toni den Satz für sie.

»Oh mein Gott.« Riley sank kraftlos auf den Stuhl. »Ihr wollt mich bloß veralbern. Das ist ein makabrer Scherz, oder? Toni, kneif mich mal bitte. Ich muss schnellstmöglich aus diesem fürchterlichen Albtraum erwachen.«

»Kein Witz und kein Albtraum«, versicherte ich ihr.

»Das ist zu viel für meine Nerven. Ich brauche frische Luft«, krächzte Riley und verschwand ohne ein weiteres Wort aus meinem Büro.

»Lief besser, als erwartet. Sie hat keinen von uns beiden tätlich angegriffen«, schmunzelte Toni.

»Wer sagt dir, dass sie sich nicht in diesem Moment eine Kalaschnikow besorgt und uns alle abknallt?«

Toni lachte schallend und verließ kopfschüttelnd mein Büro.

Ich blieb allein zurück und gestattete mir endlich, das Pokerface abzulegen, das ich seit dem Telefonat mit Juan aufgesetzt hatte, um niemandem zu zeigen, wie sehr mich diese Situation in Wahrheit beschäftigte. Damit meinte ich nicht die Konsequenzen, die Juans sofortiges Karriereende für das Team haben würden, sondern Juans Äußerungen über den Tod, über verpasste Chancen und über verlorene Zeit.

Ich wusste genau, wie er sich fühlte und mit welchen Dämonen er kämpfte.

Meine Schwester und ich waren anfangs in einem heruntergekommenen Heim und danach bei lieblosen Pflegefamilien in North Carolina aufgewachsen. Unsere leiblichen Eltern lernten wir nie kennen. Wir hatten nichts, außer einander. Mit achtzehn Jahren schaffte ich, dank eines Stipendiums für begabte Waisenkinder, den Sprung aus dem Drecksloch, in dem wir lebten, nach New York City, um dort zu studieren. Sechs Monate nach meinem Umzug ließ Hazel sich auf ihrer verzweifelten Suche nach Liebe und einem heimeligen Nest von einem verheirateten Mann schwängern, der ihr immer wieder versprach, seine Frau zu verlassen, nur um Hazel dann eiskalt sitzen zu lassen, als er von ihrer Schwangerschaft erfuhr. Mich plagte ein furchtbar schlechtes Gewissen, weil ich Hazel allein gelassen und somit gewissermaßen für ihre Situation mitverantwortlich war. Doch Hazel wollte davon nichts wissen. Sie bestand darauf, dass ich weiter studierte und meinen Weg ging. Noch vor meinem Abschluss gründete ich mit zwei Studienfreunden und der Investition von Matteo Leones Familie mein erstes Unternehmen. Ich verdiente recht schnell gutes Geld und wollte meine Schwester überreden, zu mir zu ziehen. Aber Hazel weigerte sich. Sie blieb in North Carolina und schlug sich mit ihrem Job als Kassiererin im Supermarkt durch. Mein Geld und meine Unterstützung wollte sie nicht. Hazel war zu stolz, um sich helfen zu lassen und zu verbittert, um über ihren Schatten zu springen. Mit den Jahren nahm unser Kontakt ab und wir drifteten immer weiter auseinander. Dennoch hatte ich stets ein wachsames Auge auf sie und ihre Tochter Madison. Das dachte ich jedenfalls. Ich unterstützte sie finanziell, ohne, dass sie etwas davon mitbekamen und sorgte so dafür, dass sie ein halbwegs sicheres und geborgenes Leben führen konnten. Bis zu dem Tag, an dem ich erfuhr, dass Hazel gestorben war, weil sie nicht genug auf ihre Gesundheit geachtet hatte. Weil ich nicht genug auf sie geachtet hatte.

Die Polizei aus *Ashertown* rief mich an einem verschneiten Januarabend als einzigen lebenden Verwandten an, um mich davon in Kenntnis zu setzen, dass meine Schwester während der Arbeit verstorben sei. Wie sich später herausstellte, hatte eine übergangene Erkältung ihr Herz geschädigt und zu einem plötzlichen Herzinfarkt geführt.

Wie betäubt, unfähig irgendetwas zu fühlen, hatte ich mich in den Jet nach North Carolina gesetzt, die Habseligkeiten meiner Schwester aus dem Krankenhaus abgeholt, die Beerdigung organisiert und das Haus aufgelöst. Und dann war da dieses verängstigte Mädchen, das zu alt war, um noch ein Kind zu sein und zu jung, um als erwachsen bezeichnet zu werden. Es hatte mich aus großen Augen angestarrt und verstand die grausame Welt nicht mehr, in der es lebte. Die Dame vom Jugendamt war zu uns gekommen und hatte mich gefragt, ob ich Maddie in ein Heim geben oder bei mir aufnehmen wolle. Ohne zu zögern hatte ich die Vormundschaft beantragt und Maddie mit nach New York genommen, nur um festzustellen, dass ich mit alledem restlos überfordert war und keine Ahnung hatte, wie ich dieses Mädchen trösten sollte, wenn ich selbst mit meiner eigenen Trauer und mit meinen Schuldgefühlen nicht klarkam. Ich hatte mir eingeredet, dass ein erstklassiges Internat ihr die Betreuung bieten konnte, die sie brauchte. Dass sie zwischen gleichaltrigen Mädchen, einer beeindruckend großen Auswahl an Sport- und Freizeitaktivitäten und in einer sicheren, beständigen Umgebung im ländlichen *Hudson Valley*, über ihre Trauer hinwegkommen würde. Dass ich ihr eine glänzende Zukunft voller Perspektiven verschaffen konnte, in der sie ihr Leben so gestalten konnte, wie es ihr gefiel. Dass ich sie so davor bewahren würde, sich tot zu schuften, wie ihre Mutter es getan hatte. Ich war davon überzeugt, dass ich Maddie alles gegeben hatte, was sie brauchte, um ein gutes Leben zu führen. Aber nach Juans Anruf fragte ich mich, ob das tatsächlich genug gewesen war.

37

ALLEGRA

Hallo Allegra.«

»

Als Hunters Stimme hinter mir ertönte, schloss ich für einen kleinen Moment die Augen, um den überschwappenden Emotionen Einhalt zu gebieten, die er in mir weckte.

So gelassen wie möglich, drehte ich mich zu ihm um. »Was führt dich zu uns?«

Hunter kam für gewöhnlich nie in die Hospitality Suite. Er hielt sich fast ausschließlich im Paddock, im Motorhome, in der Box oder an der Pitwall auf. Dementsprechend überrascht war ich von seinem Besuch.

Seit ich am Freitagmorgen überstürzt sein Zimmer verlassen hatte, war ich ihm aus dem Weg gegangen und da der Grand Prix in Austin uns alle auf Trab hielt, gestaltete sich das leichter als zunächst angenommen. Zudem hatte mich Hunter bereits vor ein paar Wochen darüber in Kenntnis gesetzt, dass bis zum Ende der nächsten Saison alle Mitarbeiter an der Strecke ihre Posten behalten würden. Ein weiterer Grund, mich nicht mehr länger an seine Fersen zu heften. Ich hatte bekommen, was ich wollte. Zumindest in diesem einen Punkt.

Ich versuchte mein Herz zu ignorieren, das sich nach Hunter sehnte und verbot meinem lüsternen Körper, sich nach ihm zu verzehren. Ohne Erfolg.

»Ich wollte nach Maddie sehen, bevor die Hektik vor dem Rennstart beginnt. Wie macht sie sich?«

Heute war Maddies vierter und bisher stressigster Tag an der Strecke. An einem Rennsonntag gab es jedes Mal alle Hände voll zu tun.

»Sieh selbst.« Mit einem Kopfnicken zeigte ich auf Maddie, die zusammen mit meiner Rezeptionistin die Gäste willkommen hieß und den Eindruck vermittelte, sie würde schon jahrelang in der Gästebetreuung arbeiten.

»Vielleicht willst du zu ihr herübergehen und mit ihr sprechen?«, wagte ich einen Vorstoß. »Sie würde sich bestimmt freuen.«

»Ich möchte sie nicht bei ihrer Arbeit stören«, beeilte sich Hunter zu sagen.

»Du störst sie nicht. Die Gäste kommen auch eine Minute ohne sie aus.«

»Was weiß Riley eigentlich?«

Mit verwirrter Miene sah ich zu Hunter. »Wie meinst du das?«

»Weiß sie, dass wir miteinander schlafen? Und weiß sie, wer Maddie ist?«

»Ja«, antwortete ich knapp.

»Mir wäre es lieber gewesen, niemand hätte um Maddies wahre Identität gewusst.«

»Weil du dich für sie schämst?«

»Nein. Weil ich sie schützen will. Ich möchte nicht, dass man über sie lästert oder ihr vorwirft, sie würde bevorteilt, bloß weil sie meine Nichte ist.«

»Darum brauchst du dir keine Sorgen zu machen. Maddie strengt sich nach Kräften an, die Beste zu sein. Niemand stellt ihren Fleiß und ihren Willen, sich zu beweisen, in Frage. Sie tut alles, um dich in einem guten Licht dastehen zu lassen. Um deine Erwartungen zu erfüllen.«

»Ich habe doch überhaupt keine Erwartungen an sie«, erklärte Hunter nachdrücklich.

»Weil du zu sehr damit beschäftigt bist, dir Gedanken darüber zu machen, wann sie das nächste Mal Mist baut?«

»Ist das so abwegig?«

»Nein, ist es nicht. Aber womöglich wärst du überrascht, wenn du ihr eine Chance gäbst, dir zu beweisen, dass sie auch anders kann, wenn sie will.«

»*Wenn sie will.* Genau das ist der Punkt. Ich habe keine Ahnung, was sie will und warum sie auf einmal so engagiert ist.«

»Weißt du, Hunter, vielleicht ist sie einfach nur ein Mädchen, das von dir geliebt werden will, weil es sonst niemanden mehr auf dieser Welt gibt, der sie liebhat. Schon mal darüber nachgedacht?«

Hunters Gesichtszüge entglitten, als hätte ich ihm soeben offenbart, dass *John F. Kennedy* noch lebte und heute zusammen mit *Elvis Presley* in unserer Suite zu Gast war.

Er schloss die Augen und als er sie wieder öffnete, hatte er seine Fassung wiedererlangt. »Bist du zufrieden mit Maddies Leistung?«,

»Ja, sehr sogar. Ich möchte, dass sie die nächsten Rennen ebenfalls für uns arbeitet.«

»Wenn du dir damit sicher bist, dann stimme ich dem zu.«

Ich nickte und wandte mich zum Gehen, doch Hunter hielt mich fest. »Was ist mit uns?« Seine Stimme war kaum mehr als ein leises Flüstern.

»Was soll mit uns sein, Hunter?«

»Wann sehen wir uns wieder? Ich muss nach dem Rennen zurück nach New York, aber wie sieht es bei dir kommende Woche in Mexiko aus?«

»Wenn du willst, lass Maddie bei den Mädels und mir. Sie kann am Dienstag mit uns nach Mexiko fliegen. Wir können bei den Vorbereitungen für den Mexiko City Grand Prix jede helfende Hand gebrauchen.«

»Du hast meine Frage nicht beantwortet, Allegra.«

Ich presste die Lippen aufeinander und blinzelte die verräterischen Tränen weg. »Du weißt, dass ich Gefühle für dich hege, Hunter. Mir reicht der Sex mit dir nicht mehr. Ich will dich ganz oder gar nicht, verstehst du? Ich will alles von dir. Ich will mit dir einschlafen, mit dir aufwachen, mit dir über meinen Tag reden, mit dir lachen, mit dir weinen. Ich kann nicht mehr länger so tun, als wolle ich nur mit dir schlafen. Das macht mich kaputt.«

»Allegra, ich ...« Hunter sprach nicht weiter.

»Ich weiß, dass meine Gefühle einseitig sind und ich mache dir keinen Vorwurf. Du hast mir nie falsche Hoffnungen gemacht, Hunter. Im Gegenteil. Deine Spielregeln waren klar und deutlich und ich habe mich darauf eingelassen. Aber die grundlegende Regel des Spiels besagt: *Keine Gefühle*. Wie soll ich dein Spiel weiterspielen, wenn ich ausgerechnet die Regel gebrochen habe, auf der das Ganze aufbaut?«

»Du möchtest es beenden?«

»Habe ich denn eine Wahl?«

Das Klingeln von Hunters Telefon durchzuckte die Stille und so blieb er mir die Antwort auf meine Frage schuldig.

38
HUNTER

D er Juli war an mir vorbeigezogen, ohne einen Funken Sommerlaune zu hinterlassen. Seit Allegra mir vor vier Wochen in Austin das Ende unserer Affäre verkündet hatte, beschränkte sich unser Kontakt nur noch auf das Geschäftliche. Und auf Maddie.

Maddie war im vergangenen Monat nicht ein einziges Mal negativ aufgefallen. Im Gegenteil, selbst Toni hatte sie für ihren Eifer gelobt.

Das hatte ich vor allem Allegra und ihren Freundinnen zu verdanken. Denn sie nahmen sich viel Zeit für Maddie und behandelten sie nicht wie einen pubertierenden Teenager, sondern wie eine von ihnen. Obwohl Allegra stets beteuerte, sie täten das einzig und allein, weil Maddie eine talentierte Mitarbeiterin war, die man fördern musste, wusste ich, dass sie das taffe Mädchen mit der harten Schale und dem weichen Kern insgeheim ins Herz geschlossen hatten.

Ihre Bemerkung, dass Maddie vielleicht einfach nur von mir geliebt werden wollte, weil es sonst niemand auf der Welt tat, hatte mich wachgerüttelt. Maddie erging es so, wie Hazel und mir zu Kinderzeiten. Mit dem Unterschied, dass Hazel und ich einander gehabt und uns deshalb nicht gänzlich allein gefühlt hatten. Maddie hingegen musste seit dem Tod von Hazel glauben, dass sie vollkommen allein auf dieser Welt war. Ohne, dass sie jemand liebte. Ohne, dass sich jemand um sie sorgte. Ohne, dass sie jemandem wichtig war. Natürlich stimmte das nicht. Denn Maddie war mein Augapfel. Aber ich konnte ihr beim besten Willen nicht verübeln, dass sie so dachte. Denn ich hatte ihr nie gesagt, dass ich sie liebte. Ich hatte es ihr nie gezeigt.

Warum? Weil ich nicht wusste, wie.

Wie sollte man wissen, wie Liebe funktioniert, wenn man selbst nie geliebt wurde? Hazel und ich hatten einander geliebt, ohne zu wissen, was Liebe eigentlich war. Wir hatten aufeinander aufgepasst und uns gegenseitig getröstet. Als Zwillingsgeschwister wussten wir durch unsere innere Verbundenheit, was wir einander bedeuteten. Es war nie notwendig gewesen, es laut auszusprechen. Doch im Gegensatz zu Hazel konnte Maddie nicht wissen, dass ich sie liebte.

Ich hätte es ihr sagen müssen, als sie so dringend jemanden gebraucht hatte, der sie liebte. Der sie tröstete. Der ihr Mut zusprach. Immer und immer wieder.

Seitdem Allegra mir diesbezüglich die Augen

geöffnet hatte, versuchte ich dieses fatale Versäumnis
bei Maddie wieder gut zu machen.

Nach dem heutigen Grand Prix im brasilianischen Sao
Paulo brach die Sommerpause an. Der nächste Grand
Prix würde erst in drei Wochen stattfinden, was es den
Mitarbeitern und Mitarbeiterinnen sämtlicher Teams
der *Serie del Rey* ermöglichte, zwei Wochen Urlaub zu
nehmen. Allegra würde noch heute nach Capri aufbre-
chen. Das hatte ich über Kenzie herausgefunden. Da
Titan Racing mit Tom und Dante in den vorangegangenen Rennen solide Resultate erzielen konnte,
befanden wir uns zusammen mit *Racing Rosso* mitten
im Kampf um den Weltmeisterschaftstitel. Die *Roaring
Bulls* waren aufgrund eines Unfalls und eines Motor-
schadens in der Konstrukteurswertung zurückgefallen
und stellten zumindest für den Moment keine unmit-
telbare Konkurrenz mehr dar.

Gestern Abend hatten Maddie und ich zusammen
zu Abend gegessen. Wir verbrachten mittlerweile
regelmäßig Zeit miteinander und zu meiner Freude
gelang es uns mit jedem Mal besser, eine normale,
ungezwungene Unterhaltung zu führen.

Maddie hatte den Wunsch geäußert, während der
Sommerpause ein paar Tage ans Meer zu fahren, da sie
in den achtzehn Jahren ihres Lebens noch kein einziges
Mal an einem Strand gelegen und sich die Sonne auf

den Bauch hatte scheinen lassen. Diese Erkenntnis schockierte mich und erinnerte mich schmerzlich an meine eigene Kindheit.

Was für die meisten Kinder normal gewesen war, blieb meiner Schwester und mir verwehrt: Neue Kleidung, wenn wir aus der alten herausgewachsen waren, Geschenke zu unseren Geburtstagen oder zu Weihnachten, ein Schulbrot mit Nutella oder eben ein Ausflug ans Meer. Maddie sollte es an nichts fehlen. Das hatte ich mir geschworen, als ich von Hazels Schwangerschaft erfahren hatte. Und daran hatte sich in all den Jahren nichts geändert. Ich würde ihr also diesen Wunsch erfüllen und mit ihr ein verlängertes Wochenende zu dem von Manhattan 250 Meilen entfernten *Cape Cod* fahren.

Doch zunächst mussten wir heute das letzte Rennen vor der Sommerpause erfolgreich hinter uns bringen.

Dante startete von Position zwei in das Rennen, unmittelbar vor Tom, der sich den dritten Startplatz gesichert hatte. Es lag also durchaus im Rahmen der Möglichkeiten um den Sieg zu fahren, wenn unsere Strategie aufging.

Da es in den Jahren zuvor auf dem Weg von den Teamhotels zu der Rennstrecke in Sao Paulo immer wieder zu bewaffneten Überfällen und Zwischenfällen gekommen war, hatte das Team gepanzerte Limousinen mit getönten Scheiben angemietet, die von ausgebildeten Sicherheitskräften gefahren wurden. In jeder Limousine fanden zehn Personen Platz. Der geschulte Fahrer, ein zusätzlicher Bodyguard auf dem Beifahrersitz und acht Teammitglieder. Die Limousinen fuhren für gewöhnlich in einer Kolonne, dicht und unmittelbar hintereinander, sowie mit Polizeieskorte, sodass es einen Überfall erschwerte.

Am heutigen Sonntag brach ich mit Maddie und den Freundinnen um Allegra zur Rennstrecke auf. Kenzie und Riley saßen in der Reihe vor uns. Allegra saß mit Maddie und mir in einer Reihe. Hinter uns befanden sich Skye, Dakota und eine weitere Praktikantin.

Allegra und ich hatten Maddie in unsere Mitte genommen. Nicht, weil wir sie als Puffer benutzten, um uns nicht zu nahe zu kommen, sondern vielmehr, um sie im Falle eines Zwischenfalls besser schützen zu können.

Ein Zwischenfall, von dem ich hoffte, dass er niemals eintrat.

Entgegen aller Hoffnung passierte jedoch an jenem Sonntagmorgen, wenige Minuten nachdem wir das Teamhotel verlassen hatte, genau das.

Unsere Limousine fuhr als Schlusslicht der Wagenkolonne. Eine unauffällige Polizeieskorte in Form von zwei Motorrädern folgte uns.

Dann ging alles ganz schnell.

Ich vernahm das hämmernde Geräusch von Maschinengewehren, und als ich über meine Schulter sah, erkannte ich, dass vier vermummte, komplett in Schwarz gekleidete Männer auf Motorrädern die Polizisten niedergeschossen hatten. Mit einer Hand lenkten sie ihre Bikes in Richtung unseres Wagens. In der anderen Hand hielten sie eine *AK-47*, die sie auf den Wagen richteten.

»Wir werden überfallen«, rief ich alarmiert. »Vier Männer auf Motorrädern. Hinter uns. Alle sofort runter.«

Erschrockene Schreie mischten sich mit ängstlichem Wimmern. Ich warf mich über Maddie und griff reflexartig nach Allegras Hand. »Keine Angst. Uns wird nichts geschehen«, flüsterte ich den beiden Frauen zu, die ich in diesem Moment um jeden Preis beschützen wollte.

»Ich will nicht sterben«, weinte Maddie. »Wir wollten doch zusammen das Meer sehen. Ich kann nicht sterben, ohne jemals am Meer gewesen zu sein.«

Allegra griff mit ihrer freien Hand nach Maddie und drückte beruhigend ihren Arm. »Du wirst nicht sterben, versprochen. Dein Onkel hat recht: Uns wird nichts passieren. Kein Maschinengewehr der Welt kann dieses Auto durchbrechen. Du wirst sehen, wir hängen sie ab und dann ist es im Nu vorbei.«

Maddie begann hektisch zu atmen und ich realisierte, dass sie kurz vor einer Panikattacke stand.

»He Maddie, habe ich mich da eben verhört, oder warst du tatsächlich noch nie am Meer?« Allegras Stimme klang ruhig und vertrauensvoll, so als ob sie gerade gemütlich einen Kaffee trank und dabei plauschte, anstatt von vier Typen auf dem Motorrad mit Maschinengewehren durch Sao Paulo gejagt zu werden. Dass sie Angst hatte, erkannte man nur an ihrer zitternden Hand, die fest die meine umklammerte.

»Ich war noch nie am Meer«, schniefte Maddie. »Aber ich würde es so gerne mal sehen und darin schwimmen. New York und der *Hudson River* zählen nicht.«

»Ich fliege heute Abend nach Capri zu meiner Familie. Das ist eine Insel in Süditalien. Dein Onkel war ebenfalls schon auf Capri. Letztes Jahr. Es ist total schön dort. Azurblauer Himmel, türkisfarbenes Wasser, duftende Zitronen und Orangen, fantastisches Essen und jeden Tag über dreißig Grad mit zwölf Stunden Sonnenschein.«

»Das klingt wie das Paradies.«

Allegra lachte. Sie lachte allen Ernstes!

Meine Bewunderung für diese Frau stieg auf ein absolutes Rekordniveau.

»Es ist das Paradies auf Erden.«

»Das würde ich mir gerne mal ansehen.«

»Nichts leichter als das. Du hast genauso zwei Wochen Urlaub, wie ich auch. Wieso besuchst du mich nicht auf Capri? Ich übernachte bei meiner Schwester. Ihre Villa besitzt mehr Zimmer als unser Teamhotel. Du könntest also problemlos bei uns wohnen.«

»Wirklich?« Maddies zitternde Stimme samt Schnappatmung war einem euphorischen Flüstern gewichen.

»Wirklich!«

»Byron, darf ich zu Allegra nach Capri fliegen?«

Ihre Todesangst schien in diesem winzigen Moment der Begeisterung wie weggeblasen.

»Natürlich darfst du«, versprach ich Maddie und drückte Allegras Hand noch ein wenig fester.

Ich hätte Maddie in diesem Moment auch erlaubt, sich jeden Zentimeter ihres Körpers bunt tätowieren zu lassen, wenn das dazu beigetragen hätte, dass sie diesen Überfall körperlich und seelisch unbeschadet überstand.

Noch nie war mir die Angst, einen geliebten Menschen zu verlieren, so vor Augen geführt worden, wie in diesen Minuten, in denen der Wagen mit Höchstgeschwindigkeit durch die Stadt raste und die Sicherheitskräfte angespannt mit der Verstärkung und der Polizei funkten. Diese Angst, multipliziert mal zwei, war schier unerträglich. Denn neben mir saßen zwei Menschen, die ich unter keinen Umständen verlieren wollte. Zwei Menschen, die ich über alles liebte.

»Die Polizei hat sie umzingelt! Wir sind sie los. Da vorne ist das Streckentor«, verkündete in diesem Moment der Bodyguard vom Beifahrersitz.

Der Wagen passierte das gesicherte Tor und alle Insassen atmeten hörbar auf.

Die Gefahr war gebannt.

Die Menschen, die ich so sehr liebte, waren in Sicherheit.

39
ALLEGRA

Drei Tage waren seit dem Zwischenfall in Brasilien vergangen, bei dem wir alle mit einem gehörigen Schrecken davongekommen waren. Der Tag, so furchtbar er angefangen hatte, nahm binnen Stunden eine erfreuliche Wendung. Denn Dante und Tom hatten einen Doppelsieg einfahren können, was es *Titan Racing* ermöglichte, mit einem bequemen Vorsprung in der Weltmeister-schaft in die Sommerpause zu gehen.

Folglich rückte der schreckliche Vorfall in den Hintergrund und glich am Ende des Tages mehr einem schlechten Traum, als einem realen Ereignis. Die Teammitglieder verabschiedeten sich in Feierlaune in die Ferien und auch ich konzentrierte mich auf die entspannten zwei Wochen, die vor mir lagen, anstatt auf die vergangenen Wochen, die merklich an meinen Nerven gezehrt hatten.

Nun wartete ich mit meiner Schwester Carlotta am Hafen von Capri darauf, dass die Fähre vom Festland anlegte, die Maddie nach ihrer Ankunft in Neapel genommen hatte.

Hunter hatte sein Versprechen wahrgemacht und Maddie erlaubt, mich auf Capri zu besuchen.

»Wie wäre es mit einer großen Portion Eis?«, schlug Carlotta vor und zog mich in Richtung der Eisdiele, die sich an der geschäftigen Promenade in einem hellblau gestrichenen Häuschen befand. Wir bestellten einen Paradiesbecher und ein Spaghetti Eis, setzten uns in den weichen Sand am Strand und beobachteten im stillen Einklang die bunten Fischerboote vor uns, die sanft in den Wellen schaukelten.

Heute war einer dieser Tage, an denen ich es kaum glauben konnte, dass Capri ein realer Ort und kein Produkt meiner Fantasie war. Der wolkenlose Himmel schien endlos. Üppige, saftgrüne Sträucher und Büsche zierten die schroffen Felsen der hügeligen Insel. Das Wasser des Meeres leuchtete so türkis, dass selbst die Inseln der Karibik vor Neid erblassen würden. Ich zog meine Schuhe aus und watete in das kühle Nass, um mich von der Hitze, die die strahlende Sonne verbreitete, abzukühlen. Kleine grüne Fische schwammen um meine Füße. Das Wasser war kristallklar, sodass ich bis auf den Boden sehen konnte.

Capri war ein Sehnsuchtsort. Ein Ort, an dem man die Seele baumeln lassen und das Leben genießen konnte. Auf Capri verstand man scheinbar mühelos, wie wertvoll das Leben war und erfreute sich jeden Tag von Neuem daran.

»Ich glaube da kommt sie«, rief Carlotta hinter mir und deutete auf die blau-weiße Fähre, die sich der Insel in rasantem Tempo näherte.

Wir begaben uns zum Anleger und winkten Maddie zu, als diese ungeduldig von der Fähre sprang und sich begeistert im Kreis drehte.

»Du hast nicht übertrieben! Das hier *ist* das Paradies auf Erden! Ich habe noch nie zuvor so etwas wunder-, wunderschönes gesehen! Kann ich für immer hierbleiben?«

Es dauerte einige Minuten, bis Maddie sich soweit beruhigt hatte, dass ich ihr Carlotta vorstellen konnte und wir in den Wagen stiegen, der uns zu dem Anwesen der Leone Familie brachte.

»Ich dachte, mein Onkel sei reich, aber gegenüber der Leone Familie ist er arm wie eine Kirchenmaus«, staunte Maddie, als wir in die Einfahrt des pompösen Anwesens fuhren.

Matteo schlenderte von der Terrasse zu uns herüber, begrüßte Maddie und küsste seine Herzensdame so ausgiebig, als hätte er sie seit Jahren nicht gesehen. Dabei waren wir lediglich eine Stunde fort gewesen. Auch Leonardo und Giorgia gesellten sich händchenhaltend zu uns.

Bei dem Anblick von so viel grenzenloser Liebe lag mein Herz schwer in der Brust. Prompt machte sich mein schlechtes Gewissen bemerkbar. Ich sollte mich für Carlotta und Giorgia freuen. Und darüber, dass sie so unglaublich glücklich waren. Beide hatten sich ihr Glück hart erkämpfen müssen. Trotzdem führte mir dieser Anblick schmerzlich vor Augen, dass die Person, von der ich in den Arm genommen und geküsst werden wollte, meine Gefühle nicht erwiderte.

Vor Maddies Ankunft auf Capri hegte ich heimlich die Hoffnung, dass Hunter sie begleiten und mich überraschen würde. Seit dem Vorfall in Brasilien sehnte ich mich so dermaßen nach seinen schützenden, starken Armen, dass es physisch weh tat.

Aber Hunter war nicht gekommen.

Maddie hatte während der Fahrt vom Hafen zur Villa Leone erzählt, dass er an einem großen Projekt in New York arbeitete und sich nicht loseisen konnte.

Dass er womöglich die sturmfreie Bude während Maddies Besuch auf Capri dazu nutzte, sich mit anderen Frauen zu vergnügen, riss eine noch tiefere Wunde in mein sowieso schon geschundenes Herz.

»Erde an Allegra! Hast du nur ein Wort von dem verstanden, was ich soeben verkündet habe?« Leonardo sah mich vorwurfsvoll an.

»Tut mir leid. Ich war einen Moment abgelenkt«, beteuerte ich zähneknirschend.

Carlotta warf mir einen mitleidigen Blick zu und formte unauffällig ein Herz mit ihren Händen.

40
HUNTER

»Nicht so schnell, Maddie! Sonst verstehe ich nicht mal die Hälfte von dem, was du sagst«, lachte ich über den Eifer, mit dem Maddie mir am Telefon von ihrem Aufenthalt in Italien berichtete. Sie war seit drei Tagen auf Capri und schien sich bei der Leone Familie pudelwohl zu fühlen. So glücklich und ausgeglichen hatte ich sie in den letzten vier Jahren und überhaupt noch nie erlebt.

Vielleicht verbrachte Maddie auf Capri gerade die ersten unbedarften und sorgenfreien Tage seit dem Tod ihrer Mutter. Der Gedanke, dass ich nicht vor Ort war, ja mich obendrein auf einem anderen Kontinent befand als sie, stimmte mich wehmütig.

»Giorgia hat mir ihre Vespa geliehen, weißt du? Und ich bin damit bis zum Sessellift nach Anacapri gefahren und war vor allen Touristen auf dem *Monte Solaro*! Du glaubst nicht, was für eine unglaubliche

Aussicht man von dort oben hat. Die *Faraglioni Felsen* sehen ganz klein aus, obwohl sie eigentlich riesig sind«, schnatterte Maddie ohne Punkt und Komma. »Heute besuche ich mit Allegra, Carlotta und Giorgia eine versteckte Bucht, wo es laut Matteo sogar Delfine gibt.«

»Das klingt fantastisch. Schick mir ein Foto von den Delfinen, falls du welche siehst. Wie geht es Matteo?«

»Du solltest lieber fragen, wie es Allegra geht.«

»Maddie ...«

»Was denn? Es ist nicht zu übersehen, dass du sie magst. Du solltest hier bei uns sein.«

»Das ist nicht so einfach.«

»Ist es nicht? Sie mag dich und du magst sie. Dennoch ist sie hier und du bist in New York. Für mich ist es ziemlich offensichtlich, dass du am falschen Ort bist.«

»Ich muss arbeiten, Maddie. Es ergibt sich bestimmt mal irgendwann in der Zukunft, dass wir alle zusammen Zeit verbringen.«

»Mum hat mich auch immer wegen ihrer Arbeit vertröstet, wenn ich sie gefragt habe, ob wir etwas zusammen unternehmen. Und dann war sie von einem auf den anderen Tag tot. Einfach so. Weg. Für immer.«

Am Telefon entstand eine betretene Stille, bei der man selbst eine Stecknadel auf den Boden hätte fallen hören.

»Alles, was mir von Mum geblieben ist, sind die Erinnerungen an die gemeinsame Zeit. Und selbst wenn ich der reichste Mensch auf diesem Planeten wäre, könnte ich mir keine weiteren gemeinsamen Erinnerungen kaufen. Weil man sie nicht mit Geld kaufen kann.«

Ich schwieg und dachte über ihre Worte nach.

»Lebenszeit ist nicht käuflich, Byron. Für niemanden. Auch nicht für dich.«

Ihren Argumenten konnte ich nicht widersprechen. Mir war entgangen, dass meine Nichte eine kleine Denkerin war. So vieles, was sie betraf, war mir entgangen ...

»Wir sollten uns nochmals über dein Studium unterhalten. Harvard hat eine ausgezeichnete Philosophie Fakultät«, lenkte ich die Unterhaltung in eine Richtung, von der ich wusste, dass sie Maddie auf andere Gedanken bringen würde.

Mein Plan ging auf, denn sie schnaubte empört.

»Auf keinen Fall! Was soll ich bei diesen Strebern?«, rief Maddie entrüstet.

Durch das Telefon vernahm ich ein Klopfen an Maddies Tür, das sie mit einem »Herein« beantwortete.

»Wir wollen gleich los. Bist du soweit?«

Allegra.

Bei dem Klang ihrer Stimme zog sich mein Herz sehnsuchtsvoll zusammen.

»Ich telefoniere mit meinem Onkel, aber wir haben sowieso alles gesagt, was es zu sagen gibt. Willst du ihm *hallo* sagen?«

»Ich ...«

»Hier bitte. Ich muss mal kurz schauen, wo meine Badetasche ist«, hörte ich Maddie kichern. Dann öffnete sich eine Tür und wurde kurz darauf wieder geschlossen.

»Hallo Hunter.« Allegra räusperte sich am Telefon.

»Hi. Wie geht es dir?«, versuchte ich es auf die unverfängliche Art.

»Es geht mir gut, danke. Und dir?«

»Mir auch.«

Dieses gestelzte Gespräch zwischen uns tat mir in der Seele weh. Wir unterhielten uns wie zwei Fremde. Doch ich wollte kein Fremder für Allegra sein. Ich wollte nicht, dass sie mit mir redete, wie mit jemandem, der sie nach dem Weg fragte. Ich wollte, dass sie mit mir redete, als wäre ich der einzige Mann auf der Welt, der sie interessierte.

Dass unser Verhältnis so kompliziert war, konnte ich allein mir auf die Fahne schreiben. Ich hatte sie von mir gestoßen, weil ich unfähig war, mit irgendjemandem über meine Gefühle und meine Dämonen zu reden. Aber sie war nicht irgendjemand. Sie war so viel mehr als das. So viel mehr, dass es mir die Luft zum Atmen nahm, wenn sie nicht bei mir war. Denn sie war die Luft, die ich zum Atmen brauchte. Die Luft, ohne die ich auf Dauer nicht überleben konnte.

Diese Erkenntnis war mir während des Höllenritts durch Sao Paulo gekommen. Die kalte Angst, sie auf ewig verlieren zu können, die ich in diesen quälend langen Minuten empfunden hatte, saß mir noch immer in den Knochen.

Ein Satz von Don Marios ergreifender Hochzeitsrede war mir während der Hetzjagd durch Sao Paulo in den Sinn gekommen: *Meist erkennen wir die große Liebe erst, wenn wir sie verloren haben.*

Wie recht er damit hatte, merkte ich erst in jenem Moment auf Leben und Tod.

»Ich helfe Maddie besser mal beim Suchen. Carlotta und Giorgia warten bereits. Pass auf dich auf, Hunter.«

»Du auch, Allegra.« Meine Sehnsucht nahm überhand und ich fügte leise hinzu, »Ich vermisse dich.«

Doch der monotone Wählton am anderen Ende der Leitung verriet mir, dass sie mein Bekenntnis nicht mehr gehört hatte.

41

ALLEGRA

Wir verbrachten den heutigen Tag auf dem Festland. Am Vormittag spazierten wir durch das verträumte, in den Hügel gebaute Dorf Positano. Maddie bewunderte die pastellfarbenen Häuser und die verwinkelten Gassen, die diesen fast schon unwirklichen Ort auszeichneten. Nach einem ausgedehnten Lunch nahmen wir am frühen Nachmittag den Bus in das verschlafene Bergdorf Ravello, um meinen Großeltern einen Besuch abzustatten. Giorgia war mit Leonardo auf Capri geblieben, sodass lediglich Carlotta, Maddie und ich bei meinen Großeltern einkehrten. Matteo hatte uns zwar auf das Festland begleitet, war dann aber zu einem geschäftlichen Termin weitergefahren.

Nun saßen wir im Schatten eines knorrigen, alten Olivenbaums im Restaurantgarten meiner Großeltern und blickten auf die dunkelblauen Wellen mit den weißen Schaumkronen, die tief unter uns an den Strand gespült wurden.

Die letzten Mittagsgäste waren vor einer Viertelstunde zufrieden und gut gelaunt aufgebrochen, sodass wir den Garten mit niemandem teilen mussten.

Maddie hatte mit meiner Großmutter Orangen und Zitronen von den üppig behangenen Bäumen gepflückt und lernte nun in der Küche, wie man dieses herrlich duftende Obst zu einem fruchtig erfrischenden Cocktail verarbeitete.

Das gab Carlotta und mir die Möglichkeit, uns in Ruhe zu unterhalten.

»Maddie ist ein erstaunliches Mädchen.«

»Ja, das ist sie. Als ich sie vor sechs Wochen kennenlernte, war sie so voller Wut und Schmerz. Und jetzt sieh sie dir an. Kaum zu glauben, wie viel ein wenig Liebe, Aufmerksamkeit und Verständnis bewirken können.«

»Riley, du und die Mädels habt wahrhaftig gute Arbeit geleistet. Wie habt ihr das bloß angestellt?«

Ich zuckte mit den Schultern. »Wir haben ihr geholfen, das verlorene Selbstwertgefühl wiederzufinden und ihr Mut zugesprochen. Sie dachte all die Jahre, dass Hunter sie nicht in seinem Leben will. Dass sie eine Last für ihn sei.«

»Das ist doch Unsinn.«

»Natürlich ist das Unsinn. Aber erzähl das einem verschreckten Mädchen, das von einem auf den anderen Tag seine einzige Bezugsperson verliert und sich kurz darauf vollkommen allein in einem Internat wiederfindet, in dem sie niemanden kennt.«

»Das klingt furchtbar.«

»Vermutlich hat Hunter geglaubt, sie wäre dort besser aufgehoben, als bei ihm. Ausgebildete Therapeuten und Mädchen im gleichen Alter statt einem Onkel, der unfähig ist, über seine Gefühle zu reden. Weite Wiesen und grüne Wälder statt permanentem Großstadtlärm und schlechter Luft. Geschulte *rund um die Uhr Betreuung* statt einem arbeitsbesessenen Karrieremenschen, der nie zuhause ist.«

»Hat Maddie denn außer Hunter keine Familie, die sie bei sich aufnehmen wollte?«

Ich schüttelte den Kopf. »Hazel, Maddies verstorbene Mutter, und Hunter, sind Waisenkinder. Sie sind im Heim und bei Pflegeeltern aufgewachsen. Ich weiß nichts Genaues. Rückblickend betrachtet glaube ich jedoch, dass Hunter ungemein mit seiner Vergangenheit zu kämpfen hat. Ich befürchte, dass er nie so etwas wie Liebe und Zuwendung erfahren durfte. Vielleicht ist er deshalb so darauf bedacht, alle um sich herum auf Distanz zu halten. Gefühle überfordern ihn, weil er sie nicht zuordnen und kontrollieren kann.«

»Du hast dir wirklich den Kopf über Hunter und Maddie zerbrochen«, stellte Carlotta fest und strich sich nachdenklich über ihren gerundeten Bauch, der ihre fortgeschrittene Schwangerschaft wunderschön zur Schau stellte.

»Riley und ich haben sehr lange Gespräche mit Maddie geführt und ich denke, dass ihr das geholfen hat, Hunters Beweggründe zu verstehen. Das

Verhältnis der beiden ist ein völlig anderes, seitdem sie mit uns zu den Rennen reist. Hunter hat sich mächtig ins Zeug gelegt und viel Zeit mit ihr verbracht. Ich bin mir nicht sicher, was genau bei ihm den Schalter umgelegt hat, aber er gibt sich extrem viel Mühe ihr zu zeigen, dass sie ihm wichtig ist.«

»Was ist mit dir und Hunter? Bist du sicher, dass er deine Gefühle nicht erwidert?«

»Er hatte so viele Möglichkeiten, mir zu sagen, dass er auch etwas für mich empfindet, Carlotta. Doch er hat es nicht getan. Kein Wort. Er hat meine Entscheidung, die Affäre zu beenden, wortlos hingenommen.«

»Bloß, weil er nichts sagt, heißt das nicht, dass er nichts fühlt. Du hast mir vor weniger als fünf Minuten selbst erzählt, dass er nicht über seine Gefühle reden kann und dass er womöglich nicht einmal benennen kann, was er empfindet, weil es Neuland für ihn ist.«

»Ich weiß«, gab ich zähneknirschend zu.

»Wenn du genau weißt, dass er es nicht kann, wieso erwartest du es dann trotzdem von ihm? Das erscheint mir weder fair noch logisch.«

Ich starrte Carlotta an, als hätte sie soeben die Relativitätstheorie neu erfunden.

Sie hatte recht.

Sie hatte absolut recht.

»Aber wenn er mir nicht sagen kann, ob und was er für mich empfindet, woher soll ich dann wissen, was da zwischen uns ist? Wie soll ich jemals schlau aus ihm werden?«

»Lass zu, dass er dir seine Gefühle *zeigt*, Allegra.

Achte nicht so sehr auf das, was er sagt, oder eben nicht sagt. Achte auf das, was er *tut*. Achte auf das, was er für *dich* tut. Gefühle kann man nicht nur durch Worte ausdrücken. Gefühle kann man auf viele Arten zeigen.«

42

HUNTER

Das Gespräch mit Maddie und der mühsame Wortwechsel mit Allegra beschäftigten mich den gesamten Tag. Statt den Fokus auf meine Arbeit zu lenken, schweifte mein Blick immer wieder zu der bodentiefen Fensterfront und der dahinterliegenden Hochhäuserschlucht.

Lebenszeit ist nicht käuflich, Byron. Auch nicht für dich.

Dieser Satz hatte sich aus unerklärlichen Gründen in mein Gehirn gebrannt. Andauernd hallte Maddies Stimme mahnend durch meine Gedanken, begleitete mich durch den Tag, ließ mich nicht mehr los.

Als die Dämmerung einsetzte warf ich frustriert meinen Stift auf den Schreibtisch und tat etwas für mich gänzlich Untypisches: Ich nahm mir Urlaub.

Den ersten richtigen Urlaub seit vier Jahren.

Nicht bloß ein langes Wochenende, an dem ich trotzdem alle meine E-Mails bearbeitete.

Nein, ich wies meine Assistentin an, alle Termine der kommenden Wochen zu canceln. Denn ich würde direkt morgen den Jet nach Italien nehmen.

Ohne meinen Computer.

Für das, was ich in Italien tun wollte, brauchte man keinen Computer.

Als ich am folgenden Nachmittag in der Villa Leone auf Capri eintraf, begrüßte mich die Hausdame Cosima. Ich hatte Matteo, der meine Capri Reise mit einem »das wurde aber auch Zeit«, kommentierte und darauf bestand, dass ich wie Allegra und Maddie in der luxuriösen Villa Leone unterkam, von unterwegs aus angerufen.

Matteo war am Morgen zusammen mit Carlotta, Maddie und Allegra zum Festland gefahren, wo er geschäftliche Termine wahrnahm, während die drei Frauen Positano und Ravello unsicher machten. Bis zum Abend würden sie wieder zurück sein.

Ich bat Matteo, weder Allegra noch Maddie von meinem Besuch zu erzählen. Stattdessen baute ich auf den Überraschungsmoment und hoffte, dass ich bis dahin den Mut fand, Allegra gegenüber zu treten und ihr zu sagen, dass ich mit ihr zusammen sein wollte.

Nachdem mir Cosima mein Zimmer gezeigt und

ich eine abkühlende Dusche von der Augusthitze, die auf Capri herrschte, genommen hatte, beschloss ich, mir die Beine auf dem weitläufigen Anwesen zu vertreten. Vielleicht schaffte ich es bei einem Spaziergang, meine Gedanken zu sortieren und mir eine halbwegs brauchbare Rechtfertigung für Allegra zurechtzulegen, die begreiflich machte, warum ich nicht über meine Gefühle sprechen konnte.

Ich schlenderte ziellos durch die endlos langen Reihen des Leone Weinbergs, ohne dabei wahrzunehmen, wohin ich überhaupt ging. Irgendwann endete der Weinberg. Vor mir befanden sich die Steilklippen, die nahezu senkrecht in das rauschende Meer abfielen, das sich weit unter der Leone Festung gegen die Felsen brach. Möwen kreisten am Himmel und die Strahlen der Nachmittagssonne ließen tausende von glitzernden Diamanten auf der Wasseroberfläche tanzen.

Auf einer alten Holzbank unmittelbar vor mir saß Don Mario, der Patrone der Leone Familie und Großvater von Matteo und Leonardo. Er hatte die Augen geschlossen und beide Hände auf den Stock gestützt, den er zwischen seinen Knien hielt. Wie immer trug der mächtige Patrone einen makellosen dreiteiligen Anzug, in dem er selbst bei diesen schweißtreibenden Temperaturen elegant und unantastbar wirkte.

Bedacht darauf, ihn nicht bei seiner Nachmittagsruhe zu stören, trat ich leise den Rückzug an.

»Hunter. Schön, dass du gekommen bist, mein Junge.« Don Mario öffnete die Augen und sah geradewegs zu mir.

Mir war schleierhaft, wie er mich mit geschlossenen Augen hatte bemerken und erkennen können. Aber Don Mario regierte nicht umsonst seit Jahrzehnten als Kopf einer der bedeutendsten Mafia Familien Süditaliens.

»Setz dich zu mir.« Obwohl er freundlich lächelte, duldete seine Stimme keinen Widerspruch.

Zögernd kam ich seiner Bitte nach. Dadurch, dass ich seit fünfzehn Jahren mit Matteo befreundet war, hatte ich auch Don Mario schon zu verschiedenen Anlässen getroffen. Doch dies war das erste Mal, dass wir allein miteinander sprachen.

Eine Weile saßen wir schweigend nebeneinander und schauten auf das tiefblaue Meer hinaus. Die Segelboote, die in der Ferne mehr bunten Farbtupfern als eigentlichen Booten glichen, entfernten sich am Horizont in Richtung Festland und läuteten das Ende eines weiteren Sommertages ein.

»Danke, dass Maddie ihre Ferien hier verbringen darf«, brachte ich schließlich hervor, als ich die Stille zwischen uns nicht mehr länger ertrug.

»Sie ist ein nettes Mädchen. Ein richtiger Wirbelwind.«

»Wie ihre Mutter, als sie noch jung war«, seufzte ich gedankenverloren.

»Konntest du es deshalb damals nicht ertragen, sie um dich zu haben?«

Perplex spähte ich zu Don Mario, der weiterhin unverwandt auf das Meer blickte.

»Maddie ist ihr so ähnlich. Sie erinnert mich in jeder Sekunde an Hazel.«

»Und daran, dass Hazel tot ist«, sprach Don Mario

aus, was ich mich nicht traute, zu sagen.

»Ich habe sie im Stich gelassen«, flüsterte ich.

»Wen? Hazel oder Maddie?«

»Beide. Ich habe bei Hazel und bei Maddie versagt.« Laut auszusprechen, was ich seit Jahren mit mir herumtrug, schnürte mir regelrecht die Kehle zu.

»Maddie ist eine liebenswürdige junge Dame, die ein gutmütiges Wesen und ein beneidenswertes Temperament besitzt. Es mag sein, dass du ihr in den letzten vier Jahren nicht die Liebe und Aufmerksamkeit schenken konntest, die sie deiner Meinung nach gebraucht hätte, aber manchmal geben wir unser Bestes und das ist trotzdem nicht genug. Wir sind fehlbar, Hunter. Das macht uns zu Menschen.«

»Ich hätte für sie da sein müssen, anstatt sie wegzuschicken ...«

»Wie willst du für einen anderen Menschen da sein, wenn dich dein eigener Schmerz auffrisst?«

»Ich bin der Erwachsene von uns beiden. Ich hätte die Kraft aufbringen müssen, es wegzustecken und mich um Maddie zu kümmern.«

»Hunter. Du hast dich um Maddie gekümmert. Auf die für dich bestmögliche Art und Weise. Als Hazel starb, war der einzige Mensch, der dich deiner Meinung nach jemals geliebt hat, auf einmal fort. Für immer. Von einem Moment auf den anderen warst du völlig allein auf dieser Welt. Du hast dich für ihren Tod mitverantwortlich gefühlt, obwohl dich keine Schuld trifft. Es ist verständlich, dass du Zeit gebraucht hast, um darüber hinwegzukommen. Sei nicht so hart zu dir.«

»Aber Maddie ...«

»Du hast den Rest deines Lebens, um die verlorene Zeit mit ihr aufzuholen. Was sind schon vier Jahre? Schau dir Matteo an. Er hat zwölf Jahre mit der Frau seines Lebens weggeworfen. Ganze zwölf Jahre. Doch anstatt dieser verlorenen Zeit hinterher zu weinen, leben Carlotta und er ihr gemeinsames Leben nun doppelt so intensiv. Sie sind sich über den Wert der Zeit in jedem Augenblick ihres Daseins bewusst und schauen einzig und allein nach vorn. Was geschehen ist, ist geschehen, mein Junge. Auch wenn du dich mit Schuldgefühlen zerfleischen willst: Es ändert nichts an der Vergangenheit. Alles was zählt, ist die Zukunft.«

»Carlotta liebt Matteo sehr. Sie macht ihn zu einem überaus glücklichen Mann«, lächelte ich bei der Erinnerung an die beiden Turteltäubchen.

»Ja, die Sorrentino Frauen sind eine außergewöhnliche Bande. Schade, dass es nur drei Exemplare von ihnen auf Capri gibt. Aber soweit ich weiß, ist eine davon noch zu haben«, zwinkerte mir Don Mario verschmitzt zu.

»Allegra verdient etwas Besseres als mich. Jemand weniger Verkorksten. Einen Gentleman, der sie auf Händen trägt. Einen Prinzen, der ihr jeden Wunsch von den Augen abliest und sie verehrt wie eine Königin.«

»Und doch will sie ausgerechnet dich, mein Junge. Was sagt uns das?«

Ich musterte Don Mario fragend.

»Das sagt uns, dass du den Rest deines Lebens damit verbringen solltest der Mann zu werden, den du mir soeben beschrieben hast. Versuche jeden Tag deines Lebens eine bessere Version von dir selbst zu werden, um dem Mann, den sie deiner Meinung nach verdient, ein Stück näherzukommen.«

»Ich habe sie ziehen lassen, als sie mir ihre Gefühle gestanden hat. Sie hat mich verlassen, weil ich nicht aussprechen konnte, was ich für sie empfinde. Vielleicht, weil ich mir meiner Gefühle für sie zu diesem Zeitpunkt nicht einmal selbst bewusst war. Weil ich nicht wusste, wie sich Liebe anfühlt. Weil ich nicht erkannt habe, dass ich mich längst in sie verliebt hatte. Dazu musste erst etwas Schreckliches geschehen ... etwas, das sie hätte das Leben kosten können. Etwas, das unsere gemeinsame Zeit für immer beendet hätte, bevor sie überhaupt beginnen konnte.«

»Und doch seid ihr nun beide hier. Unversehrt. Lebendig. Gesund. Es gibt keinen Grund, aus dem eure gemeinsame Zeit nicht hier und jetzt beginnen sollte.«

»Was, wenn Allegra mir nicht verzeihen kann ...«

Don Mario drückte mir aufmunternd die Schulter und erhob sich. »Weißt du mein Junge, die Sorrentino Frauen sind verblüffend stark und ausgesprochen gütig. Sie besitzen ein großes Herz. Wenn sie lieben, dann bedingungslos. Dazu gehört auch, den Menschen, die sie lieben, zu vergeben. Ich würde mir keine Gedanken darüber machen, ob Allegra dir vergibt, denn das wird sie. Überlege dir stattdessen, wie du es anstellen kannst, sie zur glücklichsten Frau der Welt zu machen. Mit Matteo und Leonardo, die genau das jeden Tag bei Carlotta und Giorgia versuchen, bist du in ausgezeichneter Gesellschaft.«

43
ALLEGRA

Wir waren später vom Festland aufgebrochen, als geplant, da meine Groß-eltern es sich nicht hatten nehmen lassen, zusammen mit Maddie ein üppiges drei Gänge Menü für uns zum Abendessen zuzubereiten. Da meine Großeltern es sich mittlerweile leisten konnten, das Restaurant selbst in der Hochsaison nur noch an fünf Abenden die Woche zu öffnen, hatten wir den gesamten Garten für uns allein. Carlotta saß eng an Matteo gekuschelt und hatte ihn den ganzen Abend über nicht mehr losgelassen. Die beiden waren absolut verrückt nacheinander und konnten es kaum erwarten, dass ihre Tochter in zwei Monaten auf die Welt kam.

Bei dem Anblick der beiden Liebenden sehnte ich mich unendlich nach Hunter. Nach seinem unver-gleichlichen Duft. Seinen starken, schützenden Armen. Seinen harten, befriedigenden Stößen. Seinem

verruchten Lachen an meinem Ohr. Seinem heißen
Atem an meinem Hals. Seinen wachsamen Augen.
Seinem unwiderstehlichen Lächeln.

Das köstliche Menü, bestehend aus einem Caprese
Salat mit sonnengereiften Tomaten und saftigem
Buffola Mozzarella, Rosetten Pasta mit geschmol-
zenem Käse und Prosciutto, sowie Mascarpone mit
Barozzi Torte, lenkte mich nur vorübergehend von
meinem Liebeskummer ab, der sich seit dem heutigen
Gespräch mit Carlotta zusehends verschlimmerte.
Selbst mit eisgekühltem Aperol Spritz ließ er sich nicht
ertränken.

Und so war ich froh, als das Schnellboot vom Festland auf Capri anlegte und wir um kurz nach zweiundzwanzig Uhr die Villa Leone betraten.

Maddie war bereits auf der Überfahrt eingeschlafen und verabschiedete sich nun gähnend und
erschöpft von all den Eindrücken, die sie während des
Tages gesammelt hatte.

Auch Matteo und Carlotta verschwanden kichernd,
sodass ich beschloss, den Tag bei einem Glas Wein auf
dem kleinen Balkon in meinem Zimmer ausklingen zu
lassen.

In der Küche stibitzte ich eine Flasche des erle-
senen Leone Rotweins und goss mir ein großzügiges
Glas davon auf dem Balkon ein. Gedankenverloren
stand ich an der Brüstung des Balkongeländers und
gestattete mir einen genussvollen Schluck des preisge-
krönten Weins, während ich in den beinahe nacht-
schwarzen Sternenhimmel blickte, an dem Millionen
von Sternen hell leuchteten. Ich entdeckte eine Stern-

schnuppe und schloss die Augen, wünschte mir von Herzen und aus tiefster Seele, dass Hunter hier bei mir wäre. Dass er seine starken Arme um mich schloss und mir gab, wonach ich mich so sehr verzehrte.

Ich seufzte verzagt und stellte das Glas ab, um mir durch die Haare zu fahren.

Wie abgöttisch ich mir wünschte, mit Hunter zusammen zu sein, wurde mir qualvoll bewusst, als ich seine Berührung tatsächlich zu fühlen glaubte, seinen männlichen Duft tatsächlich wahrzunehmen schien. Eine Fata Morgana. Ein Traumbild des Mannes, den ich so sehr wollte, aber nicht haben konnte.

»Hi «, flüsterte eine raue Stimme an meinem Ohr.

Meine Haut begann zu prickeln. Mein Herz wummerte aufgebracht in meiner Brust. Mein Atem beschleunigte sich. Mein Puls raste.

Das hier war keine Fata Morgana.

Ich wirbelte herum und prallte mit Hunter zusammen, der dicht hinter mir stand und mich in dem lodernden Feuer seiner Augen verbrennen ließ.

»Was machst du denn hier?«, brachte ich atemlos hervor, während mein Herz aufgeregt gegen meinen Brustkorb hämmerte und mir die Überraschung ins Gesicht geschrieben stehen musste.

»Ich bin hier, weil du hier bist. Und wo du bist, will auch ich sein«, flüsterte er und fuhr mit seinem Zeigefinger über meine Hand, die auf meinem Herzen lag.

»Es tut mir leid, dass ich dir nicht schon viel früher sagen konnte, wie viel ich für dich empfinde, Allegra. Mir fällt es schwer, meine Gefühle zu verstehen und über sie zu reden. Das liegt daran, dass die Menschen in meinem Leben, die mir etwas bedeuten und denen ich etwas bedeute, bisher rar gesät waren.«

Fassungslos starrte ich ihn an, während ich zu begreifen versuchte, was hier vor sich ging.

»Mir ... also ... mir tut es leid, dass ich dich in eine Ecke gedrängt habe und nicht geduldiger war«, brachte ich nach einer Weile, als sich der erste Schock über seine unverhoffte Anwesenheit langsam legte, mühsam hervor. »Ich war so traurig und verletzt, dass du nichts gesagt hast. Ich dachte, du willst mich nicht an deiner Seite«, hauchte ich tränenerstickt. »Und der Gedanke war schier unerträglich. Es war nicht geplant, dass ich mich in dich verliebe. Es ist einfach so passiert.«

»Es war das Beste, was mir jemals passieren konnte, Allegra. Du bist der fehlende Teil meiner Seele. Du komplettierst mich. Nach einem Leben voller Rastlosigkeit, Leere und Zweifel, habe ich endlich das Gefühl, angekommen zu sein. Zuhause. Bei dir. Mit dir.«

Ich schniefte, weil ich einfach nicht fassen konnte, dass Hunter wirklich und wahrhaftig hier war. Hier, bei mir. Und mehr noch: Dass er mir seine Gefühle offenbarte. Das grenzte an ein Wunder. Und es bewies wohl, das Wunder bisweilen tatsächlich geschahen.

»Für jemanden, der nicht über seine Gefühle reden kann, trägst du ganz schön dick auf«, überspielte ich meine Ergriffenheit und rang mir ein Lächeln ab.

Hunter zog einen Mundwinkel in die Höhe. »Wenn man erstmal mit dem Reden angefangen hat, kann man nicht mehr aufhören, wie es scheint. Allegra, es tut mir leid, dass es so lange gedauert hat, bis ich verstanden habe, dass ich mein Herz längst an dich verloren habe. Wenn ich ehrlich bin, spürte ich es schon lange. Aber so richtig bewusst wurde es mir erst während des Zwischenfalls in Brasilien. Letztendlich verdanken wir es dem Tritt in den Hintern, den mir meine altkluge Nichte gestern am Telefon verpasst hat, dass ich den Mut fand, herzukommen und es dir zu gestehen.«

»Sie ist etwas Besonderes, Hunter. Je nach Laune eine taffe Rebellin, eine süße Zauberelfe oder ein aufgeweckter Wirbelwind.«

»Genauso wie du«, lächelte Hunter. »Ich glaube nach wie vor, dass du einen besseren Mann als mich verdienst, doch da ich ein unverbesserlicher Egoist bin, werde ich das Wissen, dass du dich in mich verliebt hast, ausnutzen und dich um eine Chance bitten.«

»Eine Chance wofür?«

»Eine Chance, dir alles von mir zu geben. Ohne Ausnahme.«

»Alles?«

»Alles.«

»Heißt das ...«

»Das heißt, dass ich dich in meinem Leben will. Ich will mit dir einschlafen, neben dir aufwachen, mit dir baden, für dich kochen, mit dir lachen, dich massieren, dir von meinem Tag erzählen, alles über deinen Tag erfahren, mit dir ausgehen, dich küssen, dir meine Geheimnisse anvertrauen ...«

»Was ist mit deinem Körper, bekomme ich den auch?«

Hunter grinste. »Alles heißt alles: Also ja. Du bist schrecklich unromantisch, Allegra. Jetzt hast du den Moment zerstört.«

»Du redest auf einmal so furchtbar viel.« Ich funkelte Hunter schelmisch an. »Daran muss ich mich erst noch gewöhnen. Aber zum Glück habe ich den Rest meines Lebens Zeit dafür. Denn ich gedenke nicht, dich jemals wieder ziehen zu lassen.«

»Ich werde alles tun, um dich glücklich zu machen. Das verspreche ich dir. Doch ich bitte dich um Nachsicht und Geduld, denn ich werde nicht von heute auf morgen in der Lage sein, offen über meine Vergangenheit und meine Gefühle zu sprechen.«

Ich verschränkte meine Hand mit seiner und zog ihn zu mir heran. »Ich gebe dir die Zeit, die du brauchst. Gemeinsam werden wir das schaffen. Und bis dahin schlage ich vor, du zeigst mir einfach, was du für mich fühlst.«

Ich nahm seine andere Hand und führte sie zu meinem erhitzten Körper, der lediglich von einem leichten Sommerkleid bedeckt wurde. Während unsere Augen sich ineinander verloren, dirigierte ich seine Hand meinen nackten Arm hinauf, meine entblößte Schulter entlang, über meine ziehenden Brüste, meinen straffen Bauch hinab bis hin zu meiner pulsierenden Mitte. Dort verselbstständigten sich Hunters Finger und fanden den Weg unter den Saum des dünnen Stoffes.

»Zeig mir, was du fühlst, Hunter«, bat ich ihn, als sein Finger in mich eintauchte und er seine Lippen auf meinen Hals senkte.

»Zeig mir, dass du verstehst, wie sehr ich dich brauche«, entgegnete er verzweifelt, als er kurz darauf im goldenen Glanz des Mondlichts in mich eindrang.

Ich schlang meine Beine um seine Hüften und presste meinen Mund so stürmisch auf den seinen, als würde mein Leben von dem Kuss abhängen.

Worte reichten manchmal nicht aus, um das auszudrücken, was man fühlte. Man musste es spüren, um die Tragweite solch überwältigender Gefühle zu verstehen, die alles bisher Erlebte in den Schatten stellten.

Manch einer würde das wohl Liebe nennen.

EPILOG – ALLEGRA

VIER MONATE SPÄTER

Ich stand mit Hunter zu meiner Rechten und dem genesenen Juan zu meiner Linken unter dem Podium. Juan genoss sein Rentnerdasein in vollen Zügen. Seine Frau Laura war zum zweiten Mal schwanger und überglücklich darüber, dass ihr Mann dem gefährlichen Sport den Rücken zugekehrt hatte.

Wir jubelten Tom und Dante auf dem Podium über uns zu, die dem Team mit dem hart erkämpften Doppelsieg im heutigen Rennen in Abu Dhabi die Team Weltmeisterschaft gesichert hatten.

Es war Mitte Dezember und das Ende einer langen, ermüdenden und unvergleichlich aufregenden Saison.

Wenngleich wir uns den Weltmeistertitel im letzten Rennen ergattern konnten, waren uns *Racing Rosso* und die *Roaring Bulls* diese Saison unangenehm eng auf die Pelle gerückt. Sie waren uns dicht auf den Fersen, was bedeutete, dass das Team sich während des Winters nicht auf seinen Weltmeister Lorbeeren ausruhen konnte, wenn es in der nächsten Saison wieder gewinnen wollte.

Dante würde auch in der kommenden Saison für *Titan Racing* fahren. Riley und er hatten sich während dieser Saison nicht umgebracht, obwohl sie mehrmals kurz davor standen und es zwischen den beiden oft heiß her ging. In jeglicher Hinsicht.

Dantes Manager schien ein Auge auf die schüchterne Skye geworfen zu haben, die jedoch nur schwer aus ihrem Schneckenhaus zu locken war.

Kenzie verbrachte in den letzten Wochen auffällig viel Zeit mit den Kollegen von *Racing Rosso*, was mich ausgesprochen stutzig machte. Dem würde ich auf den Grund gehen müssen. Denn auch wenn es hieß: Halte deine Freunde nahe bei dir, aber deine Feinde noch näher, musste ich herausfinden, wer hier wem wie nahestand.

Und Dakota, tja Dakota hatte mir ein Geheimnis offenbart, das mir meine Kaffeetasse in tausend Teile hatte zerspringen lassen.

Es wurde eben nie langweilig im *Titan Racing* Team.

Hunter und ich würden noch drei Tage in den Vereinigten Arabischen Emiraten verweilen. Wir planten, uns in Dubai faul die Sonne auf den Bauch scheinen zu lassen, sowie die ungestörte Zweisamkeit zu genießen und uns stundenlang zusammen zu entspannen, bevor wir in das verschneite New York City flogen, um dort mit Maddie die Vorweihnachtszeit zu verbringen. Schlittschuhlaufen im *Wollman Rink* mitten im *Central Park*, den riesigen Weihnachtsbaum am *Rockefeller Center* bewundern, an den bunt geschmückten Schaufenstern der *5th Avenue* vorbeischlendern und eine heiße Schokolade auf dem Weihnachtsmarkt im *Bryant Park* trinken, das alles stand auf unserer Liste.

Zwei Tage vor Weihnachten würden wir zu dritt nach Italien fliegen und die Weihnachtszeit im Kreis meiner Familie in Ravello und auf Capri verbringen. Zum ersten Mal würde ich dann Carlottas süßer Tochter begegnen, von der ich bisher lediglich Fotos gesehen hatte.

Während Maddie über Neujahr mit Freundinnen vom Catering zum Skilaufen nach Österreich aufbrach, entführte Hunter mich in ein Glas Iglu nach Finnland, von dem aus man die Nordlichter im Bett liegend beobachten konnte. Es war ein heimlicher Traum von mir, den er mir während einer unserer Entspannungssessions entlockt und mir zu meinem Geburtstag erfüllt hatte.

Das neue Jahr markierte gleichzeitig einen neuen Lebensabschnitt für mich. Denn ich würde meine Wohnung im Norden von Italien aufgeben und zu

Hunter nach New York ziehen. So konnten wir nicht nur während der Rennen, sondern auch in den Wochen dazwischen zusammen sein. Ab und an würde ich nach Italien in die Fabrik reisen müssen, aber die Umverteilung der Aufgaben sorgte dafür, dass sich meine Verantwortung hauptsächlich auf die Rennaktivitäten konzentrierte.

Maddie würde im kommenden Jahr ihren Abschluss machen und wollte an der *New York University* Event Management studieren. Das Praktikum bei *Titan Racing* hatte einen bleibenden Eindruck bei ihr hinterlassen, sodass sie sich nun eine Zukunft im Sportmanagement wünschte. Hunter war das mehr als recht. Denn so konnte er weiterhin regelmäßig Zeit mit ihr verbringen und es gab ihr die Möglichkeit, dass sie nach dem Abschluss, sofern sie das wollte, für seine Firma arbeitete. Sie würde Hunters Zweitwohnung in *Tribeca* beziehen. Hunter hatte sie verkaufen wollen, weil er dachte, die Erinnerung an seine Vergangenheit würde mich stören. Das tat sie nicht. Denn sie war genauso ein Teil von ihm, wie seine Gegenwart und seine Zukunft. Und da ich alles von diesem Mann wollte, würde ich auch gemeinsam mit ihm die Päckchen seiner Vergangenheit tragen.

Die beiden hatten in den vergangenen Monaten viele Gespräche geführt und ihre Vergangenheit, die Jahre vor Hazels Tod mit eingenommen, zusammen aufgearbeitet. Sie schauten nur noch selten zurück und konzentrierten sich stattdessen auf all die Möglichkeiten, die vor ihnen lagen. Hunter hatte akzeptiert, dass seine Schwester zwar für immer fort war, ihm jedoch das wertvollste Geschenk überhaupt anvertraut hatte, in dem sie jeden Tag weiterlebte.

Und was Hunter und mich betraf, wir genossen jede Minute miteinander und wechselten regelmäßig zwischen Fühlen und Reden. Manchmal taten wir auch beides gleichzeitig und zwar dann, wenn Hunter mir dabei half, zu entspannen, mir all seine schmutzigen Fantasien ins Ohr flüsterte und ich als Reaktion darauf seinen Namen hemmungslos in die Kissen stöhnte.

»Baby, hast du einen Sonnenbrand abbekommen? Deine Wangen sind verdächtig gerötet.« Hunter musterte mich besorgt.

Ich schüttelte den Kopf und verkniff mir ein Grinsen. »Ich habe daran gedacht, wie aufopferungsvoll du mir letzte Nacht gezeigt hast, was du für mich fühlst.«

Hunter drängte mich gegen die Wand der Boxenmauer und beugte sein Gesicht zu mir hinab. »Willst du, dass ich dir sage, was ich für dich fühle, mein Schatz?«

Ich nickte und befeuchtete meine trockenen Lippen. Diesen Satz konnte ich aus Hunters Mund nicht oft genug hören. Denn jedes Mal erschien er mir von Neuem wie ein Wunder.

Mein ganz persönliches Wunder.

Durch ihn wusste ich, dass Wunder von Zeit zu Zeit tatsächlich geschehen.

»Ich liebe dich, Allegra Sorrentino.«

»Und ich liebe dich, Hunter Byron King.«

Möchtest du erfahren, **wie es mit dem Titan Racing Team weitergeht?** Dann solltest du dir **Love Laps, Rileys und Dantes Geschichte**, die am **6. März 2025** erscheint, nicht entgehen lassen.

Als **Dankeschön für deine Treue** möchte ich dir außerdem Zugang zu einem **Kurzroman und 20+ exklusiven Bonuskapiteln** zu meinen Büchern ermöglichen. Scanne dazu einfach diesen QR-Code (zum Beispiel mit deiner Handykamera):

LOVE LAPS

Band 2 der Titan Racing Legacy Reihe
Die Geschichte von Riley & Dante

MANCHMAL LIEGEN LIEBE UND HASS NUR EINEN HERZSCHLAG AUSEINANDER.

Dante Di Santo ist das Enfant Terrible der Serie del Rey. Er ist der PR-Albtraum eines jeden Teams und schlittert von einer Katastrophe in die nächste. Aber er ist auch ein absolut brillanter Rennfahrer und die einzige Chance für Titan Racing, die Weltmeisterschaft der Serie del Rey nach einem tragischen Crash noch für sich zu entscheiden. Damit Dante auf und abseits der

Rennstrecke nicht auf dumme Gedanken kommt, wird Riley Valera, die Pressechefin des Teams, auf ihn angesetzt. Doch die hat gar keine Lust, das Kindermädchen für einen derart arroganten, überheblichen und temperamentvollen Rennfahrer wie Dante Di Santo, alias Il Diavolo, zu spielen. Vor allem, weil Dante nichts mehr liebt, als sie zu provozieren. Und er denkt nicht im Traum daran, damit aufzuhören. Ganz im Gegenteil. Der Spaß hat gerade erst begonnen.

Lesermeinung:

»*Haters to Lovers auf einem völlig neuen Level. Die beiden hassen und lieben sich so rasant, wild und hemmungslos, dass es einem den Atem raubt.*«

Bitte beachte: Hierbei handelt es sich um die erweiterte und komplett überarbeitete Neuauflage von (Don't) Touch the Boss.

PUCK FOR LOVE

Romantische & spicy Eishockey Romance mit Herz

Stell dir vor, das Leben schenkt dir deine große Liebe, nur um sie dir kurz darauf wieder erbarmungslos zu entreißen. Würdest du das zulassen?

<u>Maverick Wolf:</u>

Neben meinem Job als Eishockeyprofi und Kapitän der Arctic Bears will ich vor allem eins: Meine Ruhe. Das gestaltet sich jedoch seit dem Eintreffen der neuen Physiotherapeutin Melody Dawson als unmöglich.

Denn Melodys engelszarte Berührungen und ihre wärmende, wohltuende Nähe wecken Gefühle in mir, von denen ich dachte, ich wäre unfähig, sie jemals wieder zu spüren. Gefühle, die mir die Kontrolle entreißen und die die mühsam aufgerichteten Mauern meines Herzens zum Einstürzen bringen. Doch Melody hütet ein gefährliches Geheimnis, das sie ihr Leben kosten könnte und bevor ich mich versehe, bin ich der Einzige, der sie noch vor der drohenden Katastrophe retten kann.

Bitte beachte: Hierbei handelt es sich um die erweiterte und komplett überarbeitete Neuauflage von Arctic Ice Love, einer Eishockey Sports Romance, die 2021 erschienen ist.

MEHR VON AVA AVERY

Mittlerweile (stand Januar 2025) gibt es mehr als 30
Ava Avery Romane in den Bereichen:

Eishockey
American Football
Formel 1
Boss & CEO Romance
Mafia Romance
Daddy & Baby Romance
Wholesome Romance

**All diese Romane sind als eBook, Taschenbuch und
für Kindle Unlimited erhältlich. Viele dieser
Romane gibt es auch als Hörbuch.**

Zu meinen Romanen gelangst du,
indem du diesen QR-Code scannst:

ÜBER DIE AUTORIN

 Ava Avery ist Autorin aus Leidenschaft. Sie ist mehrfach ausgezeichnete Bild-Bestseller & Kindle #1 Autorin. Ihre Bücher verkauften sich über 1 Million Mal und wurden in sechs Sprachen übersetzt.

Wenn sie sich in drei Wörtern beschreiben müsste, dann wären das: Freigeist, Abenteurerin und Romantikerin. Ihre Lieblingsautorin ist Enid Blyton. Mit den 5 Freunden, Hanni und Nanni, sowie Tina und Tini hat Ava ihre Liebe zum Lesen und später zum Schreiben entdeckt.

Neben dem Schreiben ist Ava eine begeisterte Weltenbummlerin. Fremde Länder, Kulturen und Menschen kennenzulernen, ist für sie eine Quelle der Inspiration und Freude. Italien nimmt dabei einen besonderen Platz in ihrem Herzen ein.

Exklusive Einblicke aus ihrem Alltag und von ihren Reisen teilt sie in ihrem Newsletter und auf Social Media.

Website: www.avaavery.de
Instagram: avaavery.autorin
TikTok: @avaaverybooks
Facebook: www.facebook.com/avaavery.autorin

BLEIB AUF DEM LAUFENDEN

Besuche mich gern auf Social Media, wo ich **exklusive Details** zu meinen Romanen und spannende Einblicke aus meinem Alltag teile. **So nehme ich dich zum Beispiel virtuell mit auf Buchmessen, zu Eishockey-spielen und ins Tonstudio, wo meine Hörbücher vertont werden.**

Außerdem findest du auf Social Media und in meinem Newsletter regelmäßig tolle **Gewinnspiele**, aufregende Ankündigungen und jede Menge **kostenloses Bonusmaterial**, sowie **limitierte Charakterkarten und Book Merch** zu meinen Romanen.

Website: www.avaavery.de

Instagram: avaavery.autorin

TikTok: @avaaverybooks

Facebook: www.facebook.com/avaavery.autorin

ALLES LIEBE FÜR DICH

Hat dir dieser Ava Avery Liebesroman gefallen? Ich würde mich über eine **Rezension** oder eine **Bewertung** auf Amazon, Thalia & co. sehr freuen, egal ob 3 oder 30 Sätze lang. Denn jede einzelne Rückmeldung ist ein wunderbarer **Liebesbeweis** an meine Geschichten und begeistert möglicherweise auch **neue Leser** für meine Bücher.

Natürlich darfst du diesen Liebesroman auch gerne weiterempfehlen.

Liebe Grüße,

Deine Ava

TRIGGERWARNUNG

Bitte beachte, dieses Buch thematisiert unter anderem
folgende Inhalte:

Raubüberfall (Kapitel 38)